오켄
【 Oken 】

5

나는 모든 것을 【패리】한다

~역착각의 세계 최강은 모험가가 되고 싶다~

나베시키 · 지음　　카와구치 · 일러스트

I WILL "PARRY" ALL

- The world's strongest man wanna be an adventurer -

【 지난 줄거리 】

신성 미슬라 교국의 지하로 내려간 노르.
그곳에는 또 한 명의 아스틸라가 있었다.
그 아스틸라는 과거에 오켄, 로이와 함께 모험가 파티 「현자의 잔」을 결성했던 인물이었다.
그러나 아스틸라는 미궁에 사로잡힌 처지가 되었고, 다른 한 명의 아스틸라가 나타나 로이의 부족 제단에서 「붉은 돌」을 빼앗아 미슬라 교국의 교황이 된 것이었다.
한편 포위에 나선 병력들을 쓰러뜨린 린과 마주하며 틸렌스는 이제껏 보인 태도는 전부 연기였다고 말한 뒤 교황 아스틸라를 쓰러뜨리는 데 도움을 달라고 요청한다.
다만 거대한 해골, 성 미슬라가 교황 아스틸라의 육체를 먹고 일체화하여 흉포한 괴물로 변이한다.

I Will "PARRY" All
- The world's strongest man
wanna be an adventurer -

Character

Noor

노르

열두 살 때 모든 「직업(클래스)」에서 재능이 없다고 통보받은 뒤 산에 틀어박혀서 유일한 스킬, 「패리」 단련만을 거듭했다. 가장 밑바닥 랭크의 모험가지만, 사실은 터무니없는 능력의 소유자. 다만 자신만이 자기 힘을 깨닫지 못하는 처지.

Lynneburg (Lynne)

린네부르크 클레이스 (린)

열네 살. 온갖 뛰어난 능력을 가진 클레이스 왕국의 제1왕녀. 적대 세력이 생명을 노려 위험에 처했을 때 노르에게 구출되었다. 이후 노르를 「선생님」이라고 부르며 잘 따른다.

Ines

이네스 하네스

클레이스 왕국의 기사. 어릴 적부터 특수한 방어 능력을 보유했으며, 그것을 활용하여 현재는 린의 수호자 임무를 담당한다. 스물한 살.

Rein

레인 클레이스

클레이스 왕국의 제1왕자. 린의 오빠. 스무 살. 침착 · 냉정한 성격이며 왕의 보좌관으로서 왕국의 조타수 역할을 맡는다. 목적을 위해서는 수단을 가리지 않는 면모도 있다.

Rolo

로로

마족 소년. 태생 등 내력은 불명. 마족은 다른 모든 부족에게서 탄압의 대상이기에 상당히 불행한 어린 시절을 보냈다.

Astirra (Adventurer)

모험가 아스틸라

모험가 파티 「현자의 잔」 소속 멤버 중 한 사람. 오랜 세월을 신성 미슬라 교국의 지하 깊숙한 곳에 갇혀서 지내 왔으나 노르 덕분에 풀려났다.

목차

I Will "PARRY" All
- The world's strongest man
wanna be an adventurer -

Contents

Volume FIVE

90 구름 위

깨달았을 때 나는 구름 위에 있었다.

'여긴 도대체 어디지―?'

나는 멍한 의식을 수습하지 못한 채 신기한 주변 광경을 둘러봤다.

어디를 내다봐도 마치 평원처럼 펼쳐진 하얀 구름이 보인다.

신체가 희한하게 허공에 붕 뜨는 느낌이 들고 무게감은 전혀 느껴지지 않는다.

어째서 나는 이런 곳에 있는 걸까……?

내 눈에 비치는 광경은 내가 어릴 적 아버지에게 들었던 「죽은 이후에 가는 세계」와 완전히 같은 모습으로 보였다.

아까 뼈다귀에 살점이 약간 붙은 괴물(스켈톤)에게 맞아서 날려 간 순간부터 나는 기억이 없다.

그렇다면, 아마도.

―어쩌면 나는 그때 괴물한테 맞아서 죽어 버린 건가?

이야기를 좋아하는 아버지가 「죽으면 구름 위로 간다」라고 말을 하기도 했고.

……그런가.

요컨대 이곳이 죽은 뒤 가는 세계인가.

신기하게도 마음은 평온했다.

구름처럼 푹신푹신한 순백의 융단이 시야를 가득 메운 채 펼쳐지고, 더 멀리 저편으로 태양이 보인다.

어째서일까, 이 세상 어디에 가도 못 볼 듯싶은 환상적인 풍경 덕분이려나.

아니지. 「이 세상」은 아니군.

이곳은 「저 너머의 세계」라고 불러야 할 곳일 테니까.

'그런가. 역시 난 죽었나 보군.'

그렇게 일순간이나마 납득할 뻔했지만.

불현듯 오른손에서 위화감이 느껴졌다.

신체는 허공에 둥실 떠다니는 듯 느껴지는데 어째서인지 오른손만이 매우 무겁다.

눈을 돌리면 내 오른손에는 언제나와 같이 『흑색의 검』이 꽉 쥐여 있었다.

이 검이 어째서 아직 여기에 있는 것일까.

혹시 평소부터 너무나 애용했던 물건이라서 사후 세계까지 같이 따라와 버렸나.

뭐, 이런 요행도 일어날 수 있지 않겠나.

그런데 나는 하나 더 신기한 사실을 깨달았다.

'몸이— 아픈 것 같은데.'

분명 죽었을 텐데도 온몸이 제법 아프다.

게다가 뭔가 주위의 공기가 몹시 차갑고 희박한 탓에 힘줘서 숨을 안 쉬면 답답한 느낌이 든다.

……그래, 알겠다.

요컨대 죽은 이후에도 아픔은 느껴지는 데다가 숨을 잘 쉬어야 한단 말인가.

조금 의외였다.

하지만 나는 죽어 본 경험이 이제껏 한 번도 없었다.

실제는 이런 식인가 보다 생각한 뒤 납득했다.

그리고 죽은 이후인데도 의외로 새로운 사실을 발견할 수 있구나 싶어 조금이나마 감탄하고 있었다만.

또 신체에서 위화감이 느껴졌다.

이번에는 붕 뜨는 감각에 휩싸였던 신체가 아래로 아래로 쭉 끌려간다.

아무래도 나는 저 하얀 구름으로 끌려가고 있는 듯했다.

신기하게도 공포심은 솟지 않았다.

나는 높은 곳을 무서워하지만, 저 바닥은 무척이나 부드러워 보인다.

게다가 이미 난 죽음을 맞이한 상태이니 새삼 또 부상을 당하지는 않을 것이다.

그렇게 생각하며 안심하고 있었지만…….

'이게…… 어떻게 된 일이지……?'

내 몸은 당연히 바닥이라고 생각한 저 푹신푹신한 하얀색 지점을 아무 저항도 없이 뚫고 들어갔다.

나는 틀림없이 어릴 적 아직 살아 있었던 아버지에게 들은 동화 속 내용처럼 저 하얀 구름 바닥의 위에 내려선 뒤 하얀 수염을 기른 인간이 아닌 존재와 만나는 식의 전개를 예상하며 기대하던 중이었는데……. 아닌가 보다.

혹시 내 손에 쥐인 흑색의 검의 무게 때문에 바닥을 뚫고 내려가게 된 걸까.

죽은 다음에도 신경 쓸 거리가 제법 많구나……. 그렇게 시야를 가득 메울 기세로 새하얀 구름이 위로 확 흘러가는 광경을 바라보면서 나는 멍하니 생각을 하고 있었다.

잠시 더 떨어지는 사이에 조금 불안해졌다.

지면에 다다를 낌새가 전혀 없었으니까.

게다가 어쩐지 떨어지는 속도가 자꾸자꾸 빨라지는 기분이다.

……도대체 나는 어디로 향하고 있는 것일까.

가만히 의문을 품은 순간에 불현듯 시야가 트였다.

나는 두꺼운 구름 비슷한 구역을 뚫고 아래쪽으로 나온 듯했다.

그래, 저것은 『구름』이 틀림없겠다.

지금껏 구름을 이렇게나 가까이 본 경험은 없었지만……. 확실히 저것은 언제나 고개를 들어 올려다봤던 구름이 맞는 것 같다.

그리고 구름은 무시무시한 기세로 멀어져 간다.

'—이게, 뭐지.'

살짝만 시야를 내려 주위를 둘러보니 저 멀리 낯익은 산이 보였다.

묘하게도 미슬라로 향하는 도중 마차의 창문으로 내다봤었던 산들과 무척 비슷했다.

아니, 틀렸다. 비슷한 게 아니다.

아마도 같은 산일 것이다.

나는 사람의 이름을 기억하는 것은 서툴지만, 지형을 기억하는 재주에는 꽤 자신이 있다.

저것은 미슬라의 주변 산들이 분명 맞았다.

일단 확신을 갖게 되자 주변의 모든 사물도 점점 낯익은 광경 같다는 생각이 든다.

방금 전까지는 환상적인 광경이었는데 갑자기 현실감을 띤 풍경이 주위에 펼쳐졌다.

'어떻게 된 거냐…….'

나는 주뼛주뼛하며 가능한 한 직시를 피했던 곳, 자신의 몸이 끌려지고 있는 방향(아래쪽)으로 눈을 돌렸다.

"윽―!!"

그 순간, 아득히 먼 곳에 낯익은 거리의 풍경과 낯익은 대성당의 지붕이 보였다.

아래를 본 것은 한순간뿐, 거리도 아주 작게 보인 것이 전부였으나 저것은 틀림없이 미슬라가 맞다.

그렇다면 이곳은 역시 미슬라의 **위**인가……?

―그렇군, 역시 이곳은 **하늘** 위였나 보군.

하지만 이상하다.

어째서 나는 이런 곳에 있는 것인가.

막 방금 전까지 분명히 지하 깊숙한 곳에 있었는데.

아예 전부 다 꿈을 꾼 것이 아니라면 앞뒤가 안 맞는다는 생각을 떠올리던 중 나는 기억이 싹 날아가기 이전의 상황을 조금 떠올렸다.

나는 해골 괴물과 맞서 싸우고 있었다.

그 해골 괴물은 느닷없이 바닥에 손을 처박더니 바닥과 함께 나까지 천장으로 후려갈기다시피 밀어 올렸던 것 같다.

그래서 나는 반사적으로 『흑색의 검』을 방패 삼은 채 머리부터 미궁의 천장에 격돌했고, 그리고―.

'이제 알겠군.'

아까부터 머리가 무척 욱신욱신 아팠던 이유는 이 때문이었나.

요컨대 나는 아까 주먹질 한 방에 천장을 뚫은 뒤 곧바로 성당의 지붕까지 뚫고서 하늘 드높이 쭉 날아갔었다는…… 말인가? 진짜로?

그러면 나는 지금 괴물에게 얻어맞아서 구름 위까지 쭉 솟아올랐다가 다시 또 머리부터 거꾸로 **곤두박질**치고 있다는 말이 된다만.

"흡—?!"

재차 자신이 떨어지고 있는 방향에 눈을 돌렸다가 나는 몸을 경직시켰다.

그리고 간신히 깨달았다.

역시 자신은 아직 죽지 않았다는 사실을.

"음—!!"

자신이 처한 상황을 이해한 순간, 나는 또 정신을 잃을 뻔했다.

아래를 내려다보면 시야 안쪽으로 잘 정비된 거리의 풍경이 쭉 펼쳐져 있다.

저곳은 틀림없이 내가 방금 전까지 있었던 미슬라였다.

저 커다란 도시가 이렇게나 작게 보이다니.

……이러면 그냥 『높다』라는 말도 안 나온다.

얼마 전 해골의 단 한 방으로 나는 도대체 얼마나 위로 날아올랐던 걸까

내 신체는 속절없이 아래쪽 미슬라의 거리를 향해 떨어지고 있다.

이 같은 상황을 인식만 해도 현기증이 나서 의식이 날아갈 것 같았다.

—하지만, 안 된다.

이대로 의식을 잃은 채 추락하면 분명 큰 부상을 당하는 정도로 끝나지는 않는다.

몸이 아래로 아래로 자꾸자꾸 가속하는 것을 느끼며 나는 낙하의 공포를 견디고자 죽기 살기로 이를 악물었다.

하지만— 역시 이상하다.

이렇게 빠른 속도로 떨어지면 몸이 바람의 덩어리에 되밀리고, 그 탓에 조금이나마 기세가 누그러져야 할 텐데.

본래 느껴져야 할 풍압이 거의 하나도 안 느껴지는데 어째서일까.

나의 스킬 중 【도둑 걸음】을 쓰면 『공기의 벽』이 사라지니까 비슷한 상태를 만들 수 있지만, 물론 지금과 같은 상황에서 내가 구태여 바보짓을 하지는 않는다.

그래. 단연코 나는 아무것도 하지 않았다.

그런데 낙하 속도가 이토록 **빠른** 이유는 뭐지?

나는 지금 이제껏 체험한 적 없는 무시무시한 속도로 지면을 향해 떨어지고 있다.

시야에 비치는 풍경(모든 것)이 녹아내리는 것처럼 흘러간다.

……도대체 어째서.

아무리 생각해도 좀 이상하다.

잠시 추락하면서 생각한 끝에 나는 간신히 원인을 파악했다.

'—그렇군, **이 녀석**인가—?'

아무래도 낙하 속도가 올라간 원인은 내 손에 꽉 쥐인 『흑색의 검』인 듯했다.

『흑색의 검』이 칼날도 서지 않은 칼 몸으로 『공기의 벽』을 베어 가르고 있다.

게다가 무슨 이유인지 모르겠는데 터무니없는 힘으로 나를 쭉쭉 아래쪽을 향해서 끌어당기고 있다.

얼마 전 『미궁』 깊숙한 곳으로 떨어져 내려갔을 때와 똑같은 감각이었다.

도대체 뭐가 어떻게 꼬여서 이렇게 되어 버렸는지 알 수가 없다.

아무튼 지금 상황은 정말이지…… 위험하다.

너무나 지나치게 빨랐다.

너무 빨라서 주변 풍경이 모두 일그러져 퍼져 나간다. 게다가 이미 내 몸이 떨어지고 있는 저편의 한 지점 이외에는 아무것도 안 보이는 상황이다.

이런 비정상적으로 빠른 속도를 나는 지금까지 체험한 적이 없었다.

그런데도 낙하하는 속도는 자꾸자꾸 빨라지기만 한다.

"─────────────────────."

이제는 공포 때문에 말도 안 나왔다.

조금이라도 긴장을 풀면 한순간에 의식을 잃어버릴 것만 같았다.

『흑색의 검』을 들고 있는 이상은 공중에서 감속할 방법이 아무것도 없다.

그렇다고 해서 지금 이 튼튼한 검을 대뜸 집어 던졌다가는 나는 이제 곧 격돌하게 될 지면으로부터 자신의 몸을 보호할 중요한 방패를 잃는 셈이다.

지금 이 검을 손에서 놓는다면 나는 반드시 죽는다.

다만— 손에서 놓지 않아도 죽는다.

나는 전력으로 『흑색의 검』을 부르쥐고 공포에 견디며 눈을 커다랗게 떴다.

단지 자신이 떨어져 가는 한 지점을 주시하고 곧 도래할 때를 기다리며 말소리가 되지 못하는 비명을 질렀다.

"─────────────────────!"

시야 앞쪽에 터무니없는 기세로 미슬라의 거리가 들이닥친다.

커다랗게 구멍이 뚫린 대성당의 지붕이 보였다.

나는 순식간에 구멍을 통과해서— 구멍의 너머.

내가 낙하하는 방향 바로 앞쪽에서 거대한 해골 괴물의 모습을 발견했다.

……어째서 저 녀석이 여기에 있지?

저 녀석도 나와 마찬가지로 지하 깊숙한 곳에 있었을 텐데.

혹시 내가 얻어맞고 날아갔을 때 뚫린 구멍으로 기어서 올라온 걸까.

그리고 뭔가 갑자기 주변이 어두워진 것 같다.

지금 여기에서 무슨 일이 벌어진 거야……?

의문은 끊이지 않는다. 다만, 아무튼 간에.

—마침 잘 나타나줬다.

"패리."

그 순간, 나는『흑색의 검』을 꽉 부여잡고 때마침 아래에 있던 해골의 머리를 낙하하는 기세까지 실어서 전력으로 가격함으로써 가까스로 위기를 모면할 수 있었다.

91 2만 년의 굶주림

나는『한탄의 미궁』안쪽에서 끊임없이 계속해서 솟아 나오는 마물을【신순】으로 쓸어버리며 자신들이 처한 상황에 당황하고 있었다.

'……대체 이곳에서 과거에 무슨 일이 벌어졌단 말인가.'

이곳,『악마의 심장(데몬즈 하트)』이 산처럼 잔뜩 쌓인 공간에 다다라 레인 왕자님에게 명령받은 목적을 달성한 시점에서 나와 로로는 당장에라도 이 미궁을 떠나 탈출할 필요가 있었다.

그러나 나는 제자리에서 움직일 수 없었다.

방금 전 큰 흔들림 이후 로로는 지면에서 몸을 웅크린 채 움직이지 않는다.

무릎을 꿇고 붉은색 돌산을 바라보며 소리도 내지 못하고 마냥 눈물만 흘리고 있다.

당연한 반응이었다.

현명한 저 아이는 눈앞에 있는 **동족의 처참한 말로**가 이렇듯 아무에게도 알려지지 않은 어둡고 깊은 곳에서 산처럼 쌓여 있는 광경의 **의미**를 목격한 순간에 곧장 이해했다.

보통은 열두 살 소년이 견딜 수 있는 충격이 아니다.

따라서 여차하면 로로를 끌어안고 탈출에 임할 각오는 당연히 하고 있었다.

그런데…… 상황이 더욱 기이해짐에 따라서 탈출조차 불가능해졌다.

우리가 이 방에 도착한 직후, 암흑 안쪽에서 강력한 마물이 끊임없이 솟아났기 때문이다.

꼬리에 꼬리를 물고 밀려드는 대량의 마물은 나의 『빛의 검』으로 베어 넘기면 대처는 어렵지 않지만, 처치해도 처치해도 계속 쏟아진다.

그뿐 아니라 어딘가에서 땅울림 같은 굉음이 울려 퍼지며 미궁의 벽이 무너지기 시작하고, 그것을 신호로 암흑 속에서 발생하는 마물의 양이 기다렸다는 듯이 폭발적으로 불어나더니 곧장 눈사태처럼 밀려드는 대군세가 되었다.

'……일단 로로를 지켜야 한다.'

나는 당황하면서도 저 무방비한 소년(로로)을 『빛의 방패』로 보호하는 한편 끝없이 밀려드는 마물 무리를 『빛의 검』으로 베어 넘겼다.

로로를 지키고자 신경 쓰면서도 한 번의 휘두름으로 십수 마리 정도는 처단할 수 있지만, 이래서는 도저히 다 감당이 되지 않는다.

이렇듯 이상 발생한 마물의 군세는 자꾸자꾸 숨 쉴 겨를도 없이 몰려들고 있다.

도저히 다른 데까지 신경을 쓰며 처리할 수 있는 양이 아니었다.

이 같은 상황이 이어지면 내가 로로를 짊어진 채 도망치기도 어렵겠다.

따라서 나는 마물 무리를 밀어내는 동시에 거의 기도하는 심정으로 소년이 차분한 마음을 다시 되찾아 주기를 기다리고 있었는데.

또다시 미궁 전체를 뒤흔드는 굉음이 울려 퍼지고.

머리 위에서 거의 폭발에 가까운 충격이 퍼져 나가며 미궁의 견고한 벽에 균열이 생겨났다.

"이네스."

로로가 불쑥 얼굴을 들어 올리더니 내 이름을 불렀다.

"……위에서 뭔가가 떨어질 거야. 굉장히 커다라네."

"—뭐라고?"

지금 흔들림은 더한 이상 사태의 조짐이었다.

로로의 말처럼 바로 위에서 거대한『무엇인가』가 땅을 마구잡이로 파헤치는 기세로 이쪽을 향해 다가든다.

게다가 이미 상대가 **바로 근처**까지 와 있음을 느꼈다.

'—위험하다—!!'

나는 즉각 로로를 끌어안고 세차게 뛰어 물러났다.

직후, 굉음과 함께 미궁의 천장이 붕괴하며 거대한 무엇인가가 암흑에 퍼진 마물 무리를 짓뭉갰다.

그것은 기이한 모습을 지닌 거대한 해골이었다.

다만 머리 부분이 잔뜩 파손됐고, 온몸의 뼈에는 마치 시귀(구울)와 같이 어중간하게 살점이 붙은 모습으로 보인다.

기이한 모습을 지닌 거대한 해골 괴물.

그런데 괴물이 두른 보석 박힌 현란한 의상은 어딘가에서 본 것처럼 낯익었다.

금세 떠올리지는 못했으나 잠시간 기억을 되새긴 뒤에 기시감의 원인을 깨닫는다.

"—『성 미슬라』……?"

괴물이 두른 의상은 미슬라 교국의 도처에 걸려 있는 『성화(이콘)』에 그려진 성 미슬라의 의상을 빼다 박았다. 한데 본래는 권위를 나타내야 했을 저 하얀색 의상은 무참하게 불타 눌어붙었고, 안면은 무엇인가에 거세게 얻어맞은 것처럼 무너진 터라 원형조차 유지하지 못한다.

……어째서 이곳에 저런 괴물이 나타났지.

내가 당혹감을 느끼고 있는 가운데 저것은 무너진 안면 깊숙한 곳에 있는 구멍과 같은 지점으로부터 귀청이 찢어지는 듯 거친 폭음을 울려 퍼뜨렸다.

『—아으아아아

아아아아아아아, 아으아아아아아아아아아아아아아아아.』

그리고 암흑 속에서 저 불안전한 안구가 꿈틀거리는가 싶더니.

『—찾아 았, 다.』

갑자기 괴물의 손이 나와 로로를 향해 뻗어서 들이닥쳤다.

“【신순】.”

나는 곧바로 『빛의 방패』를 생성해서 저 거대한 손을 막아 냈다.
간발의 차이로 방어에 성공했음에도 식은땀이 뺨에 내리흘렀다.
저 괴물, 몸체는 거대한데도 동작이 황당하게 빠르다.

『아으아아아아아아아아아아아아아아아아아아아아아아아아아아아아아아아아아아아아아아아.』

이후에도 눈앞에 있는 존재는 미쳐 날뛰며 내 『빛의 방패』에 주먹을 마구 내리찍었다.
『빛의 방패』는 충격을 전혀 흘리지 않고 막아준다. 다만 일심불란으로 우리를 후려갈기고자 하는 집념에 찬 모습을 보고 나는 반드시 지금 이곳에서 쓰러뜨려야 하는 적이라고 판단 내렸다.

"【신순】."

나는『빛의 방패』로 로로와 자신의 몸을 보호하는 한편『빛의 검』을 생성해서 괴물의 몸체를 후려쳤다.

나의【신순】으로 생성한『빛의 검』은 왕류금속(오리하르콘)도 성은(미스릴)도 세계 최고의 경도를 지니는 최경 광물(아다만타이트)조차 손쉽게 베어 가르는 특이한【은총(기프트)】이다.

나 스스로 지상에서 베어 가르지 못할 대상은 단 하나,『흑색의 검』을 제외하면 아무것도 없다고 자부했었다.

그런데 괴물의 신체를 벤 순간 위화감을 느꼈다.

'—나의『검』이 박히지 않는다?'

내『빛의 검』은 분명 괴물의 **살점**을 베어 갈랐다.

다만 상대는 대미지를 받은 낌새조차 없이 계속해서 움직인다.

그럴 리 없다고 생각하면서 나는 거듭거듭 같은 공격을 되풀이했지만, 몇 번을 시도해 봐도 똑같았다.

내가 휘두른『빛의 검』은 표층의 살점을 베어 갈랐을 뿐 괴물의 움직임에는 어떤 영향도 주지 못한다.

마치 자신의 공격이 괴물의 몸을 쓱 지나쳐 가는 것 같다는 생각마저 들었다.

괴물은 살점의 손상(대미지) 따위 전혀 개의치 않고 제 거대한 주먹을 내리찍는다.

『——아으아, 아으…… 아으——?』

이쪽에 상대의 공격은 통하지 않는다. 아울러 나의 공격도 상대에게 효과가 없다.

나와 괴물은 곧 서로 노려보기만 하는 교착 상태에 들어섰지만, 지금도 미궁의 마물들은 계속해서 솟아 나오고 있다.

그뿐 아니라 괴물의 미친 듯한 타격의 폭풍으로 미궁 구조물이 부서져서 바닥이 약해졌기에 까딱하면 자세가 무너질 지경이었다.

이대로는 로로를 무사히 지킬 수 없다.

'……안 된다. 나로서는 쓰러뜨릴 수 없는 적이야.'

내가 조바심을 느끼고 있던 때 갑자기 괴물의 공격이 멎었다.

의아하게 여기며 기묘한 신음 소리를 흘린 괴물의 상태를 주시하던 중 적은 느닷없이 무엇인가를 깨달은 듯이 빙그르 돌아서더니 암흑 너머로 기어가다시피 움직이기 시작했다.

적이 나아가는 방향에는 산처럼 쌓인 『악마의 심장』이 있었다.

이어서 얼굴 없는 괴물은 목구멍으로부터 섬뜩한 소리를 내며 붉은색 돌의 산으로 손을 뻗는다.

"그러지 마. 안 돼—."

로로의 가느다랗게 잠긴 목소리가 내 귀에 들려왔지만, 결국 괴물이 내는 굉음에 휩쓸려서 몹시 맥없이 사라져 버렸다.

『아스아아아아아아아아아아아아아아아아아아아아아아아아아아아아아아
아아아아아아아아아아아아아아.』

땅속에서 울려 퍼지는 절규가 미궁을 뒤흔든다.

마치 망령처럼 어둠 속에서 서 있는 괴물은 목의 접합부에 뚫린 구멍에다가 거대한 손으로 퍼 담은 대량의 『악마의 심장』을 흡사 음료수를 마시는 양 부어 넣는다.

『——아스, 이—— 이—— 아스.』

괴물이 대량의 붉은 돌을 맛있게 집어삼키자 피부가 없는 가슴과 복부가 소름 끼치도록 맥동했다.

동시에 미궁 전체가 세차게 요동친다.

어떤 공격도 완전히 차단하는 나의 『방패』가 일그러지고, 괴물로부터 피어오르는 막대한 마력의 분류 때문에 현기증이 났다.

주위의 벽과 지면에 커다랗게 균열이 생기며 발밑이 흔들거린다.

'……이게, 뭐지.'

찰나의 충격에 견딘 뒤 나는 눈앞의 기이한 광경을 보고 당황했다.

그러잖아도 차마 감당할 수 없음을 절감해야 했던 괴물의 힘이 지

금 막 폭발적으로 팽창하는 것을 느낀다.

이어서 훤히 노출된 괴물의 살점에 혈색을 띤 피부 비슷한 것이 휘감겨 붙더니 마치 독립된 생물처럼 꿈틀거리는 모습까지 보이기 시작했다.

'……저 괴물이, 막 집어삼킨 마석의 힘을 고스란히 흡수했다는 건가……?'

그 후도 괴물은 산처럼 높이 쌓여 있는『악마의 심장』을 닥치는 대로 자신의 몸에 쏟아부었고, 그때마다 폭발하듯이 마력의 파도가 밀려닥쳤다.

마치『한탄의 미궁』자체가 맥동하고 있는 것 같았다.

……이제 나로서는 절대로 막을 수 없는 적이다.

마주친 단계에서 이미 승산이 없음을 직감했을 만큼 끔찍한 괴물이 이 공간에 저장된 대량의『악마의 심장』을 전부 다 먹어 치우려는 기세로 게걸스럽게 삼키고 있다.

그것이 의미하는 바는, 요컨대—.

내가 머뭇거리고 있는 동안에 또 괴물의 마력이 폭발적으로 팽창한다.

『——아으아아——.』

'……큰일이다, 이제는 아무도 막을 수 없어.'

지금 눈앞에 있는 것은 신화시대의 사신(邪神) 같다는 생각부터 덜컥 들 만큼 인간과는 확연히 격이 다른 존재였다.

똑바로 대면을 하는 것만으로 저절로 몸이 움츠러드는 괴물, 상상 속 생물조차 아득히 초월하는 미지의 적.

감당할 수 없다. 이 나라에 있는 전력을 모조리 긁어모으더라도 분명 아무도 감당하지 못한다.

절망이 나를 지배해 가던 중 또 다른 위협의 기척을 감지하면서 내 몸이 얼어붙었다.

이렇듯 강렬한 오한을 느끼게 한 존재는 나의 바로 곁에 있었다.

저런 괴물을 앞에 두고도 무시할 수 없는 존재가 **바로 옆쪽에 있다**.

고개 돌리고 나는 곧바로 등줄기가 얼어붙는 듯한 기세를 발출하는 근원을 찾아냈다.

"……로로?"

옆쪽에 있는 인물은 로로였다.

막 방금 전까지 조용히 눈물 흘리고 있던 소년에게서 이제는 아무 감정도 느껴지지 않는다. 단지 무표정으로 처참한 말로를 맞이했던 동족들이 괴물의 입속으로 거듭거듭 들어가 삼켜지는 광경을 말없이 빤히 지켜보고 있다.

로로는 단지 아무 행동도 않고, 눈조차 한 번 깜빡이지 않고 단지 조용히 제자리에서 서 있을 뿐이었다.

……그런데도.

단지 가만히 서 있을 뿐인데.

나는 어째서 어린 소년으로부터 이렇듯 온몸에 소름이 끼치는 듯한 오한을 느끼고 있는 것일까.

지금은 마땅히 내 눈앞에 있는 절망적인 존재에 의식을 집중하는 것이 옳은 상황인데도.

나는 등 뒤에 있는 소년에게서 더 강한 **공포**를 느끼고 있었다.

"—있잖아, **너** 말이야."

로로의 입에서 작은 목소리가 새어 나왔다.

기묘하게도 저 괴물이 일으킨 땅울림이 울려 퍼지는 와중에 또렷하게 들을 수 있도록 힘이 들어간 목소리.

다만 평소의 소년에게서는 상상도 할 수 없도록 싸늘해진 음색.

로로는 놀라는 내 앞에 천천히 걸음을 디뎌 나아가더니 평온한 모습으로 괴물에게 말을 건넸다.

"먹었구나, 내 핏줄(동족)을."

그러자 괴물이 주먹을 번쩍 치켜들었다.

내가 로로를 보호하고자 자세를 취했던 순간.

치켜 올라간 기대한 주먹은 어찌 된 영문인지 괴물 본인의 턱을 때렸다.

'……뭐지……?'

괴물의 안면에 차오르던 두꺼운 살점 덩어리가 터져 나가고 주위에 육편이 날아 흩어진다. 미궁의 벽이 파괴된다.

예상외의 사태에 경직된 내 앞에서 로로는 스스로를 때리고 멍하니 서 있는 괴물에게 걸어간다.

나는 로로의 행동을 막으려 했으나 막을 수 없었다.

로로에게 손을 뻗으려다가 무의식중에 공포로 몸이 위축되어 붙잡지 못했다.

나의 감정, 두려움은 지금 저 괴물이 아닌 로로에게 향하고 있다.

"지금, 꽤 아팠을 거야. **알아**. 나는 지금 네 감정(마음)을 손바닥 보듯 **알 수 있거든.**"

그렇게 로로는 또 한 걸음 조용히 괴물에게 다가간다.

그러자 괴물이 한 발짝 멀찍이 후퇴했다.

"……응, **알 수 있어**. 너는 이제껏 쭉 배가 고팠던 거야. 줄곧, 줄곧. 맛있는 음식을 먹고 싶었을 거야. 그 마음은 나도 잘 알아. 나도

줄곧, 쭉……. 배가 고팠었으니까.”

말을 건네며 느릿한 걸음걸이로 다가가는 로로를 박살 내려는 듯이 괴물이 주먹을 높이 치켜들었지만— 그 주먹은 재차 스스로의 얼굴을 무참하게 부술 뿐이었다.

소년은 단지 조용히 스스로의 팔로 스스로의 살점을 잡아 찢는 거대한 존재에게 거듭 말을 건넨다.

“……근데 있잖아. 그건, 내 핏줄이거든. 얼굴도 전혀 모르는 데다가 단 한 번도 만나지 못한 사이지만, 그 사람들은 내 동족(이웃)이야. 알고 있었지? 맞잖아. 너는 뻔히 알면서 저질렀는걸. 딱히 **말하지 않아도 전부 알 수 있어**. 네가 즐기면서 저질렀다는 것을. 이곳에서, 줄곧, 줄곧.”

말이 끝나자 곧장 괴물은 일심불란으로 자신의 몸을 가격하기 시작했다.

눈 깜짝할 사이에 괴물의 온몸에 붙은 살점이 남김없이 떨어져 나가며 다시 뼈만 남는다.

즉각 살점이 재생을 개시했으나 결코 재생을 완료하지 못한 채— 또 금세 괴물 스스로의 손에 의하여 쥐어뜯는 모양새로 떨어져 나간다.

광기라는 말을 현실에 구현하는 듯한 광경이었다.

『——아·으아·

아아아아아아아아아아아아아아아아아아—— 아스엑!!』

고통 때문일까, 괴물은 말소리가 되지 못하는 비명을 내질렀다.

다만 그 절규를 차단하려는 듯이 목구멍에 스스로의 팔이 처박혔고, 목의 살점과 복부가 안쪽으로부터 파열되며 터져 나간다.

신화 속 신들과 같은 강대한 힘을 보유한 괴물이 스스로의 팔로 스스로의 살점을 거듭거듭 잡아 찢는 괴상한 광경.

그런 와중에 로로는 어둠 속에서 울려 퍼지는 싸늘한 목소리로 또 말을 건넸다.

"……지금도, 굉장히 아팠구나. **알아**. 나도 지금 네 아픔을 **똑같이** 느끼고 있으니까. 하지만 괜찮아. 네가 이 정도로 죽지 않는다는 사실쯤이야 너 자신도 잘 알고 있잖아."

괴물은 로로의 질문에 대답하지 않았다.

대답할 겨를도 없이 재생되는 목을, 복부를, 안면을 스스로의 손으로 계속해서 찢어발기고 있었다.

또한 질문을 한 로로도 괴물의 대답은 전혀 필요로 하지 않았다.

"……말하지 않아도 돼. 네가 하려는 짓도, 하기 싫은 짓도, 이제는 전부 알거든. 이곳에 있는 『붉은 돌』은 너한테 굉장히 영양가 있는 음식이었구나……. 그래, 좋아. 아예 마음껏, 잔뜩 먹어버리자. 이미 죽은 사람은 다시 살아서 돌아올 수 없는걸. 너도 줄곧, 줄곧—

배가 고팠잖아? 나도 그 마음은 잘 아니까. 괜찮아. 먹자. 어서."

로로가 신호하는 것처럼 살짝 턱을 들어 올리자 괴물은 산처럼 쌓인 붉은 돌을 가득 움켜쥐더니 주먹질에 가까운 동작으로 스스로의 주둥이 안쪽에 때려 박았다.

그렇게 괴물은 돌의 힘을 제 신체의 안에 흡수했고, 자연히 힘도 폭발적으로 증대되어 갔지만— 기껏 비축한 힘으로 또 스스로를 가격하더니 새롭게 살점이 붙은 머리를, 복부를, 팔을, 다리를 거듭거듭 쳐부쉈다.

또한 쳐부수는 동시에— 붉은 돌을 입으로, 목으로, 복부로 주먹질하다시피 **먹어 치웠다**.

"……그 돌, 맛있지? 괜찮아, 응. 돌 전부 네가 먹어 버려도 돼. 죽은 사람은 결코 돌아오지 못해. 그럼 차라리 네가 먹어 치워서 『힘』을 채우자. 그래, 이렇게 없애 버리면 앞으로 그 사람들이 더 이상 나쁜 짓에 이용당하지도 않을 테니까. 하지만…… 하지만 말이야. 그 대신에."

로로의 지독하게 싸늘한 목소리가 동굴에 울려 퍼지는 동시에 괴물의 몸이 펄쩍펄쩍 튀어 올랐다.

곧이어 괴물의 두 팔이 스스로의 가슴 부위를 꿰뚫고 심장을 덥석 움켜잡아서 뽑아 뜯더니 바닥에 집어 던졌다.

"그 사람들이 받았던 아픔 슬픔. 원통함— 네가 아주 조금이라도 맛볼 수 있다면 좋겠어……. 지금도, 무척 아팠구나. 하지만 겨우 이런 정도로는 아무 청산도 되지 못해. 이런 정도의 아픔으로는 아직도 한참 부족하다는 생각이 드네."

담담하게 말을 꺼내는 로로의 앞에서 괴물은 두 팔을 치켜들어 바닥에 내던졌던 스스로의 심장을 쳐부순 뒤에 또 스스로의 안면을 가격했다.

막 차오르던 볼살과 안구가 튀어 날아가서 주위에 흩어진다.

이어서 또 괴물은 주둥이 안쪽으로 붉은 보석을 쏟아부었다. 육체가 막 재생되려던 때에 온몸의 살점을 잡아 뜯더니 스스로에게 무릎을 차 올려서 자기 내장을 깨부순다.

괴물은『악마의 심장』을 먹어 획득한 방대한 힘으로 스스로의 신체를 가격하고, 상처 입히고, 재생시키기를 반복하고 있다.

끊임없이 되풀이되는 저 지옥과 같은 광경을 마주하면서 나는 차마 말도 나오지 않았다.

어째서 이런 사태가 벌어지고 있는지 나의 이해력이 따라가지 못한다.

다만 누구의 뜻으로 발생한 사태인지는 분명했다.

—로로가 저것을, 저 존재를 **통제**하고 있는 것이다.

『——아으아아아아아아아아아아아아아아아아아아아아아아아아아아아아

아아아아아아아아아아—— 아스엑!!』

성 미슬라(괴물)는 거듭거듭 비명 질렀다.

한탄인지 아픔인지, 혹은 공포인지 굴욕인지도 분간할 수 없으나 거듭 대지를 뒤흔드는 절규.

다만 저 절규를 내뱉는 목구멍마저 스스로의 주먹으로 박살 내기를 반복하고 있다.

"—알아. 어째서 나같이 작고 연약하고 별것도 아닌 녀석한테 꼼짝 못 하고…… 당황스러울 거야. 나도 어째서 이렇게 너를 움직일 수 있는지 스스로도 신기하거든. 나 같은 녀석한테 옴짝달싹 못 해서 분하니? 분하구나. 하지만 사실은 나도 마찬가지야. 나도 어째서 너처럼 하찮은 녀석 때문에 내 동족이 멸망을 맞이했는지…… 지금 진심으로 답답한 마음이니까."

그렇게 눈앞의 처참한 광경을 만들어 낸 소년은 느닷없이 자기 살점을 거듭 뜯어내고 있는 괴물에게서 빙그르 등을 돌렸다.

"—가자, 이네스. 이 녀석은 우리 힘으로 쓰러뜨릴 수 없어."

"……로로? 가다니, 어디에……?"

놀란 나머지 경직된 내 입에서 겨우 나오는 말에 로로는 냉정하게 답했다.

"지금까지 쭉 나는 저것의 『마음속 목소리』를 듣고 있었거든. 지금 저 녀석은 자신을 부수고 있는 것처럼 보이지만, 단순한 타격은 결국 **본체**에 아무 피해도 주지 못해. 하지만 저 괴물은 노르를 굉장히 두려워하고 있어. 그리고 노르의 『검』도. 노르가 휘두르는 **그 검**이 아니면 쓰러뜨릴 수 없어."

"……『흑색의 검』을 말하는 건가?"

"응, 맞아. 그러니 위로 올라가서 노르와 합류하자. 그리고 저 녀석을 해치우자."

고개 돌리는 로로에게는 이미 방금 전 내가 느꼈던 싸늘한 기세는 없었다.

다만 내가 알았던 소심한 소년의 모습도 없었다.

이곳에 있는 것은 눈동자에 차분한 의지를 담아낸 한 소년이었다.

"……알겠다. 다소 강행을 해서 올라갈 테니 나를 잘 따라와다오."

"응. 서두르는 게 좋겠어. 방금 전에는 기습이라서 통한 셈이고……. 다음부터는 더 이상 통하지 않을 거야."

그렇게 나는 『빛의 검』으로 천장을 베어서 열고 로로와 함께 똑바로 지상을 향해 올라갔다.

92 재회

"—정말로 죽는 줄 알았다."

운 좋게 낙하지점에 있어 준 거대 해골 덕분에 간신히 궁지를 모면한 뒤 지상으로 내려선 나는 한숨 돌리며 주변을 살펴봤다.

무너진 성당 내부에는 겁먹은 표정을 지은 수많은 사람들이 갈라지고 깨진 바닥의 위에 주저앉아 있다.

이곳에서 도대체 무슨 일이 벌어졌나 싶어서 의아하게 생각하며 아는 사람의 얼굴을 찾던 때 누군가가 나의 등 뒤에서 말을 걸어왔다.

"【말뚝 박기】…… 이게 도대체 어떻게 된 일이지?"

"시길인가."

고개 돌리자 낯익은 갑옷 차림의 남자가 있었다.

"네 녀석, 방금 막 아래에서 기다리고 있도록 말했을 텐데? 대체 왜 위에서 떨어지나?"

"나도 좀 혼란스러운데. 그냥 정신을 차렸을 때는 하늘 위에 있더군."

"……영문 모를 소리를 늘어놓는군. 뭐, 됐다. 아무튼 고맙다. 그런데 방금 전 괴물은 뭐지? 어째서 저런 괴물이 『성도』에 있단 말인가."
"그것도 솔직히 나는 잘 모르겠는데."

분명 아스틸라는 그 괴물을 가리켜서 『스켈톤』이 틀림없다고 말했지만.
솔직히 방금 전 목격했던 개체를 『뼈다귀 괴물(스켈톤)』이라고 부르기는 조금 망설여진다.
다만 지식도 없는 데다가 뭐라 설명해야 좋을지 모르겠어서 내가 대답을 못 하고 난처해하던 때.

"……으으. ……주, 죽는 줄 알았어요……."

고개 돌리자 성당 바닥에 뚫린 거대한 구멍을 지나 낯익은 여성이 기어 나오고 있는 모습이 보였다.
구멍 안쪽으로부터 모습을 드러낸 인물은 아스틸라였다.
곧이어 나를 발견했는지 구멍에서 기어 나온 뒤 옷에 묻은 먼지를 털며 일어서더니 우리가 있는 방향으로 걸어왔다.

"……노르……? 방금 뭐였죠……? 왜 갑자기 뼈다귀 괴물이 꽈당 떨어지는 거예요……? 하마터면 휘말려서 다칠 뻔했다고요."
"미안하군, 뒷사람까지 신경 쓸 겨를이 없었어."
"그런 게 머리 위로 뚝 떨어졌을 때는 진짜로 이제 죽는구나 생각을 했거든요? 뭐, 다행히 아슬아슬하게 피했으니까 괜찮긴 한데요."

"맞아, 시릴. 아까 본 괴물의 정체라면 저 여성에게 물어봐 주겠나? 나보다 훨씬 잘 알 거야."

"시길 씨…… 인가요?"

아스틸라가 시길에게 시선을 주자 주위에 있던 시길을 비롯한 모든 병력들은 모두 무릎을 꿇었다.

"예하, 무사하셨군요."

"……으음? 예하는 저를 말씀하시는 건가요? 여러분은 누구죠……?"

"―농이 과하십니다. 저희가 모실 주인은 당신을 제외하면 달리 아무도 없습니다."

아스틸라는 병력들의 행동을 보고 당황하는 모습이었으나 시길은 개의치 않고 계속해서 말했다.

"예하. 먼저 보고드리겠습니다. 얼마 전 포박을 명하셨던 저 남자 말입니다만, 저희『좌현』의 역량으로는 도저히 대항할 수 없었습니다. 친히 내려 주신 명령을 완수하지 못한 채 귀환해 버린 것을 우선 사죄드립니다."

시길과 병력들은 돌바닥에 머리를 조아리며 아스틸라의 답을 기다렸다.

"……어으. …… 이게 도대체 무슨 얘기일가요? 노르……."
"나한데 물어봐도 알 리가 없지."
"그 부분은 내가 설명해 줄게, 시길."

나와 아스틸라가 둘이서 얼굴을 마주 바라보며 당황하고 있던 때 재차 귀에 익은 목소리가 들렸다.
목소리의 주인은 미슬라의 황자, 틸렌스였다.
그 바로 뒤쪽에는 린도 있었다.

"노르 선생님, 무사하셨군요."
"린, 너도."

린과 틸렌스가 우리의 곁으로 다가오자 시길은 얼굴을 들어 올리고 작게 황자에게 물었다.

"틸렌스 전하. 예하께 혹시 변고가 있으셨습니까? 용태가 조금 평소와 다릅니다만."
"그래, 잘 봤어. 지금 어머님은 사정이 있어서 조금 혼란에 빠져 계시거든."
"……엥, 어머님이요? 제가 말인가요……? 어라, 저한테 자식이 있었던가요……?"

당황해서 고개를 갸웃거리는 아스틸라에게 황자는 얼굴을 가까이 가져가더니 자그만 목소리로 귓속말했다.

"……『어머님』. 죄송합니다만 지금은 말을 맞춰 주십시오. 사정은 머지않아 설명드리죠. 사태를 수습할 수 있다면요."

"……잘은 모르겠는데요, 아무튼 제가 당신의 엄마라는 말이죠……?!"

"……네. 당신은 저의『어머니』이자 아울러 신성 미슬라 교국을 다스리는『교황』이십니다. 이 같은 상황에서는 무난하게 **자리를 차지**해 두는 게 좋지 않겠습니까."

"……교오화앙……? 아하……? 잘은 모르겠는데요, 어쨌든 맡겨주세요! 제가 이래 보여도 연기력에는 자신이 있는 편이랍니다!"

아스틸라는 주변 사람들 전원이 지켜보는 와중에 말한 뒤 황자에게 엄지를 척 세워 보였다.

"……그럼『어머님』. 이제부터 잠시 성기사들의 지휘권을 저에게 부여해 주시기를 청합니다."

"……앗, 네에. 그렇군요. 으음~ 저는 지금…… 미궁 안에서 머리를 살짝 부딪혀서 기억이 좀 애매하니까요……. 뒷일은 이 아이, 틸렌스 군에게 맡기도록 할게요!"

""""……틸렌스 군?""""

앞에서 무릎을 꿇고 있었던 여섯 인물은 똑같이 고개를 갸웃거리고 서로 얼굴을 마주 바라봤다.

"……정말이군. 아무래도 예하는 상당히 혼란에 빠져 계신 듯하다. 전하, 도대체 성당 지하에서 무슨 일이 벌어진 겁니까?"

"진짜 긴급 사태가 발생했지. 『한탄의 미궁』이 활성화돼서 지금 이 순간에도 마물들이 터무니없는 속도로 솟아나는 중이야."

"『한탄의 미궁』이 말입니까? 설마요. 이미 예하께서 공략을 완료하시지 않으셨습니까……?"

"……미안한데 자세한 건 나중에 따지자. 네가 방금 전 목격했던 해골 괴물이 『미궁의 주인(던전 마스터)』이야. 그 녀석이 당장에라도 또 이곳으로 올라올 테고. 조속히 대처할 필요가 있어. 지금 동원 가능한 병력은 얼마쯤 되지?"

"라이버, 설명해드리도록. 이곳의 병력은 네 녀석의 지휘하에 있잖나."

시길에게 라이버라고 불린 백은빛 갑옷을 입은 병사가 아스틸라의 앞으로 걸어 나서더니 같은 자세로 무릎 꿇었다.

"예하. 왕녀 포박의 명령을 수행하지 못한 채 배알하게 된 죗값은 어떻게 처분하시든 달게 받아들이겠습니다."

"라이버. 그 명령은 이미 취소(캔슬)됐어. 그렇지요? 어머님."

"앗……. 네, 맞아요. 저번에 그건 캔슬로 부탁드릴게요. 그리고 이제부터는 틸렌스 군이 말하는 대로 따라 주세요. 저한테 물어보셔도 아는 게 없어서요."

"—넷. 명령에 따르겠습니다."

라이버는 바닥에 무릎을 꿇은 채 다시금 틸렌스 황자에게로 방향을 돌려 보고했다.

"병력 상황을 말씀드리겠습니다. 현재 부상당하여 활동이 아예 불가능한 인원은 한 명도 없습니다. 만전의 상태에서 전투를 수행할 수 있는 숫자는 성기사 중 4백 정도. 어떠한 명령이든 내려 주십시오."

"그럼 이제부터 싸울 수 있는 인원은 전부 대성당을 포위하는 진형으로 배치, 솟아 나오는 마물에 대처해. 그리고 전투를 수행할 수 없는 인원은 미슬라의 시민들을 유도하면서 도시 바깥으로 피난하도록. 가능한 한 멀리 떨어져야 함을 명심하고."

"……전 시민을 도시 바깥으로 피난시키라는 말씀입니까?"

"봤잖아, 방금 전 괴물의 모습을. 놈은 당장에라도 이곳에 나타날 거야. 이번에는 대량의 마물을 이끌고 말이지. 서둘러 시민들을 피난시키지 않으면 때를 놓치게 될걸. 라이버, 자네가 지휘를 맡도록 해."

"분부 받들겠습니다. 한데 예하와 전하께서는 어찌하시렵니까?"

"나와 어머님은 여기에 남아 마물들을 저지하겠어. 시민들의 피난이 끝나는 대로 우리도 도망치도록 하지. —서둘러. 한순간도 낭비하면 안 되는 상황이야."

"……분부 받들겠습니다."

그렇게 라이버라고 불린 거한이 많은 병사를 데리고 출발했을 때 갑자기 대성당의 건물이 삘찍삘짝 흔들리고 천장에서는 파편이 훌훌 떨어졌다.

"……뭐지……?"

이 흔들림은 지하 깊숙한 곳으로부터 발생하고 있는 것 같았다.

괴물이 떨어져 추락했던 구멍 안쪽으로부터 거듭거듭 무엇인가를 후려갈기는 충격음이 울려 퍼진다.

그 소리가 나는 동안에 건물은 내내 흔들리기를 반복했고 바닥에 점점 더 커다란 균열이 생겨났다.

천장의 장식이 떨어지고, 벽도 이제는 상당 부분이 허물어졌다.

건물 내부에 있던 사람들은 시길 및 우리를 제외하면 황자의 명령에 따라 전원이 피난한 것 같지만, 우리도 이대로 여기 머물렀다가는 위험하지 않나……?

위기감을 느끼고 내가 소름 끼치는 소리의 근원지, 구멍을 바라보던 때 다시 한번 낯익은 인물이 뛰쳐나왔다.

은제 갑옷을 착용한 금빛 머리카락의 여성 이네스와 창백한 소년 로로였다.

"이네스, 로로. 무사했군요."

"린네부르크 님, 미궁 깊숙한 곳에서 대량의 마물이 솟아 나오고 있습니다. 이곳까지 오던 중 최대한 벨 만큼 베었습니다만, 도저히 멎을 낌새가 안 보입니다.”

“네. 저도 지하에서 막 올라온 참이라서요, 상황은 직접 목격했습니다.”

“게다가…… 대단히 강력한 마물이 하나 있습니다. 그 적에게는 저의『빛의 검』조차 통하지 않습니다.”

“그 녀석, 아마도 훨씬 기운을 차려서 나타날 거야. 미안해……. 내가 이것저것 잔뜩 먹여 준 바람에 이렇게 됐어.”

로로의 말과 동시에 구멍 안쪽으로부터 대지를 뒤흔드는 소름 끼치는 신음 소리가 울려 퍼졌다.

그 목소리가 점점 지상으로 가까워짐에 따라 안 그래도 흔들리던 건물이 크게 무너져서 기울어진다.

지금 무엇인가 거대한 존재가 이곳으로 올라오고 있음을 깨닫는다.

……틀림없이 **그 녀석**이겠지.

“아마도 이 싸움은 우리나라(미슬라)의 존망을 건 갈림길이 될 텐데……. 솔직히 승산은 없을 거야. 그러니까, 린. 너는 일행을 데리고 이만 도망치도록 해.”

“……틸렌스 황자……? 하지만, 저희까지 빠지면—.”

황자의 긴장에 찬 목소리마저 지워 없애는 큰 땅울림이 자꾸 가까워진다.

충격 때문에 돔 형태의 지붕이 완전히 붕괴되자 검붉은색으로 물든 하늘이 보였다.

"—지금까지 정말 고마웠어, 린. 너희가 아니었다면 아마도 훨씬 더 심각한 상황을 맞이했을 거야. 하지만 결국 어디까지나 우리나라의 문제지. 이 이상 너희가 괜한 고생을 할 필요는 없어. ……물론 **어머님도**. 그러니까 너희는 이만—."
"틸렌스."

린이 황자의 말을 가로막았다.

"제가 당신의 됨됨이를 조금 오해했나 봅니다. 조금 전 저는 자국의 국익에 부합되는 한 어디까지나 **이웃 사람**의 입장에 서서 당신에게 협력하겠다고 말을 했었죠. 그러면 분명 저희에게 이 이상 이곳에 머물러야 할 이유는 없습니다. 하지만— 이제부터 저는 당신의 평범한 **벗**으로서 가세하고자 마음먹었습니다."
"……린……?"
"그러니까 공연히 사양하지는 마시죠. 저희도 기꺼이 함께 싸우겠습니다. 저희는 벗을 외면한 채 도망치는 막된 행동은 하기 싫으니까요. 그렇죠? 노르 선생님."
"뭐, 처음부터 도울 생각이었다만."
"죄송합니다, 또 제가 고집을 부린 바람에……."
"아니, 괜찮아. 그보다— 온다."

굉음.

우리가 서 있는 곳, 크게 균열이 생겨난 석조 바닥이 붕괴한다.

바닥의 구멍으로부터 거대한 무엇인가가 세차게 뛰쳐나왔다.

그 충격으로 대성당의 건물이 통째로 파괴되고.

무너져 가는 대성당 안쪽, 우리가 지하에서 바깥으로 올라온 존재가 쭉 날아간 방향을 올려다보면—.

그곳에는 이전보다 덩치가 두 배, 세 배로 불어난 『해골(스켈톤)』…… 아니지, 뼈가 완전히 살점에 파묻혀서 뒤룩뒤룩 부풀어 오른 괴상하게 생긴 모양새의 괴물(무엇인가)이 제 등에 거대한 날개를 잔뜩 펼쳐 내더니—.

『『『——아으. 아으아아아아아아아아아아아아아아아아아아아아아아아아아아아아아아, 아으아아아, 아으아아아아아아아——.』』』

온몸에 뚫린 거대한 입에서 이 세상 어디에서도 듣지 못할 끔찍한 괴성을 터뜨리며 우리의 머리 위 하늘 전부를 완전히 덮을 기세로 떠 있었다.

93 공감

느닷없이 나타난 괴물 때문에 대성당의 건물이 붕괴됐고, 우리는 부서진 바닥째 하늘을 날았다.

하마터면 잔해와 함께 전원이 지면에 나가떨어질 뻔했지만, 아스틸라가 곧장 만들어준 공기의 벽 덕분에 바닥으로 천천히 내려설 수 있었다.

"여기는—."

이곳은 내가 방금 시길 등 병사들과 같이 있었던『한탄의 미궁』의 입구 부근이었다.

주위를 둘러보면 아까 괴물이 지상으로 올라올 때 통과했을 거대한 구멍이 뚫려 있었지만, 이곳은 바닥이 무척 튼튼한 듯 달리 손상된 부분은 특별히 찾아볼 수 없었다.

다행이다, 아주 밑바닥까지 떨어지지는 않았군.

내가 조금이나마 안심한 것도 잠시뿐.

거대한 날개를 펼친 채 하늘로 떠오른 괴물은 우리를 노려 고속으로 날아들었고.

뒤룩뒤룩 부푼 신체의 이곳저곳에 생겨난 수많은 손을 하늘 가득히 뻗어서.

『『『【흑뢰】.』』』

그 손에서 극대의 검은 벼락이 쏟아졌다.

"패리."

머리 위로 떨어지는 거대하고 새카만 벼락을 나는 『흑색의 검』으로 힘껏 때렸다.

비록 내 검은 문제없이 새카만 벼락을 받아쳤지만— 이 벼락, 보통 묵직한 게 아니다.

목격한 순간부터 각오는 했었는데 아까 전과는 비교도 안 될 만큼 강력한 위력이었다.

전력으로 팔에 힘을 불어넣기는 했으나 끝내 버티기는 도저히 힘들었다.

팔과 다리, 온몸의 근육이 비명을 지를 겨를도 없이 찢겨 나갔고, 『흑색의 검』을 쥔 내 팔이 호쾌하게 튕겨 나간다.

"【신순】."

그러나 어느 틈인가 내 뒤쪽에서 대비 중이던 이네스가 즉각 거대한 『빛의 방패』를 만들어 벼락의 궤도를 틀었다.

그러자 거대하고 새카만 벼락은 하늘을 달려 올라가듯이 상승하여 아득히 먼 상공에서 터졌다.

곧바로 하늘 전체가 칠흑빛 암흑에 뒤덮이고, 뒤늦게 굉음.

상당히 먼 상공에서 발생한 폭발이었는데도 단지 폭풍 때문에 건물의 잔해가 모조리 싹 날아가 버렸다.

"엄청난 위력이군— 방금 전과는 비교도 되지 않아."

"노르 선생님. 지금 떨어진 벼락은…… 저 괴물이 날린 겁니까?"

"맞아. 고작 한 방을 견뎠는데도 이런 꼴이군."

괴물이 날린 벼락의 위력에 망연자실한 린에게 나는 자신의 손바닥을 보여 주었다.

검을 쥐었던 내 손은 까맣게 눌어붙어서 연기를 피워 올리고 있었다.

짧은 한순간 접촉했을 뿐인데 이런 참담한 꼴이라니.

다행히 나는【로우 힐】로 금방 회복할 수 있는 상처이지만……. 저런 공격이 연속해서 거듭 쏟아진다면 도저히 못 버틴다.

나는 찌릿거리는 감각이 남아 있는 팔로 무거운『흑색의 검』을 받쳐 들면서 상공에 떠다니는 괴물을 올려다봤다.

……저 괴물, 덩치뿐 아니라 힘까지 대폭 팽창했다.

저런 녀석과 싸워 이기려면 도대체 어떻게 해야 하지……?

"린네부르크 님— 대비해 주십시오. 지하에서도 마물 떼가 옵니다."

이네스가 린에게 경고하는 목소리를 듣고 돌아봤더니 미궁의『입구』와 지면에 뚫린 커다란 구멍으로부터 터무니없이 많은 무엇인가가 꿈틀꿈틀 솟아 나오다시피 밀려드는 광경이 보였다.

—저것들 전부가 『마물』이란 말인가.

마물 무리는 잔해의 산을 기어올라서 눈 깜짝할 사이에 우리 주위를 가득 메우려 한다.

다행히 어느 개체든 『고블린』보다는 훨씬 몸집이 작지만…… 숫자가 너무나 많다.

상공에 떠 있는 저 녀석(스켈톤) 하나만도 상당히 힘든 처지인데 기막힐 따름이다.

"조금 숫자를 줄이고 오겠습니다. 이네스, 원호를 부탁할게요."

"예."

이미 린과 이네스가 마물들을 베어 넘기고 있는데도 전혀 숫자가 줄 낌새가 없다.

그뿐 아니라 자꾸자꾸 늘어나는 것 같다는 생각마저 든다.

꼬리에 꼬리를 물고 무진장으로 솟아나는 것 같다.

"위험하군. 위도 아래도 동시에 대처해야 하는 상황인가."

"……네, 전원이 철저하게 진형을 짜서 맞서지 못한다면 금세 전멸당할 거예요."

린은 천천히 주위를 둘러보더니 갑자기 불온한 말을 꺼냈다.

분명 위험한 상황이기는 하다.

린과 이네스는 저 마물 군단과 아무렇지도 않게 선전을 펼치고 있지만, 조금 떨어진 지점에서 싸우고 있는 시길과 다른 인원들은 열세다.

아무래도 방금 전 충격을 받아 부상당했던 동료를 지키려 하는 듯한데 저들은 계속 밀려드는 마물 무리에 당장에라도 휩쓸려서 스러져 버릴 것 같다.

아스틸라와 틸렌스 황자에게 보호받으며 싸우고 있는 병사들은 괜찮은 것 같지만, 문제는 마물 군단과 덜컥 맞닥뜨려서 혼란에 빠진 사람들이다.

"……저쪽을 빨리 도우러 가야 할 텐데."

"네……. 하지만 또 위에서 다음 공격이 옵니다."

상공의 괴물은 수많은 눈을 뙤록뙤록 움직여서 이쪽의 상태를 살피고 있는 것 같았다.

위를 올려다봤더니 소름 끼치는 눈알 무리와 일제히 시선이 마주쳤다.

『『『【옥염(인페르노)】.』』』

머리 위에서 떠다니는 괴물은 무수히 많은 손을 맞대더니 거대한 불꽃 마법을 날렸다.

저것도 위험하다.

저 불꽃은 일단 몸에 휘감겨 붙으면 끝없이 살갗을 태워 죽음에 이르게 하는 상당히 까다로운 마법.

게다가 『벼락』과 마찬가지로 아까 보았던 공격과는 규모도 위력도 비교가 되지 않는다.

괴물이 하늘 전체를 뒤덮는 불꽃의 소용돌이를 만들어 낸 순간, 지상에 굴러다니던 건물의 잔해가 불타 녹아내린다.

—저런 공격이 이곳에 쏟아졌다가는 참사를 면할 수 없다.

“【풍람(윈드 스톰)】.”
“【람벽(스톰 월)】.”

머리 위로 쏟아지는 거대한 불꽃을 아스틸라와 린이 곧바로 바람 마법을 써서 밀어냈지만—.

『『『【흑뢰】.』』』

불꽃의 소용돌이를 관통하는 모양새로 또다시 극대의 새카만 벼락이 내리꽂혔다.

저 괴물, 아까보다 정말 과격하게 힘을 쓰는군.

하지만—.

"패리."

"【신순】."

내가 곧바로 잔해의 산을 달려 올라간 뒤 벼락에 『흑색의 검』을 휘둘러서 기세를 죽이자 뒤쪽에 선 이네스가 순식간에 궤도를 튼다.

나 혼자서는 도저히 감당이 안 되지만, 지금은 옆에 전우(이네스)가 있다.

불꽃의 소용돌이도 린과 아스틸라 덕택에 하늘로 무사히 밀어낸 것 같았다.

이제는 괴물이 스스로 불붙였던 불꽃에 타오르고 있다.

한때는 막막한 심정을 주체할 수 없었는데 대강 보아하니 어찌어찌 대처가 되는 분위기였다.

……그나저나 정말로 끝이 없구나.

위쪽 괴물은 언제든 내키는 대로 마법을 날릴 듯싶고, 미궁의 『마물』도 언제까지나 끝없이 솟아 나올 듯한 기세였다.

이러면 약간 조바심이 난다.

그러니까 지금 이 순간순간에 최대한 보탬이 되어야 한다.

"패리."

이대로 위쪽 괴물과 눈싸움을 하는 상태에서는 마물 떼를 못 버티고 휩쓸려 버릴 것 같은 사람들 전원을 구하러 가는 것은 어렵다.

따라서 나는 손 닿는 범위에서나마 병사들에게 달려드는 마물의 발톱과 이빨을 닥치는 대로 쳐낸다.

마물이 솟아나는 속도와 비교하면 숨 돌리기도 되지 않겠지만, 아무것도 안 하기보다는 낫겠지.

공격 수단을 잃은 마물이 상대라면 병사들도 위태롭지 않게 싸울 수 있다.

다만 이대로 가면 머지않아 숫자의 압박에 무너져 버릴 것이다.

그렇게 불안감을 느끼고 있던 때 불현듯 주위가 밝아졌다.

'—위험하다.'

무엇인가가 바짝 들이닥치는 기척에 위를 올려다봤더니 불꽃을 두른 괴물이 무시무시한 기세로 낙하하는 광경이 보였다.

저런 거체(덩치)가 떨어진다면 우리 전원이 짓눌려서 숯덩이가 될 테다.

괴물은 눈 깜짝할 사이에 머리 위까지 닥쳐들어서 곧장 불꽃에 감싸인 거대한 주먹을 우리에게 내리찍는다.

"【신순】."

다만 곧바로 이네스가 『빛의 방패』를 전개해서 괴물의 거체와 무수히 많은 주먹을 막아 냈다.

그 충격으로 대지가 갈라지고 이네스의 다리가 지면에 가라앉았다.

"이네스, 괜찮은가."

"그래. 이 정도로 나의 『방패』가 부서지지는 않는다만……. 이대로 가만있으면 안 되겠군."

이네스가 드물게 힘없는 목소리로 말했다.

확실히 이네스의 말처럼 이대로 같은 상황이 이어지면 위험하겠다는 생각이 든다.

마물들을 『빛의 방패』로 거듭거듭 베어 넘기던 이네스의 손이 멈추자 지상에 가득 차오르는 마물 떼의 기세가 더욱 거세진다.

괴물의 커다란 몸을 혼자서 막아 내는 이네스의 신체가 지면에 가라앉고 있던 때 로로가 우리의 뒤쪽에서 말을 걸어왔다.

"……이네스. 부탁이 하나 있는데."

"로로?"

"잠깐만 『방패』를 해제해 주면 좋겠어. 아주 잠깐만 풀어 주면 되거든. 안 될까?"

"……뭔가 생각이라도 있는 건가?"

차분한 모습으로 말하는 로로와 마주하며 이네스는 의문을 띤 표정으로 답했다.

"응. 자신 있는 타개책은 아닌데 잠깐 정도는 저 괴물의 움직임을 억제해서 시간을 끌 수 있을 거야. 그동안 저 녀석들과 유리하게 싸울 수 있도록 제대로 진형을 갖춰주면 좋겠어. 조금만 시간이 있으면 가능하겠지? 린."

"네, 확실히 진형을 갖출 시간은 필요해요. 그러데…… 어쩌려고요?"

"괜찮아. 너무 위험한 짓은 안 할 테니까."

그렇게 말한 뒤 로로는 겉옷 주머니에서 자그만 가죽 자루를 꺼내 보여 주었다.

그것을 보고 린과 이네스는 무엇인가를 납득한 것 같았다.

"……알겠습니다. 이네스, 부탁해도 될까요?"

"네. 곧 기회를 살펴 해제하겠습니다— 로로, 준비해라."

"응."

이네스는 괴물의 움직임을 주시하면서 한 차례 호흡한 뒤 거대한 『빛의 방패』를 쳐올렸다.

그러자 괴물은 하늘 높이 튕겨 날아가서 허공에 떠올랐다.

"로로. 『방패』를 해제하겠다."

"응. 고마워, 이네스."

직후에 이네스의 『빛의 방패』가 사라졌다.

거대한 방패가 사라짐으로써 시야가 탁 트였고, 마물 군단이 밀려드는 와중에 작은 소년이 외따로 뚝 서서 저 거대한 괴물과 마주하고 있다.

다소 기묘한 광경이었다.

로로는 주변 상황에 겁을 먹지도 않은 채 조용히 눈앞에 떠 있는 괴물에게 말을 건넸다.

"—있잖아, **너** 말이야. 내 목소리가 들리지?"

그러자 하늘에서 꿈틀꿈틀하던 괴물의 몸이 일순간 움직임을 멈추더니 곧 거대한 안구 전부가 일제히 로로에게 향했다.

"……역시 잘 들리나 보네. 다행이야. 나한테는 더 이상 네 목소리가 들리지 않거든."

갑자기 괴물과 대화 나누기 시작한 로로를 모두 멍하니 지켜봤다.

한편 괴물도 어찌 된 영문인지 공격을 멈춘 채 로로의 이야기를 듣고 있는 모습이었다.

"……하지만, 알아. 너는 틀림없이 뭔가 잘못됐다는 생각을 하고 있어. 지금 넌 죽을힘을 다해서 내가 들여다보지 못하게 마음을 꽉 닫아 놨잖아. 더 이상은 두 번 다시 조종당하지 않겠다고 애쓰는 거야. 아까 경험한 게 어지간히도 무서웠나 봐. 너는 **겁먹은 탓에 우리한테 적극적으로 다가들 수 없어**. 아니야?"

괴물은 로로의 발언에 대답하는 것처럼 공중에서 소름 끼치게 꿈틀거렸다.

『『『——아으, 아으아아아아아, 아으아아아, 아으아아아아아아아아아아아아아아아아아아아아아아아아아아아아아아아아아——.』』』

거대한 몸뚱이로 괴물이 큰 소리를 쏟아 냈을 뿐인데 지상에 수많은 균열이 그어졌다.

주위 지면이 순식간에 무너져서 함몰되어 간다.

그럼에도 전혀 개의치 않고 로로는 계속해서 괴물에게 말을 건넸다.

“—역시나. 넌 이미 마음먹기만 하면 미슬라(여기) 전체를 한순간에 무너뜨릴 수 있을 만큼 힘을 비축했어. 그런데 왜 너는 끝장을 안 내는 걸까? 이상하잖아. 어째서일까. 마치 넌 끝장을 내기 **싫어하는** 것 같네.”

『『『——아으, 아으아아아, 아—— 아으아아아아아아아아아아아아아아아아아아아.』』』

괴물의 몸 곳곳에서 자라난 팔들이 새카만 벼락을 잔뜩 발사하자 미슬라의 온 거리에 있는 건물이 부서졌다.

저 행동은 명백하게 로로의 말에 반응해서 화내는 듯 보인다.

놈의 형체가 더욱 부풀어 오르고, 힘이 들끓는다.

“……알 수 있어. 네가 **망설이고** 있기 때문이야. 너는 오랫동안 애써서 모은 사냥(음식)감을 허망하게 잃기 싫은 거야. 그래서 지금 넌 이렇게 **어중간한 공격**만 반복하고 있어. 그랬던 거야. 안됐구나, 마음껏 먹지 못해서.”

『『『——아으, 아으아, 아—— 아으아아아아아아.』』』

새카만 벼락이 로로의 눈앞에 떨어지자 튕겨 날아갔던 잔해가 머리로 날아 부딪쳤다.

다만 저 벼락은 명백하게 아까보다 위력이 약하다.

“……응, 맞구나. 물론 넌 우리와 달리 굉장히 굉장히 긴 수명을 갖고 있으니까……. **전부 다 없애버려도 딱히 상관없다**고 넌 생각하고 있어. 전부 잃어도 다시 처음부터 다시 시작하면 된다고. 너는 그렇게 할 수 있으니까. ……그런데 정말 괜찮은 걸까? 다시 시작해도? 너는 정말로 만족할 수 있어?”

마구 몰려드는 마물에게 포위당하는 와중인데도 이곳에 있는 모든 인원이 마른침을 삼키며 가만히 로로를 지켜봤다.

“—역시 싫구나. 눈앞에 나라는 **진수성찬**이 있는데도 꾹 참고 포기해야 한다니. 너는 내 피를 마시고 싶었지? 내 피는 너한테 더할 나위가 없는 진수성찬이잖아. 너는 줄곧 줄곧, 오래도록 배가 고픈

데도 참아 왔잖아? 정말 괜찮겠어? 애써 노력해서 예전보다 강해졌는데. 이렇게 쉽게 포기해도 괜찮아?"

『『『――아으, 아으아아아―― 아.』』』

괴물이 소리를 지를 때마다 쏟아지는 위압감도 고조된다.

잔뜩 증식한 수많은 팔에서 거듭 강렬한 힘을 보유한 새카만 벼락이 번쩍거리며 휘감긴다.

다만 로로는 괴물을 똑바로 바라보며 냉정하게 말을 이었다.

"―하지만 어쩔 수 없겠네. 여기에는 되게 까다로운 녀석이 있잖아. 무서워서 손을 못 대겠지. 어떤 수단을 써서든 해치우지 않으면 또 무슨 봉변을 당할지 모르니까. **그러니까** 이제는 **어쩔 수 없다**고, 이런 생각을 하며 넌 **포기했어**. 네가 멀리서 마법을 날리는 이유는 우리에게 이길 자신이 없기 때문이겠지? ―무서워서. 두려워서. 싫은 상대를 어서 빨리 눈앞에서 없애버리고 싶어서 못 견디는 거야. 왜냐하면 넌 이미 자신이 약하다는 것을 알아 버렸으니까. 실제 이렇게 **도망치는 길을 선택했어**. 알아, 네 마음. 나도 굉장히 약하니까."

하늘에 떠 있는 괴물의 움직임이 뚝 멈췄다.

"그래도 괜찮아. 더 이상 쓸데없이 겁먹고 거리를 벌리지 않아도 돼. 왜냐하면―."

그리고 다음 순간에.

“내가 너한테 가 줄 테니까.”

로로가 지면을 박차고 괴물을 향해 거침없는 기세로 뛰어올랐다.

94 로로의 친구

나는 도발의 말을 늘어놓은 뒤 괴물을 향해 똑바로 뛰었다.

그러자 괴물은 무수히 많은 손바닥을 일제히 이쪽(나에게)에 뻗어서 또 『새카만 벼락』을 날렸다.

『『『【흑뢰】.』』』

그러나 벼락은 명중되기 직전에 직격을 피하려는 듯이 **어긋나서** 저 멀리 산에 맞아 산등성이를 깎아 냈고 폭풍이 몰아치며 내 몸을 날려 버리기는 했지만, 결국 피부의 표면이 조금 화끈해진 것이 전부였다.

'—다행이야, 도박 하나는 이겼구나.'

저 괴물은 지금 나라는 사냥감을 『죽이지 않는다』고 결정했다.

살릴지 죽일지 망설이던 마음이 굳어졌다. 제 발로 노르와 멀리 떨어져서 미련하게 혼자가 된 사냥감(나)을 포박하기로 결정했다.

따라서 나는 폭풍에 휩쓸려 하늘로 날아오른 잔해를 발판 삼아 또다시 뛰어오른다. 꿈실꿈실 움직이는 수많은 안구로 이쪽을 주시하고 있는 괴물을 향해서.

『『『――아으, 아으아아아아아아아아아.』』』

그러자 괴물은 기뻐하며 웃음 지었다.

촉수와 비슷하게 생긴 팔을 뻗으면 곧 닿을 듯한 거리까지 내가 가까이 접근했다며 소리를 높여 기뻐했다.

이 괴물은 스스로 자기 눈앞까지 날아든 작은(내) 존재가 아무런 힘도 없이 단순히 음식(먹이)에 불과하다는 것을 잘 이해하고 있다.

주위의 까다로운 녀석으로부터 멀리 떨어졌기에 더 이상 아무런 저항도 하지 못하는 연약한 존재라는 것을 제대로 파악하고 있다.

그러니까 나를 이렇게 비웃고 자신에게 먹히기 위해 날아온 어리석은 음식(먹잇감)이라며 조롱한다.

맞는 판단이고 맞는 조롱이었다.

괴물이 생각하는 대로 나는 정말이지 아무런 힘도 없었다.

검을 제대로 쥐어 잡지도 못할 뿐더러 물론 이 강대한 괴물과 정면으로 맞서 싸울 수 있는 어떠한 능력도 갖지 못했다.

방금 전처럼 허를 찌르기라도 하지 않는 한 일순간에 냉큼 틀어잡아서 편하게 입속으로 집어넣을 수 있는 별것도 아닌 존재다.

나 또한 잘 아는 사실이다.

따라서 지금의 나는 정말로『먹이』에 불과했다.

단순히 이 녀석을 가까이 유인하기 위한 **살아 있는 미끼**.

『『『――아.』』』

곧장 괴물이 무수히 많은 커다란 주둥이를 벌리고 두꺼운 팔을 뻗는다.

그럼에도 나는 아무런 저항을 하지 못했다.

공중에서 피할 방법도 없다.

그러니까 이 녀석은 이렇게 계속 비웃게 놓아두면 된다.

이것이 연약한 나만 수행할 수 있는 역할이니까.

『『『——아으아아아아아, 아으아아아.』』』

이제 괴물의 마음속 목소리는 들리지 않는다.

하지만 괴물이 마음속 깊이 웃고 있다는 것은 안다.

이 녀석은 내 피와 살을 먹는 순간이 정말로 기대됐나 보다.

이 순간은 다른 모든 생각을 싹 잊어버렸다.

괴물의 무수히 많은 주둥이에서 대지를 뒤흔드는 듯한 환희의 목소리가 터져 나온다.

"하하."

무심코 나도 같이 웃었다.

나는 이 시점에서 한 가지 역할을 완수했다.

이 괴물의 주의를 자기 자신에게 끌어옴으로써 아주 약간의 시간을 낭비시키는 데 성공했다.

그러니 지금 이 잠깐의 순간에는 천금의 값어치가 있었다.

아주 약간의 시간만 주어지면 지상(아래)에 있는 노르와 린, 이네스는 분명 흩어진 사람들을 한데 모아서 유리하게 싸울 수 있도록 태세를 잘 갖춰 줄 테니까.

이렇게나 약한 존재인데도 많은 사람들에게 도움이 되어 줄 수 있다니.

이미 충분한 뿌듯함을 느낄 수 있었기에 저절로 웃음이 살짝 복받쳤다.

—하지만.

지금 이 상황에서 내가 **괴물**에게 잠자코 잡아먹혀 준다면 틀림없이 훨씬, 훨씬 더 많은 시간을 끌 수 있겠다.

그렇게 하면 더 좋을지도 모른다.

자신은『마족』이기에 언제나 많고도 많은 사람들에게 증오의 대상이었으니까. 지금 이 괴물에게 잡아먹혀서 사라져 버린다면 그것은 분명「좋은 일」이라는 생각이 든다.

또한 분명히「사람들에게 도움이 됐다」라고 충분히 가슴을 펴고 말할 수 있는 결말일 것이다.

나 같은 녀석도 죽을 때까지는 무엇인가 다른 사람에게 도움이 되고 싶다는 생각을 쭉 해 왔었다.

그러니까 지금 저 녀석에게 내가 맛있는 먹잇감으로서 먹혀서 죽는 것은 틀림없이 좋은 결과다—.

—이처럼 비관적인 생각을 얼마 전의 나였다면 부정하지 않았을지도 모른다.

다만 신기하게도 지금은 전혀 목숨을 내던지자는 생각이 들지 않는다.

이제 곧 괴물의 촉수(손아귀)가 몸에 닿을 지경인데, 이런 상황에 처했는데도 의외라는 생각이 들 만큼 차분한 자신을 깨닫고 놀라게 된다.

나(자신)에게는 지금 절대로 **죽지 않는다**는 확신이 있다.

아니, 더 정확히 표현하면 절대로 **죽어서는 안 된다**는 생각을 가지고 있다.

왜냐하면 이미 미안느 씨와, 라이어스 씨와 「또 맛있는 요리를 먹으러 간다」라고 약속을 해 버렸으니까.

게다가 이 나라로 온 나를 살려서 귀환시키기 위해 수많은 사람들이 힘써 줬다는 것을 잘 안다.

또한 지상에서 내가 무엇을 하고 있는지 지켜봐 주는 린과 이네스, 노르.

나를 친구라고 생각해 주는 저 마음씨 착한 사람들은 내가 작은 상처만 입어도 달갑게 여기지 않는다는 것을 제대로 잘 알고 있다.

따라서 내가 좋아하게 된 사람들의 기대를 배반하는 행동은 저지르고 싶지 않았다.

나는 시간 끌기용 『미끼』 역할을 맡고자 지금 이곳까지 올라오기는 했지만.
물론 이곳에서 죽을 생각도, 꼭 살아가기를 포기할 뜻도 없었다.

"미안, 잡아먹혀 주지 못해서."

그러므로 나는 눈앞에서 기뻐하는 괴물에게 작게 사과했다.
그 대신에 웃을 시간은 주고 싶었다.
지금 이 순간이나마.
이렇듯 짧은 시간만 주어져도 준비를 하기에는 **충분**하니까.

이제 곧 괴물의 촉수가 내 몸에 뻗어서 닿는다.
그 순간, 나는 오켄 씨에게 받았던 가죽 자루에서 꺼내 든『마술사의 반지』를 손가락에 끼우고 그 안쪽에 있는 **친구**의 이름을 불렀다.

"이리 와, 라라."

그러자 반지에 박힌 붉은색 마석이 격렬하게 빛을 발했고, 막대한 마력이 주위에 폭발하다시피 흘러넘쳐서 내 몸을 감쌌다.
눈 깜빡이는 시간보다도 훨씬 더 짧았던 찰나, 나는 극한까지 의식을 집중시켜서 반지의『붉은 돌』로부터 분출되는 방대한 힘을 움직였다.

'연습한 대로 해내면 괜찮아.'

짧은 한순간의 조작이라서 더욱 어려운 데다가 자칫 한 번만 실수하면 자신의 몸 내부로 흘러들어 죽는다고 오켄 씨에게 가르침을 받았다.

그래도 분명 성공할 수 있다.

오켄 씨와 같이 쭉 이것 하나만을 연습해 왔으니까.

—진홍빛 돌이 가진 방대한 마력을 일단 신체의 표면에 흘렸다가 아주 자그만 양도 놓치지 않게 주의하면서 다시 『마술사의 반지』로 흘려 넣는다.

이렇게 더욱 증폭된 막대한 마력을 마치 심장으로 혈액을 보내는 것처럼 거듭거듭 『붉은 돌』에 환류시켰다.

같은 과정을 되풀이함으로써 반지의 힘은 폭발적으로 고조됐고, 거대한 『힘』이 반짝반짝 빛나는 소용돌이로 화해서 눈앞에 나타난다.

지금부터 내가 쓰고자 하는 것은 마도구를 활용해서 마석 안에 봉인해 놓은 마물을 불러내는 『소환 마술』이다.

이것은 무척 어려운 술법이라고 한다.

게다가 안에 가두어 놓은 존재의 힘이 강대하면 강대할수록 큰 힘을 필요로 하고 실현은 더욱 어려워진다.

그렇지만 과거에 『마족』이 『마족』이라고 불리기 이전.

『레피족』이라고 불렸던 사람들은 이런 분야에서 무척 뛰어났다고 했다.

따라서 해낼 수 있다는 생각이 든다.

나에게도 틀림없이 『레피족』과 똑같은 피가 흐르고 있을 테니까.

"—이제 나와도 괜찮아."

이어서 나는 증폭된 전 마력을 반지에 흘려 넣어서 진홍빛 마석의 안쪽에 있는 **친구**를 불러내는『소환 마술』을 발동시켰다.

그 순간, 반지에 깃든 마력이 터지며『문』에서 눈을 사르는 듯 격렬한 적자색의 섬광과 함께 하늘을 뒤덮다시피 커다랗고 새카만 형체가 모습을 나타낸다.

이렇듯 반지의 돌에서 나타난 **친구**—.

과거에 노르가 이름을 붙여주기 전까지는【재액의 마룡】이라고 불렸던 거룡 **라라**가 나를 거머쥐고자 했던 괴물의 수많은 팔을 눈 깜짝할 새에 물어뜯었다.

『그아으아아아.』

『『『——아으아아.』』』

라라는 절규를 터뜨리며 공중에 떠 있는 괴물과 격하게 추돌해서 적의 부풀어 오른 살점을 커다란 턱으로 물어 찢었다.

그리고 은근히 자랑하는 기다란 꼬리로 있는 힘껏 아래쪽에서 괴물의 몸을 가격했고.

『——————————끄아.』

하늘 높이 날아서 허우적거리는 괴물에게 나의 친구(라라)는 주특기 『파멸의 빛(브레스)』을 날려 통째로 구워버렸다.

하늘을 꿰뚫고 뻗어 올라가는 빛기둥.

어둠에 감싸였던 하늘이 일순간 밝아지면서 미슬라 전체에 굉음과 폭풍이 밀려닥쳤다.

폭풍에 휩쓸려서 날려 가면서 나는 미슬라에 큰 그림자를 드리운 채 기분 좋게 하늘을 날아 포효하는 라라의 모습을 바라봤다.

'……좁은 데 가둬 놔서 미안해, 라라.'

새삼 저 모습을 보니 안타까운 마음이 든다. 저런 커다란 생물이 용케도 조약돌만 한 작은 돌에 들어가서 가만히 기다려 줬다.

내가 낀 『마술사의 반지』에 부착되어 있는 붉고 투명하며 자그만 돌— 오켄 씨가 옛날에 친한 친구한테 건네받았다는 『악마의 심장』 한 조각에 **라라**는 줄곧 봉인되어 있었다.

분명 무척이나 갑갑한 심정이었을 텐데 라라는 기꺼이 동의하고 여태 가만히 견뎌 줬다.

—그날 이후로 나와 마룡(라라)은 사이가 조금 좋아졌다.

마도황국의 습격 후【재액의 마룡】이라고 불렸던 라라는 클레이스 왕국에 남았다.

물론 라라를 위험시하는 사람도 많이 있었지만, 라라는 어떻게 된 영문인지 노르를 절대적인 주인으로서 인정한 터라 노르가「더 이상 사람을 해치지 말고 얌전히 지내 주면 기쁠 거야」라고 말했다는 것을 전해 주자 그때부터는 쭉 당부받은 대로 얌전히 있어 줬다.

그 후 왕도로부터 조금 떨어진 황무지에서 지내게 된 새 친구(라라)를 보살펴 주는 역할은 유일하게 의사소통이 가능한 내가 왕궁의 의뢰를 받는 형태로 맡게 되었고, 매주 한 번씩 식사를 위해서 나는 가엾은 소와 돼지를 데리고 라라의 거처를 방문했었다.

라라는 산처럼 큰 몸을 갖고 있는데도 의외로 소식가라서 양은 충분한 것 같았다.

식사 때 라라와 나는 자주『이야기』를 나눴다.

라라는 오래 살아온 만큼 영리하고 많은 지식을 갖고 있었다.

라라에게도 본인과『이야기』를 나눌 수 있는 존재는 드물었는지 먼저 곧잘 말을 걸어왔다.

라라가 늘 같은 주제로 수다를 떨고 싶어 했기에 우리는 노르의 이야기를 많이 나눴다.

자신이 주인으로 인정한 노르의 이야기가 나오면 라라는 무척 희색을 띠며 입을 움직였다.

—둘이서 일대일로 맞서 싸웠을 때 얼마나 무시무시한 충돌이 벌어졌는지.

그리고 작은 신체를 가진 보잘것없는 존재의 칼질에 자기 발톱이 튕겨 나갔을 때 얼마나 가슴이 두근거렸는지.

가장 강력한 『숨결(브레스)』조차 받아쳐 버렸을 때는 자기 눈을 믿을 수 없었지만, 그 남자라면 당연하다.

자신은 분명 그 남자와 만나기 위해 태어난 것이다— 라고.

뭔가 팔불출처럼 연인의 자랑을 늘어놓는 듯한 모습이었다.

라라는 금이 간 커다란 발톱을 자랑스럽게 보여 주면서 나에게 하염없이 그때의 이야기를 계속해서 들려줬다.

가끔 감상을 요청하는 경우가 있었고 나는 대체로 듣는 역할이었지.

그래도 가끔은 내가 나서서 이야기를 할 때도 있었다.

내가 예전에 노르 덕분에 목숨을 구한 적이 있다고 말해 주자 라라는 더 자세히 이야기를 듣고 싶어 했다.

정말 엄청나게 집중한 채 귀를 기울여줬고 한 가지 이야기를 들려줄 때마다 만족스럽게 크릉크릉 소리를 냈다. 이후에도 같은 이야기를 자꾸자꾸 졸랐고.

결국 언제나 똑같은 이야기만 나눴던 것 같기는 한데.

그럼에도 싫증이 나지는 않았다.

매주 정해진 시간마다 나는 자리를 떠야 했지만, 또 다음에 만날 때에는 지루해 하지 않고 누군가 한 사람이 또 비슷하게 뻔한 이야기를 꺼낸다.

매주, 매주, 같은 이야기를 되풀이하는 관계.

그런 만남이 3개월 동안 쭉 이어졌고, 그렇게 나와 새 친구는 조금 친해졌다.

하지만 결국 그동안 라라는 노르와 한 번도 만나지 못했다고 한다.

용이라는 생물은 욕망에 충실하다는 말을 들었기에 의아하게 생각해서 「만나고 싶지 않은가」라고 물어봤더니 역시 「만나고 싶다」라는 답이 돌아왔다.

다만 라라는 「지금 당장이 아니어도 괜찮다」라고 덧붙였다.

노르와 자주 만나지는 못하지만……. 그래도 몇십 년에 한 번 정도로 만나러 와 주기만 해도 기쁘다는 말을 했었다.

자신은 몇백 년이든 기다릴 수 있다면서.

인간은 그렇게 오래 살지는 못해, 라고 가르쳐주자 유감스러워 했지만.

……그게 주인의 생각이라면 뜻에 따를 뿐이다— 라고 말했더랬지.

라라는 의외로 일편단심이었다.

용이라서 조금 흉포하기는 한데…… 말을 나눠 보면 무척 친근감이 느껴지는 성격이었다.

또한 라라도 나를 「쪼그만 주제에 제법 말이 잘 통하는 신기한 녀석」으로 느끼는 듯했다.

더 정확하게 말하면 자신과 마찬가지로 「주인을 우러러 받드는 자」라는 조건은 붙여서 『동류』로 받아들이는 것 같다.

그랬기에 라라는 오켄 씨의 힘을 빌려서 이렇게 『마술사의 반지』에 집어넣었을 때도 내가 부탁하자 기꺼이 수락해 줬다.

—『그럼으로써 주인에게 도움이 될 수 있다면』이라는 말과 함께.

라라가 쏜 『파멸의 빛』의 충격으로 휙 날려 가서 떨어지는 와중에 문득 아래쪽을 살피니 지상에서는 이미 마물 군단과 대치하기 위한 태세를 갖추어 가고 있는 광경이 보였다.

마구 쏟아지는 마물들과 마주한 채 미슬라의 병사들은 진형을 짜서 거리를 벌린다. 한편 교황도 병사들을 지키며 마물 군단을 막아냈고, 이네스가 『빛의 검』으로 한꺼번에 적을 쓸어버린다.

린과 틸렌스 황자가 함께 지휘를 맡아 저 형세를 완성 시킨 것 같았다.

그 덕분에 아까 전과 비교하면 마물이 늘어나는 기세도 억제되어 꽤 여유가 생긴 듯 보인다.

내가 상공에서 내려다보고 있다는 것을 알아차린 린과 눈이 맞았다.

그리고 눈이 마주쳤던 순간에 린이 떠올리고 있는 어떠한 어떤 생각이 내 머릿속으로 한순간에 흘러들었다.

'……굉장해, 정말로 벌써 전부 다 준비가 끝났구나.'

역시나 상상했던 대로…… 아니지, 오히려 훨씬 더 빨리 린은 이렇게나 짧은 시간에, 눈 깜짝할 사이에 혼란이 가득 들어찼던 상황을 정리해 버렸다.

그뿐 아니라 내가 취하고자 했던 행동의 의도도 전부 정확히 파악해 준 것 같았다. 이미 내 역할까지 반영해서 **이후**의 작전 수립을 마쳐 놓았다.

괴물을 향해 뛰어오르기 조금 전, 나는 노르가 가지고 있는『흑색의 검』을 저 괴물이 두려워하고 있다는 사실을 린에게 전해줬다.

따라서 지금 이곳에 있는 전력을 어떻게 배치할지에 대한 구상이 린의 머릿속에서는 이미 정리되었고, 우리들 전원이 취해야 할 다음 행동도 산출되고 있다.

—이제부터 우리는 린의 의도에 따라 움직일 뿐.

정말 이렇게 짧은 시간에……. 뭐랄까, 굉장하다고밖에 달리 할 말이 없는데.

린의 발상을 하늘에서 기분 좋게 날갯짓하고 있는 라라에게 내가『목소리』로 고스란히 전해 주자 라라는 떨어지는 나를 공중에서 받아 내더니 곧바로 세차게 노르가 있는 위치로 내려섰다.

너무 기세가 세찼던 탓에 지면이 가라앉은 데다가 흔들림 때문에 사람만 쓰러지는 게 아니라 주변 건물까지 무너졌다.

그럼에도 노르는 지상으로 내려선 우리를 반갑게 맞이해 줬다.

"……굉장하구나, 로로. 방금 전 공격이면 저 괴물도 이제 끝장이 나지 않았을까?"
"아니야. 분명 굉장했지만 저런 공격은 전혀 통하지 않는 것 같아."

그렇게 알려 주자 노르는 의외라는 듯이 하늘을 올려다봤고, 라라는 조금 불만스럽게 으르렁 소리를 냈다. 다만 하늘에서 아무런 일도 없었다는 듯이 또 내려오는 괴물을 보고 둘 모두 납득하는 기색이었다.

『――크으으――.』

이어서 고마운 내 친구(라라)는 곧장 쭉 만나고 싶어 했었던 주인(노르)의 앞에서 몸을 푹 낮추더니 기다란 목을 바닥에 대고 나지막하게 으르렁 소리를 냈다.
뭔가 무척이나 행복해하는 목소리였다.

"노르. 얘가 등에 타라고 하네."
"무슨 소리야……?"
"라라가, 노르랑 같이 저 거슬리는 녀석을 때려눕히고 싶대."
"오호라……. 요컨대, 다시 말해서. 내가 저 녀석이 있는 하늘까지 가야 한다는 말인가……?"

노르는 진심에서 우러나온 불안한 표정으로 하늘에 떠 있는 괴물을 바라봤다.

“괜찮아. 날다가 떨어뜨리지는 않을 거야.”

“……그런가. 하지만 지상에도 마물이 잔뜩 있는 상황이니까. 나는 아래에 있는 게.”

“아래쪽 마물들은 우리가 남아서 막을 수 있어.”

“—그런가. 하지만, 미안하지만 솔직히 나는 높은 곳은 좀.”

“그리고 저 괴물은 노르가 휘두르는 『흑색의 검』이 아니면 피해를 입지 않는 것 같아.”

“……그랬던 건가?”

노르는 손에 든 『흑색의 검』을 흠칫거리며 바라봤다.

아무래도 하늘에는 도저히 가고 싶지 않은가 보다.

뭐랄까, 정말로 높은 곳이 무서운 것 같아.

하지만— 노르가 아니면 저 괴물을 아무도 쓰러뜨리지 못할 테니까 어쩔 수 없다.

나와 라라는 협력해서 노르를 억지로 라라의 목 위에 태웠다.

“노르, 미안하지만…… 부탁할게.”

『크으아.』

“……잠깐 기다려다오. 아직 마음의 준비가.”

『크으아아아아아아아아아아아아아아아아아아아아아아아아아아아아아아아아

아아아.』

그렇게 과거에 【재액의 마룡】이라고 불렸던 용은 주인을 등에 태운 뒤 환희의 포효를 내질렀고— 세차게 날갯짓하며 눈 깜짝할 사이에 괴물이 기다리고 있는 천공으로 비상했다.

95 석관

마룡 라라와 함께 날아오른 노르 선생님은 곧장 우리의 머리 위에서 차마 믿기지 않는 광경을 연출했다.

라라는 저 거대한 몸이 부예질 만큼 무시무시한 속도로 하늘을 종횡무진 선회하고 상승과 급강하를 되풀이하면서 강렬한 『파멸의 빛』으로 괴물의 신체를 거듭거듭 불살랐다.

자신의 몸을 태우는 라라(적수)를 격추하고자 괴물은 무수히 많은 극대의 새카만 벼락을 날렸지만, 라라의 등에 선 노르 선생님께서 순간순간마다 『흑색의 검』으로 튕겨 냄으로써 저 멀리 평원이며 산으로 별 어려움 없이 날려 보낸다.

그때마다 대지를 뒤흔드는 무시무시한 땅울림이 울려 퍼졌고, 저편의 지형이 새카만 섬광으로 깎여 나간다.

이따금 미슬라의 상공 전체를 뒤덮다시피 퍼져 나가는 기막힌 위력의 불꽃이 하늘을 가득 채우기도 했다. 그러나 나와 아스틸라 씨가 같이 협동해도 되밀어 내는 것이 고작이었던 저 작열하는 불꽃덩어리를 마룡은 제 커다란 날개로 한 차례 날갯짓했을 뿐인데 오히려 공격자인 괴물에게 다시 돌려보내고 있었다.

괴물이 위축되는 순간을 놓치지 않고 라라는 더욱 강력한 『파멸의 빛』을 전방의 살점 덩어리에게 가차 없이 쏟아부었으며 검붉게 변색되었던 하늘이 일순간 하얘졌다.

그 직후, 시야 전체가 도저히 똑바로 쳐다보지 못할 만큼 눈부시게 빛나더니 조금 늦게 폭풍이 지상에 불어닥쳐서 석조 건물을 잔뜩 붕괴시켰다.

멎으려 하지 않는 굉음과 업화의 폭풍 속에서 노르 선생님과 라라는 계속해서 싸우고 있었다.

"……굉장해."

지상에서도 역시 격렬한 전투가 벌어지고 있는 와중인데 나는 상공에서 펼쳐지는 저 장엄한 광경으로부터 눈을 떼지 못했다.

—마치 신화 속 신들이 사력을 쏟아 싸우고 있는 듯한 광경이었다.

이미 평범한 우리 인간들은 단 한 순간도 개입이 허락되지 않는 아득한 상위의 존재끼리 벌이는 충돌.

제아무리 풍부한 상상력을 가진 인물도 결코 묘사할 수 없을 천상의 전투에 마음을 빼앗겼던 나는 옆에서 같이 하늘을 올려다보는 로로의 모습을 발견한 뒤 정신 차렸다.

"로로, 미안해요……. 갑자기 라라한테도 크게 부담이 될 부탁을 해 버렸네요. 하지만 지금은 저런 방법밖에 떠오르는 게 없었어요."

"아니야. 본인(라라)은 기뻐하고 있어. 오히려 잘됐어. 지금도 무척 즐거워 보이는걸.”

“그렇군요……. 다만 예측하건대 노르 선생님께서 나서셨어도 저 상태에서 승리를 거두기는 어려울 거예요.”

정말이지 무시무시한 열선과 불꽃에 몸이 타오르고 있는데도 불구하고 저 괴물이 피해를 받았다는 인상은 느껴지지 않는다.

저 괴물은 로로의 말처럼 노르 선생님과 흑색의 검을 경계하고 있다.

나도 얼마 전 노르 선생님께서 괴물의 손가락을 부수는 장면을 실제 목격했다.

요컨대 노르 선생님의 손에 들린『흑색의 검』이라면 저 정체를 알 수 없는 존재를 쳐부숴서 멸할 수 있음을 의미한다.

따라서 나는 방금 전 로로에게 내 의도를 읽혀주며 전달할 때 노르 선생님께서 라라와 함께 하늘로 올라갈 수 있도록 배치를 부탁했었다.

하지만 일격으로 도시조차 멸할 수 있는 라라의『파멸의 빛』이 발휘하는 파괴력으로도 저 괴물에게서 깎아 낸 살점의 양은 너무나 적다.

우리는 하나 더 상황을 타개하기 위한 전력을 하늘(위)로 보낼 필요가 있었다.

“이네스. 부탁해도 될까요.”

“……정말 괜찮으시겠습니까, 린네부르크 님.”

이네스가 거듭 밀려닥치는 마물 집단을 베어 넘기며 고개 돌려서 내 얼굴을 쳐다봤다.

"네. 지상은 저희끼리 제압할 수 있습니다."

"하오나……."

이네스는 불안이 묻어나는 표정으로 내 눈을 바라봤다.

무슨 말을 하려는지는 알 수 있었다.

지금 지상에서 솟아 나오는 마물 군단을 제압하고 있는 것은 사실상 이네스 한 사람의 힘이었다.

진형을 재정비한 지금은 이네스가 『빛의 검』으로 마물 군단을 후려 베기만 해도 눈 깜짝할 사이에 적의 위협이 일소되는 이상적인 형태를 구축했다.

그 덕에 우리는 조금 긴장을 풀고 부상자도 치료할 수 있는 여유를 가질 수 있었다.

하지만 이네스가 지상을 벗어나면 한순간에 상황은 뒤바뀐다.

더는 대화를 할 여유조차 없어질 것이다.

"하지만 지금 이네스의 힘을 가장 필요로 하는 사람은 노르 선생님이시니까요. 주저하지 말고 가주세요."

이네스는 잠시 침묵한 채 생각하다가 입을 열었다.

"—분부 받들겠습니다. 하오나 아무쪼록 본인의 안위에 가장 먼저 주의를 기울여 주십시오. 혹여 부상을 당하신다면 저는 도저히 얼굴을 들고 다니지 못할 것입니다."

"이네스도요, 모쪼록 조심해서 싸우도록 해요."

"예. 그럼 이번이 마지막이군요."

그렇게 말한 뒤 이네스는 『빛의 방패』를 한 차례 휘둘렀다.

시야에 들어온 모든 마물이 수평으로 베여서 갈라지며 한순간에 시체의 산이 쌓였다.

"린네부르크 님. 꼭 무사하십시오."

그대로 이네스는 공중에 작은 『빛의 방패』를 다수 만들어 내서 상공까지 이어지는 계단 형태의 발판을 쌓아 올린 뒤 곧장 수직으로 달려 올라가 눈 깜짝할 사이에 시야로부터 벗어났다.

이네스가 나아가는 곳은 천상의 대결이 벌어지고 있는 한복판.

떠나기 전 나의 안위를 염려해 줬는데 본인이야말로 다른 사람을 걱정해 줄 입장이 아니었다.

그래도 저곳에 보내야만 했다.

이네스 이외에 저 싸움에 개입할 수 있는 인물은 이곳에 누구 한 사람도 존재하지 않으니까.

그렇게 우리를 지켜줬던 최강의 『방패』가 사라진 뒤 나는 주위에 있는 사람들에게 말을 건넸다.

"여러분, 이제 휴식은 끝났습니다……. 준비는 다 되셨습니까."
"그래, 덕분에 조금이나마 쉬었어, 린."
"이제 다쳐서 못 움직이는 사람은 없는 것 같네요. 정말 굉장했어요, 저 사람……. 으음, 이네스 씨였던가요……?"

내 뒤에는 로로와 틸렌스 황자, 아스틸라 씨, 『12사도』 중【좌현】에 속한 여섯 인물이 서 있었다.
다른 인원들은 이미 이곳에 없다.
방금 전까지 주위에는 미슬라의 수많은 기사들이 있었다. 그러나 방금 전까지 마물과 혼전을 치르느라 부상을 당한 인원이 많다는 것이 문제였다. 아스틸라 씨와 내가 같이 급하게나마 응급 처치는 마쳤다지만……. 이곳에 남겨 놓아도 틀림없이 헛되이 죽거나 중상을 입는 인원이 상당수 발생할 것이다.
따라서 이곳에 남은 열 명을 제외하고 다른 인원들은 차라리 시민의 피난에 전념할 수 있도록 후퇴시켰다.
이제부터 우리는 고작 열 명으로 무한히 솟아나는 마물 군단과 싸워야 한다.
인원 선정은 내가 진행했고, 이후 지휘도 틸렌스 황자로부터 병력의 지휘권을 위임받는 형태로 이 『작전』을 입안한 내가 담당하게 되었다.
하지만—.

"……진짜 제정신이 아니야……! 클레이스 왕국의 공주님, 저 사람 진심으로 겨우 열 명이서 저 많은 마물이랑 맞서 싸울 작정이야……?!"

당연히 갑작스레 편성한 수비조인지라 불만은 나온다.

12사도 중 미란다 씨는 내가 방금 전 들려준 설명 때문에 무척 당황하는 모습이었다.

"발언에 주의하라, 미란다. 공주의 명에 따르라는 것은 예하와 전하의 명령이기도 하다. 이 같은 상황에서 불경을 저지를 텐가."

"하, 하지만, 아무리 그래도, 방법이 너무……!"

"……미안하게 됐어, 미란다. 공주(린)에게 이번 전투의 지휘를 맡기겠다고 말을 한 사람은 나야. 오히려 공주가 나보다 **이런 분야에서는** 훨씬 더 뛰어나거든. 혹시 불만이 있다면 부담 없이 나를 원망해 주면 좋겠네."

"저, 전하……?! 겨, 결코 항의하고자 꺼내는 말이 아닙니다……?!"

"그렇다면 잠자코 명에 따라라. 미란다."

"……아, 알겠다니까……!"

……저 사람의 마음은 이해할 수 있다.

정작 작전을 발안한 내조차 마구 밀려닥치는 마물 군단을 앞에 두자니 뒷걸음질을 치고 싶은 심정이다.

"……자, 미란다 씨, 페트라 씨. 저와 같이 『격벽』 건설을 부탁합니다."

……가능하면 미란다 씨가 마음을 가라앉힐 때까지 기다려 주고 싶기는 한데 시간이 없다.

방금 전 이네스가 공격 한 번으로 마물 무리를 싹 없애 버렸지만, 곧장 『한탄의 미궁』 입구에서 마물이 솟아 나오며 눈 깜짝할 사이에 또 잔뜩 숫자를 불렸다.

저 무리가 이곳으로 다다를 때까지 별로 긴 시간이 걸리지는 않을 것이다.

서둘러 준비를 마쳐야 했다.

"그치만…… 저, 저기? 진짜로 할 거야?! 이유는 이해할 수 있지만, 그치만, 요컨대 다시 말해서 우리는 모두—."

"—미란다. 미슬라의 백성을 지키기 위해서야. 같이 힘을 보태 줘."

"그, 그래도…… 아무리 그래도 역시 좀……!"

"미란다. 타국의 『귀빈』이 몸소 위험을 무릅쓰고 이곳에 남아 준 의미는 알고 있겠지."

"아, 알지, 당연히……! 손님이 이렇게나 도움을 주고 있는 상황에서 어떻게 뒤꽁무니를 뺄 수 있겠어. 나는 『12사도』 중 【성전】 미란다야. 창피한 짓은 절대로 하지 않아……!"

"그럼 곧바로 시작하자. 시간이 없어, 집중해."

"……아, 알겠다니까……!! 자꾸 재촉하지 마……!"

자꾸 갈팡질팡 헤매면서 꺼내는 말과는 달리 미란다 씨는 짧게 숨 한 번 쉬는 일순간 만에 마력을 고조시키더니 당장에라도 마법을 발동할 수 있는 상태에 진입했다.

"……좋아. 준비 끝났어. 하라면 해야지. 으으."
"저 역시. 준비를 전부 마쳤습니다."

—【성전】 미란다 씨.
—【위전】 페트라 씨.

두 여성은 아마도 꽤 젊어서 나와 연령 차이가 많지는 않을 텐데도 역시 일류의 마술사였다.
나도 두 사람을 뒤를 따라서 곧바로 마법 발동 준비를 완료했다.

"자, 시작하겠습니다—."

그리고 우리는 셋이 호흡을 맞춰 동시에 마법을 발동시켰다.

""""【석벽(스톤 월)】.""""

그러자 굉음을 울리며 두툼하고 거대한 바위가 잇따라 하늘을 향해 솟아올랐고, 돌담이 되어 우리를 둘러쌌다.
순식간에 우뚝 솟아난 경질의 바위 벽을 올려다보며 나는 스스로 제안한 작전이었는데도 무의식중에 몸이 움츠러드는 심정을 겪어야 했다.

이제는 어느 방향으로도 미슬라의 거리에 있는 건물이 보이지 않는다.

정말 순식간에 우리가 내다볼 수 있는 대상은 돌벽과 잔해의 산, 그리고 미궁 입구와 마물 떼만이 남았다.

굉장히 높은 석벽이니 쉽사리 넘어가지는 못할 것이다.

마물 군단도, 물론 우리도.

이렇게 도망칠 길이 완전히 차단됐다.

"으으……! 이렇게 된다는 건 알았지만. 정말 우리까지 같이 가둬 버리다니……!! 이러면 돌로 된 관이나 마찬가지잖아……!!"

미란다 씨의 말처럼 내가 12사도 중 두 여성의 힘을 빌려서 완성한 것은 거대한 장방형의 울타리. 달리 표현하면 『석관』이었다.

우리 열 명은 이제부터 이렇듯 도망칠 곳 없는 감옥에서 끝없이 솟아 나오는 마물을 상대로 연전을 벌여야 한다.

이런 방식이 굉장히 엉망진창이라는 것은 처음부터 알고 있었다.

뜻하지 않게 봉변을 당한 미란다 씨에게도 미안한 마음이 든다.

하지만 이곳에는 이미 이네스와 노르 선생님이 없었다.

초상의 힘을 보유한 몇몇 강자는 별개로 두고, 우리와 같이 평범한 사람들이 적당히 모여서 힘을 쥐어짜더라도 한계는 분명하다.

저 많은 마물 군단과 정면 대결을 시도해 봤자 증식되는 기세를 끝까지 제압하지는 못한다.

우리가 아무리 애를 써 봤자 도시로 퍼져 나가는 마물들을 다 막지 못하는 것은 필연이다.

미슬라의 시민들에게 피난 지시가 내려졌다지만, 아직 뒤늦게 도망치고 있는 사람들이 분명 가득할 것이다.

마물은 도시로 쏟아질 테고 틀림없이 수많은 시민을 죽일 것이다.

그런 사태는 어떻게든 막아야 할 텐데……. 다만 현 상황에서 사용할 수 있는 수단은 제한적이었다.

미궁 입구에 억지로 『덮개』를 달아 마물을 가두는 방법도 불가능하지는 않겠으나 아무리 생각해 봐도 이렇듯 거센 기세로 쏟아지는 마물을 완전히 틀어막기에는 어려움이 있다.

단순히 미궁을 봉쇄해 봤자 잠깐의 시간 끌기밖에 못 된다.

마물을 바깥에서 열심히 막아 봤자 결국 거리로 쏟아진다.

즉 뻔한 방어 계획은 통하지 않는다.

……그럼 어떻게 해야 하나?

어떤 의미로 답은 굉장히 간단했다.

—양쪽 다 동시에 하면 된다.

요컨대…… 마물들을 가두어 놓고 **아울러** 함께 **안쪽**에 들어간 사람들이 마물을 계속해서 줄여 나가면 되는 것이다.

"……괜찮군. 이런 전법이라면 우리가 혹 이곳에서 전멸하더라도 미슬리의 백성들이 피난할 시간은 확보할 수 있겠어. 아주 훌륭한 계획임을 인정해야겠다."

"감탄이나 할 때가 아니잖아, 게르그나인……! 계획으로 생각은 해도 실행은 안 한다고, 이런 무모한 짓……!"

"그러나 백성을 지키자는 점에서는 더할 나위가 없지. 희생도 최소한으로 끝난다."

커다란 창을 손에 든【호창】게르그나인 씨는 얼굴이 보이지 않는 투구의 안쪽으로 웃고 있는 듯했다.

"아무리 그래도 저 많은 마물이랑 같이 아군까지 관짝에 집어넣는다는 생각을 하는 게 진짜로 맞아?! 역시 제정신이 아니야, 저 쪼끄만 나라의 공주님은……!!"

"그러나 이것은 본래 우리가 떠올려야 했을 생각이지. 지금이야말로 사명에 목숨을 바쳐야 할 때……. 아닌가? 시길."

"동감이다. 예하와 황자께서도 함께 싸워 주시지 않는가. 이곳에서 죽을 수 있다면 성기사로서 여한은 없다 생각해라, 미란다."

"……아, 진짜……. ……너희한테 공감을 바란 내가 바보였어……!"

두 사람의 말처럼 이제부터는 사력을 다한 전투가 벌어진다.

계속 밀려드는 마물 군단과 우리, 어느 한쪽의 숨이 끊어질 때까지 서로를 죽이려 드는 **전쟁**이다.

이 거대한 돌벽에 갇힌 처지에서는 도망칠 곳도 없기에 까딱 잘못되면 우리는 모두 이곳에서 목숨을 잃는다.

하지만 물론 나는 죽기 위해서 사방을 막은 게 아니었다.

“괜찮습니다, 미란다 씨. 저도 결단코 죽을 작정으로 이런 작전을 제안하지는 않았으니까요.”

“……그, 그렇지? 아무리 그래도 승산도 없이 이런 생각을 입 밖에 내지는 않지……?”

“네. 다만 최악의 경우 이 바위벽을 마물과 함께 파묻을 테니 혹시나 안 좋게 마무리된다면 죄송합니다.”

“……흐아아아아아아아앙……!!”

“좋은 결말을 맞이하기 위해 사력을 다해라……. 네 녀석도 『좌현』의 일원이지. 꼴사나운 모습은 보이지 말도록.”

“아, 알아서 할 거야……! 진짜, 좋든 싫든 해낼 수밖에 없구나……!! ……으으……!”

내가 미란다 씨에게 한마디 더 건네고자 했을 때 아스틸라 씨가 먼저 다정하게 손을 얹었다.

“후후, 걱정하지 마세요, 미란다 씨. 저도 미력한 힘이나마 열심히 보태드릴게요.”

“……예, 예하……?!”

미란다 씨는 뒤쪽에서 자기 어깨에 손을 얹어준 인물을 본 뒤 너무나 놀란 나머지 균형을 잃고 바닥에 엉덩방아를 찧었다.

"……예 ……예하께서 내 어깨를……?! 게다가…… 아아앗?! 내 이름을……?! ……와아앗……?!"

"후후, 제가요, 이래 봬도 수라장을 꽤 헤치고 다녔답니다? 분명 도움이 되어 드릴 수 있을 거예요. 누구누구 씨가 함정이 설치된 보물 상자를 함부로 건드린 탓에 마물들 쩔쩔매면서 처리하는 건 익숙하거든요……. 그래도 이렇게까지 엄청난 상황은 처음이지만요."

아스틸라 씨가 다가가자 『12사도』 소속의 인원들은 땅에 무릎을 꿇더니 머리 숙이며 경례했다.

"더불어 싸울 수 있음을 영광으로 여깁니다, 예하."

"예, 저도 무척이나 마음이 든든하답니다, 시길 씨, 여러분도요. 저런 적을 상대하려면 정말 굉장히 힘들겠지만요……. 아무튼 같이 힘내봐요!"

"황송한 말씀이십니다."

아스틸라 씨가 온화하게 웃는 얼굴로 말을 건네자 잔뜩 긴장했던 사람들이 모두 마음을 가라앉혔고 사기도 찌를 듯이 높아지는 티가 역력했다.

“……그러면 슬슬 각자 위치에 서주세요. 이제 곧 마물이 들이닥칠 겁니다.”

그렇게 우리는 사전에 협의한 대로 진형을 갖췄다.

아스틸라 씨와 틸렌스 황자, 각각을 중심에 두고 12사도의『우현』이 세 명씩 배치된다.

이렇게 두 조의 사이에 서는 위치로 내가 섰고, 로로는 내 뒤로 물러났다.

솔직히 로로를 이곳에 남겨 놓아도 되는 것인지 마지막까지 망설였지만……. 다만 이처럼 혼란한 와중에 로로와 완전히 멀리 떨어질 수는 없는 노릇이다.

라라와 소통이 가능한 인물은 로로뿐.

따라서 미안하지만 우리와 같이 남도록 계획했다.

물론 내가 최대한 보호해 줄 작정이었고.

하지만―.

“로로. 이제부터 벌어질 전투는 굉장히 격할 거예요. 정말 여유가 사라질 테니 어쩌면 미처 지켜 주지 못하는 때가 생길지도 몰라요.”

“괜찮아. 이리저리 도망치는 게 고작이지만, 하다못해 죽지는 않게 노력할 거야.”

“미안하지만 부탁드릴게요.”

시시각각 밀도를 높여 불어나고 있는 마물들이 벽 안쪽을 가득 메

워 버릴 기세로 밀려닥치는 광경이 보인다.

나는 검을 지면에 박아서 꽂고 주위의 모든 사람들에게 말을 건넸다.

"—제1파가 옵니다. 지금 짠 진형이 가능한 한 무너지지 않게 버텨 주십시오. 혹시나 무너지면 금세 전멸을 면하지 못할 겁니다."

"맡겨 주게."

"—알겠다."

"으으. 난 진짜로 몰라, 될 대로 되라지……!!"

그렇게 모두 각자의 무기를 들어 올렸다.

마물 떼가 접근함에 따라서 발바닥으로 전해지는 진동이 함께 커졌고, 공포의 감정도 또한 커다래진다.

나는 마음을 가라앉히기 위해 심호흡한 뒤 이제부터 자신이 날려야 할 고도의 마법— 노르 선생님에게서 가르침을 받은【융합 마법】의 준비를 갖춘다.

아직 내【융합 마법】은 엉성한 흉내질이다.

완전하다는 말은 못 한다.

내가 구사할 수 있는 동시 영창의 수는 아직껏『일곱』이 한계인데다가 완성도도 선생님께서 왕도 지하에서 보여 주셨던 예술적 경지에는 전혀 다다를 수 없었다.

하지만— 불완전하더라도 지금은 할 수밖에 없다.

어쨌든 선생님께 배운 기술은 나에게 보다 큰 힘을 부여해 줬다.

잠시 딴생각을 하는 사이에 눈앞까지 마물 군단이 들이닥친다.

"그럼 시작하겠습니다—【멸섬극염(헬 플레어)】."

내가 발사한 불꽃은 무리를 지어 정면으로 달려든 수백 마리의 마물을 꿰뚫고 불살랐다.

……하지만 물론 전부를 다 처리하지는 못했다.

역시 이네스와 노르 선생님을 따라 하기는 힘들다.

공격 범위에서 벗어난 수십 마리의 마물은 불타 연기를 내는 시체들을 뛰어넘어서 또 달려든다.

"—【헬 플레어】."

나는 아랑곳 않고 미궁의 입구로부터 솟아나는 마물 떼에게 계속해서 불꽃 덩어리를 쏘아 날렸다.

미처 다 죽이지 못하고 흘린 마물은 양옆에서 대기하고 있는『12사도』의 인원들이 마무리해 준다.

그들이 수십 마물을 거뜬히 물리치는 광경을 흘낏한 뒤 나는 오로지 자신이 맡은 역할을 완수하는 데 주력했다.

다행히 이렇듯 소수로 짠 진형은 의도했던 대로 잘 기능해 주고 있었다.

다만 방금 전 공방은 아직 이제부터 시작될 싸움의 신호에 불과하다.

—이제부터가 진정한 지옥의 시작이다.

"후후……. 같이 끝까지 잘 버텨봐요, 틸렌스 군."
"—진력하겠습니다, 어머님."

혼전 속에서 나란히 선 두 사람이 속삭이는 대화가 귀에 들려온 다음 순간, 우리는 눈사태와 같은 마물의 소용돌이에 휩쓸려 버렸다.

96 훈련의 성과

아무 마음의 준비도 못한 채 용에게 얼결에 올라타서 하늘로 휙 솟구쳐 올라가야 했던 나는 상승의 터무니없는 압력 때문에 하마터면 정신을 잃을 뻔했지만— 눈앞에 저 괴물이 들이닥치는지라 마음 놓고 정신을 놓을 형편이 아니었다.

『『『【흑뢰】.』』』
"패리."

인사 대신에 나와 용(라라)을 덮치는 것은 거대한『흑색의 벼락』.
검으로 막아 낸 순간, 온몸이 짓눌리는 듯한 압박을 느낀다.
하마터면 공중으로 날려 갈 뻔했으나 간신히 되밀어 냈고, 튕겨서 떨군 벼락은 저 멀리 평원에 거대한 구멍을 뚫어 놓았다.
저런 공격에 당했다가는 나의 몸 따위야 일순간에 터져 나가겠지.
나 혼자뿐 아니라 나를 하늘로 데려다 준 용조차 틀림없이 치명상을 입을 것이다.
라라가 다치면 날지 못하는 나는 당연히 하늘 위에서 속절없이 떨어질 뿐.

『『『【흑뢰】.』』』

따라서— 절대 이 용은 다치게 놓아두지 않는다.

그럼에도 불구하고 용은 무시무시한 기세로 하늘을 선회하며 때때로 몸소 괴물에게 돌진을 감행했다.

그런 용을 노리고 괴물은 가차 없이 강렬한 벼락을 거듭거듭 때려 박으니까 정말이지 힘겹다.

"패리."

나는 죽을 각오로 넓은 용의 등판을 이리저리 기어다니며 『흑색의 검』을 휘둘러 댔다.

전력의 【신체 강화】를 써서 가속한 덕에 어찌어찌 검으로 방어할 수 있었다.

그러나 내가 벼락을 하나 쳐내서 떨군 뒤 안도한 순간, 괴물이 또 다음 공격을 개시한다.

'—위험하다.'

『『『『『『【흑뢰】.』』』』』』

벼락이 쏟아지는 순간에 깨달았다.

일순간에 하늘을 온통 뒤덮어 퍼져 나가는 더욱 강력한 위력의 일격.

이런 차원의 공격은 내 힘으로 절대 다 막아 내지 못한다.

이제는 아무 방법이 없으니 단지 불타서 죽는 때를 기다릴 수밖에 없노라고.

곧장 머릿속이 새하얘지며 죽음을 예감했다.

하지만—.

"패리."

절망의 감정보다 먼저 신체가 움직였다.

그러자 거대한 벼락이 우리를 쓱 피하는 듯한 모양새로 엇나가 떨어진다.

'……지금, 뭐가 어떻게……?'

깨달았을 때 나는 가볍게 검을 휘두르고 있었다.

딱히 의식해서 움직인 게 아니다.

다만 묘하게도 기억에 있는 움직임.

그것은 미슬라로 출발하기 전까지 길버트와 일심으로 훈련을 반복하던 때 느낀 감각이었다.

길버트가 쏘아 보내는 창은 날카로웠다.

눈으로 보고 때려서 막고자 하면 늦어 버린다.

따라서 최소한의 움직임으로, 무작정 힘껏 휘두르는 게 아니라 살짝 **건드릴** 뿐.

딱히 힘껏 받아칠 필요는 없다.

검으로 살짝만 창끝을 건드려서 세차게 날아드는 공격의 각도를 아주 조금만 엇나가게 만들면 된다.

반대로 말하자면 달리 대응할 만한 수단이 없었다는 뜻이지만…….

어쨌든 새롭게 익힌 건드리기는 충분히 길버트의 창을 방어할 수 있었다.

『『『『『『【흑뢰】.』』』』』』

괴물이 굉음과 함께 날리는 거대한 벼락.

정말이지 무시무시한 공격이다.

이렇게 정면에서 마주 대하면 흡사 세상이 끝장날 것 같다는 생각이 솟구칠 만큼 아찔한 광경이 눈앞에 펼쳐진다.

불안정한 하늘 위에서 막아 내어야 하면 더더욱이고.

눈조차 한 번 깜빡이지 못할 짧은 한순간에 시야를 새카맣게 뒤덮어서 나를 라라와 함께 싹 태워 버리고자 하는 저 벼락은 공포스럽다는 말밖에 달리 표현할 수가 없다.

게다가 아까보다 더 커다란 공격이 날아들고 있다.

다만―.

잘 생각해 보면 길버트의 창이 훨씬 더 빨랐다.

"패리."

나는 길버트의 창을 튕기던 감각을 떠올리며 괴물이 날린 벼락을 가볍게 쳐냈다.

그러자 방금 전까지 했던 고생이 거짓말인 것처럼 무수히 많은 거대한 벼락이 맥없이 엇나가더니 저 멀리까지 똑바로 날아가서 산의 표면을 파괴했다.

『『『【흑뢰】.』』』

"패리."

괴물은 숨 돌릴 겨를도 없도록 호쾌하게 연신 벼락을 날린다.

하지만 나는 김빠지는 듯한 심정으로 모든 벼락을 튕겨 떨궜다.

아까까지는 보통 고생이 아니었는데 이제는 전혀 힘겹지 않다.

잇따라 덮쳐드는 강렬한 벼락을 마치 깃털을 상대하는 것처럼 손쉽게 튕겨서 엇나가게 쳐낼 수 있었다.

정면으로 막아서 버틸 필요는 없다. 그냥 **엇나가게만 튕기면 된다.**

지금껏 수백 번, 수천 번, 차마 헤아릴 수 없을 만큼 되풀이했던 움직임을 내 몸은 구태여 사고를 하지 않아도 알아서 되풀이해 주고 있었다.

괴물은 더욱 위력을 높인 벼락으로 미친 듯이 마구 공격을 쏟아부었지만—.

『『『『『『【흑뢰】.』』』』』』

"패리."

나는 주의 깊게 벼락 하나하나의 궤도를 잘 관찰하며 날아드는 모든 벼락을 튕겨 냈다.

가끔 라라가 강렬한 브레스를 발사하거나 이쪽을 향해 날아오는 불꽃을 세찬 날갯짓으로 밀어내서 괴물을 태운다.

정말 무시무시한 광경이었다.

하늘 전부를 작열하는 불꽃이 뒤덮고 굉음을 울리며 벼락이 지상에 떨어진다. 먼 곳에 있는 산의 형태가 자꾸 바뀐다.

저 벼락에 일격이라도 허용하면 끝장이니까 긴장은 된다.

다만 괴물이 아무리 강렬한 공격을 쏟아붓더라도 엇나가게 만들어 멀리 산이나 평원에 떨궈 버리면 딱히 아무렇지도 않았다.

이런 식이면 벼락이 아무리 사납게 마구 날아와도 무섭지 않겠다.

……오히려 차분하게 지상을 가만 내려다보는 게 훨씬 무섭다.

아까부터 가능한 한 아래를 보지 않고자 신경 썼지만 한계는 있었다.

용은 영리하니까 내가 관성에 나가떨어지지 않게 조심하며 날아다녀 주는 것 같은데 애당초 비행 속도가 심상치 않단 말이다.

용이 크게 하늘을 선회할 때마다 나는 정신을 잃을 지경이었다만.

그것만 견디면 아무튼 변고를 당할 걱정은 없겠다.

'하지만 정말 끝이 없군.'

저 괴물은 믿기지 않을 만큼 튼튼(터프)했다.

기막히게 강렬한 마법을 거듭 날리고 있는데도 불구하고 전혀 지친 기색을 내비치지 않을 뿐더러 라라의 브레스에 맞아서 활활 불타고 살점이 눌어붙는 냄새까지 하늘에 가득 차오른 지경인데도 아직껏 딱히 피해를 받은 낌새가 없었다.

'황당하군, 대체 어떻게 쓰러뜨려야 하지?'

『해골』이란 이렇게나 강한 녀석이었나?

그보다…… 아까부터 아무리 봐도 뼈다귀 괴물로 보이지는 않는데. 역시 『해골』이 아니지 않나……?

내가 혼자서 의혹을 품던 때 낯익은 빛이 시야 구석에 비쳤다.

"【신순】."

하늘 전부를 수직으로 찢어 가를 기세로 거대한 『빛의 장막』이 나타나더니 괴물의 살점을 세로로 절단했다.

그러자 뼈를 뒤덮은 두툼한 살점이 커다랗게 잘려 나가서 덩어리로 뭉쳐 하늘로 날아올랐고―.

『――크앗.』

그 광경을 보고 라라가 즉각 고열의 『브레스』를 발사해서 허공에 따로 떨어진 거대한 살점 덩어리를 숯덩이로 만들었다.

"누구지—?"

빛의 장막이 날아온 아래 방향을 흠칫흠칫하며 힐끔 봤더니 낯익은 은색 갑옷을 장착한 금발의 여성이 어마어마한 속도로 하늘을 달려 올라오는 광경이 보였다.

여성은 작은 『빛의 방패』를 무수히 생성해서 발판으로 삼아 올라오고 있었다.

빛의 판자가 규칙적으로 쭉 늘어선 모습은 마치 『빛의 계단』 같았다.

여성은 빛의 계단을 달려 오르던 기세로 곧장 이쪽을 향해 도약한 뒤 용의 등 위로 가뿐히 올라탔다.

차분한 모습으로 나를 바라보는 이 인물은 역시 이네스였다.

"노르 공. 늦게 와 미안하다."

"이네스. 도우러 왔나. 고맙다. 저 녀석은 나 혼자서는 도저히 방법이 없군."

"린네부르크 님의 명령에 따라 나도 가세하지. 다만 우선은 보험을 들어 두고 싶다. 라라가 조금 더 위로 올라가서 날도록 말해줄 수 있을까."

"미안한데 나는 이 녀석과 대화를 못하지 않나? 로로 없이는 소통이 불가능해."

"그런가. 그렇다면 어쩔 수 없지."

이네스는 짧게 대답한 뒤 불현듯 용의 몸에서 뛰어내렸다.

—그 순간 나는 정신을 놓아버릴 뻔했다.

큰일 났다. 너무나 무섭다.

자신이 떨어지는 것뿐 아니라 다른 사람이 높은 곳에서 떨어지는 장면만 봐도 어질어질하다.

—아니, 정신 차려라.

지금은 약한 소리를 늘어놓을 상황이 아니지 않나.

내가 무의식중에 현기증을 느끼는 동안 이네스는 무시무시한 기세로 떨어져 간다.

서둘러 구해야 할 텐데. 그런데 어떻게 하지.

내가 뜻밖의 사태에 혼란스러워하던 때.

“【신순】.”

이네스는 아래쪽에 터무니없이 큰 『빛의 방패』를 만들어 내서 그곳으로 아무런 일도 없었다는 것처럼 착지했다.

일단 나는 안도했다.

그렇군, 저런 수단이 있는 사람인데 딱히 걱정할 필요도 없었나.

가능하면 심장이 벌렁거리니까 먼저 말부터 해 주면 좋았을 텐데.

“저건 『바닥』인가.”

눈 아래에 정말 놀라운 광경이 펼쳐진지라 저절로 시선을 빼앗겼다.

이네스가 만들어 낸 『방패』는 미슬라라는 도시 전체를 덮는 거대한 바닥(플로어)이 되어 일순간에 나타남으로써 지상과 하늘을 깔끔하게 분단시켰다.

나는 곧바로 라라와 함께 이네스가 만든 바닥에 다가가서 가까이 내려섰다.

"굉장하군, 순식간에 넓은 바닥이 생겼어. 이렇게 활용할 수도 있었던 건가."

"미안하지만 잠시 이렇게 유지하도록 하지. 지금 지상에 저 괴물의 마법이 떨어지게 놔둘 순 없어."

"그래, 이러면 나도 더 편해지겠어."

이네스는 굳이 미안하다는 말을 했지만……. 솔직히 답하자면 상당히 도움이 된다.

불쑥 하늘에서 지상으로 떨어질 걱정이 사라졌다는 게 굉장히 기쁘다.

조금 아쉽게도 아래가 살짝 비쳐 보이는지라 좀 가려주면 좋겠다는 생각이 들긴 하는데……. 아무래도 지나치게 욕심을 부릴 순 없겠지.

"그리고 깜빡 말을 안 했는데 나 이외의 지원군은 없다. 이대로 우리 둘이서 저 괴물과 맞서 싸워야 한다만."

"충분하잖나? 게다가 우리 둘만 싸우는 게 아니야. 라라도 있지."

"……그런가. 맞군, 그랬지."

이네스는 차분하게 대답한 뒤 살짝 웃었다.

"—오는군."

신체 일부를 잃어 균형이 무너졌던 괴물이 다시 강렬한 마법을 날리려고 한다.

이네스의 공격에 맞아 살점이 커다랗게 떨어져 나갔는데 그럼에도 전혀 대미지를 입은 낌새가 없다.

앞서 잃었던 수많은 팔은 이미 쭉 재생되었고 아직도 살점이 많이 붙어 있어서 기운차 보였다.

"노르 공……. 방어는 믿고 맡겨도 되겠나? 이렇게 바닥을 깔아 유지하면서 저 녀석의 살점을 제거해야 하는데 용까지 지켜주기에는 손이 도저히 모자랄 것 같군."

"그래, 문제없어. 내게 맡겨라. 저 괴물의 벼락쯤이야 충분히 감당할 수 있어."

"……그런가. 그럼 잘 부탁하지."

이렇게 나와 이네스가 대화를 마쳤을 때 곧장 우리를 노린 괴물에게서 또 벼락이 날아들었다.

다만 이제는 두려움이라는 감정이 생겨나지 않았다.

『『『『『『【흑뢰】.』』』』』』

"패리."

방금 전까지는 혼자서 어떻게든 상대해야 된다는 조바심 비슷한 압박을 느꼈었는데 지금은 옆에 이네스가 있다.

전우가 한 사람 와 주었을 뿐인데 나의 불안은 거의 다 사라졌다.

얼마 전까지 언제 용의 등에서 떨어질까 조마조마하며 싸우던 참에 『바닥』이 생겼다는 게 무척 위안이 된다.

게다가 언제나 엄격하게 표정을 다잡아 딱딱했던 이네스가 은근히 여유로운 웃음을 짓고 있었다.

나는 막 방금 전까지 도무지 주체하지 못할 조바심에 사로잡혀 있었는데도.

요즘 들어서 길버트의 창이 눈에 보이기 시작한 터라 조금은 강해졌다는 생각을 가질 수 있었는데……. 분명 듣기로 린의 집에서 도우미였던가 무슨 일을 한다는 이네스와 마주하다 보면 역시나 내가 평범한 모험가로서 활동하기에는 아직도 더 많이 강해져야 할 필요가 있지 않겠냐는 생각을 떨칠 수 없다.

"【신순】."

『——크앗.』

그렇게 이네스가 살점을 잘라 내고, 라라가 살점을 불태우고, 내가 오로지 벼락을 튕겨 낸다.

금세 우리의 분담 체제가 완성되었다.

이네스가 와준 덕분에 뼈에 달라붙은 살점이 우스울 만큼 맥없이 떨어져 나간다.

나는 눈앞의 광경에 압도되면서도 마구 들이닥치는 수많은 새카만 벼락을 하나하나 확실하게 튕겨 냈다.

뭔가 주위로 이 세상의 현실이 맞나 의문이 들 만큼 굉장한 광경이 휙휙 지나가고 있다만.

내가 맡아야 할 임무는 이제 단 하나뿐이다.

단지 날아드는 공격을 쳐낼 뿐.

느닷없이 하늘로 끌려 올라간 처지에 뭘 어째야 하나 아리송했을 때는 불안했지만, 할 일이 딱 정해졌으니 이제는 그냥 작업이었다.

그리고—.

『『『『『『【흑뢰】』』』』』』

"패리."

—이 작업에도 이미 익숙해졌다.

라라와 이네스의 공격에 맞아 순식간에 살점이 떨어져 나간다.

그렇게 괴물은 본래의 『뼈다귀』 모습으로 차츰 되돌아가고 있었다.

97 빛의 무도

『『『『『『【흑뢰】.』』』』』』
"패리."

내 앞에 선 남자가 『흑색의 검』으로 벼락을 튕겨 내는 모습을 나는 신기한 기분으로 바라보고 있었다.

최전선에 서서 등 뒤의 사람들을 지킨다.
그것은 쭉 나의 역할이었다.
그런데 나는 지금 이 남자의 뒤쪽에 서서 보호받고 있다.

—【은총】, 『신순』.

어릴 적, 깨달았을 때는 이미 하사받았던 인간의 범주를 초월하는 기이한 『힘』.
그 탓에 사람들은 때때로 나를 가리켜 『괴물』이라고 부른다.
사람들이 나를 피하는 이유는 **오해** 때문이 아니었다.
바르게 **이해**한 호칭이다.

내가 무한히 만들어 내서 모든 것을 절단할 수 있는 『빛의 장막』

은 아무리 단단한 금속조차도 찢어발기고, 아무리 거대한 생물조차도 한 번의 휘두름으로 양단하는 만능의 칼날.

게다가 어떤 제한도 없이 넓게, 커다랗게 생성할 수 있었다.

그것이 의미하는 바는, 요컨대……. 만약에 내가 마음만 먹는다면 단 한 번의 휘두름으로 하나의 **국가**조차도 멸망시킬 수 있다는 것.

클레이스 왕에게 이 같은 가르침을 받은 어렸던 나는 이후 한동안 잠 못 이루는 밤을 보냈었다.

소년기에 하사받았던 힘, 한 명의 인간이 가지기에는 너무 지나치게 거대한 힘.

나는 잠재적으로는 모든 인간에게 도저히 공존할 수 없는 위협이었다.

나의【은총】은 사용법을 잘못 선택하면 파멸적인 재앙을 초래한다.

따라서 수양부모 역할을 해준【육성】들은 어떤 방식으로든 활용할 수 있는 이 힘을 일부러『방패』라고 부르며 나 또한 지키는 사람이 될 수 있도록 키웠다.

나 자신도 주어진 운명을 받아들이고 사람들을 지킬 수 있도록 매일같이 노력했다.

그럼에도 내가 힘을 휘두르면 휘두를수록 나를 두려워하는 사람은 늘어만 갔다.

당연하다, 어쩔 수 없는 일이었다.

내가 특별한『힘』을 하사받은 이유는 분명히 약한 사람을 지키기 위함일 테니 현실을 받아들여야 한다.

부조리한 힘을 보유한 나는 어떻게든 누군가의 도움이 됨으로써 인간임을 인정받을 수밖에 없는 처지이니까.

누군가가 나를 어떻게 생각하든 간에 **약자**를, 사람들을 지켜야 하는 의무가 있노라고.

이처럼 제 처지에 정당화를 위한 근거를 부여함으로써 스스로 지닌 기이한『힘』과 쭉 타협을 하며 살아왔었다.

그런데 이 상황은 마치…….

『『『『『『【흑뢰】.』』』』』』

"패리."

……마치 내가 보호받는 쪽(약한 사람)이 된 것 같지 않은가.

"【신순】."

나는 조금 당황하면서도『빛의 검』을 휘둘러서 상공에 떠 있는 거대한 괴물의 살점을 베어 날렸다.

—모든 것을 찢어발기는『빛의 검』.

내가 이 힘을 행사하면 반드시 무엇인가가 파괴된다.

사용법을 잘못 판단하면 대번에 건물이 붕괴되고, 산이 무너져서 지형조차 바뀌고, 의도하지 않은 무엇인가를 망가뜨려 버린다.

경우에 따라서는 발생하지 않아도 됐을 불행을 수없이 불러들이게 되는 너무나 강한 힘.

따라서 이 힘은 어떠한 상황에서도 세심하게 주의를 기울여 가며 사용해야만 한다.

나는 무슨 일이 있어도 감정(마음)에 풍랑이 치지 않도록, 항상 냉정할 수 있도록 자기 자신을 다스려왔다.

이 힘을 지금처럼 파괴적으로 휘둘러야 할 상황도 가능한 한 피해왔다.

요란하게 힘을 행사하면 또 주위 사람들의 두려움을 사서 『괴물』이라며 매도를 당하게 될 테니까.

마음속으로 줄곧 겁먹은 채 살아왔다는 생각이 든다.

……하지만.

이 같은 나의 두려움은 올바른 감정이었을까.

눈앞의 광경을 바라보면서 자연스럽게 의문을 느끼게 된다.

『『『『『『【흑뢰】.』』』』』』

"패리."

—바로 눈앞에 진정 이상한 녀석이 있다.

마룡을 복종시킨 데다가 저 괴물과 대등하게 싸우는 터라 도저히 상식으로 가늠할 수 없는 기이한 인물.

이미 왕께도, 린네부르크 님께도 절대적인 신뢰를 획득했다.

아직 알고 지낸 지 얼마 지나지 않아 사실상 내력을 잘 알지도 못하는 인물이지만, 나 또한 등 뒤를 믿고 맡겨도 된다는 것을 감각으로는 이해하고 있다.

내가 전력으로 힘을 행사하면 누군가에게 기피당한다?

……누가? 내가?

눈앞에서 흑색의 검을 휘두르고 있는 저 남자, 그럼에도 누구 한 사람 두려워하지 않는 저 남자에게조차 못 미치는 내가?

나를 두려워한다? 도대체 누가 말인가.

애당초.

도대체 나는 무엇을 혼자 쭉 두려워했던 것인가?

여기까지 생각했을 때 기묘한 웃음이 북받치는 것을 느꼈다.

'후후……. 우습구나.'

모두 목숨을 걸고 싸우고 있는 상황에서 이렇듯 웃음이나 흘리는 자신은 꾸중을 들어 마땅하겠다.

보통은, 평상시에도 자신은 이렇듯 웃음을 짓지 않았건마는.

그럼에도 나는 눈앞의 광경을 바라보자니 자꾸 북받치는 웃음을 도저히 억제할 수 없었다.

『『『『『『【흑뢰】』』』』』』

"패리."

……정말이지 나는 무엇을 두려워했단 말인가.

이 남자의 앞에서 자신 혼자만 미련을 놓지 못한 채 인간답게 행동하고자 미련한 짓을 하면서 애쓸 필요는 없었건만.

지금의 나는 자신에게 주어진 『방패』라는 본래의 역할을 내려놓고, 누군가를 지켜야 한다는 부담감을 잊어버리고— 자기 자신을 지키고자 하는 본능조차 내던져도 괜찮다.

지금 이 순간, 자신을 무엇인가에 속박하고자 했던 일체의 노력이 무의미했음을 깨닫고 나의 얼굴에서는 의도하지 않은 웃음이 새어 나왔다.

—이때.

나의 마음속에서 **무엇인가** 부서지는 소리가 들렸다.

그와 동시에 나의 신체와 의식이 이유를 알지 못한 채 가속한다.

"【신순】."

불현듯 깨달았을 때는 하늘에 이미 무수히 많은 빛의 줄기가 떠올랐고, 그것들이 뜨개질을 하는 것처럼 뒤얽혀서 일제히 괴물의 커다란 몸을 찢어발기는 광경이 보였다.

그와 동시에 주변 일대를 눈부시게 내리비춘다.

—설마, 내가 한 공격인가?

아마도 맞을 것이다.

우리 말고 이곳에 서 있는 사람은 없지 않은가.

나는 계속해서 『검』을 휘둘렀다.

그러자 나의 손바닥으로부터 발출된 무수히 많은 참격이 공중에서 한데 어우러지고 거대한 빛의 소용돌이를 형성하더니 세차게 물결치며 괴물을 덮어 조각조각을 낸다.

……이런 방식의 공격은 상상도 시도도 하지 않았었다.

그런데 이미 실제로 성공을 했다.

내 신체는 스스로 알던 바보다 훨씬 더 빠르고 섬세하게 움직이고 있었다.

그런데도…… 아직 여유가 있다는 느낌을 받는다.

어찌 된 영문인지 이러고도 아직 한계가 아니라는 예감이 든다.

이보다도 훨씬 더 빠르게 움직일 수 있다는 확신을 가지게 된다.

온몸이 마치 깃털처럼 가뿐한지라 전혀 무게가 느껴지지 않는다.

『『『『『『【흑뢰】.』』』』』』

괴물이 쏘아 내는 벼락이 똑바로 나를 향해서 날아들었다.

하지만—.

“【신순】.”

나는 『빛의 검』으로 저 새카만 벼락을 넓은 하늘과 함께 통째로 두 동강을 내서 베어 버렸다.

—그런가.

나는 이렇게 힘을 쓸 수도 있었던 건가.

벼락을 베고 때려서 받아치다니.

황당무계한 소리로 들릴 터이나……. 그렇군, 막상 시도를 하니 의외로 가능하지 않은가.

"【신순】."

그렇게 나는 하늘에 떠다니는 괴물의 살점을 재생할 겨를조차 주지 않으며 베고 또 베어 날렸다.

그와 동시에 사방으로 흩날리는 살점 파편을 마룡이 태우자 괴물의 신체는 순식간에 자꾸자꾸 작아져 간다.

신체가 너무나 빨리 움직이기에— 잘 통제가 되지 않는다.

하지만, **아직**이다.

더 빨리, 나의 신체는 가속할 수 있다.

『『『『『『【흑뢰】.』』』』』』

"패리."

"【신순】."

언제부터였을까, 거의 보이지도 않았던 저 남자의 움직임을 나는 차츰차츰이나마 따라잡을 수 있었다.

……도대체 내 몸은 어떻게 되어 버린 것인가.

이래서는 주위 사람들에게 괴물로 불리더라도 더더욱 어쩔 수 없겠다는 생각부터 난다.

아니, 뭐랄까, 본격적으로 인간의 영역에서 벗어나기 시작한 것 같다는 느낌마저 받았다.

그러나, 그럼에도 신기하게 불편한 마음은 들지 않는다.

이제는 누군가에게 괴물 소리를 듣더라도 딱히 상관없겠다는 해방감을 느낀다.

글쎄, 어째서일까.

이런저런 생각을 하는 동안에 괴물도 전법을 바꿨다.

『『『『『『【흑뢰】.』』』』』』

괴물은 소름 끼치는 수많은 두툼한 팔을 뻗어서 우리를 향해 새카만 벼락을 온갖 방위로부터 동시에 쏘아 내고자 한다.

하지만—.

"패리."

저 남자는 한 번의 후려침으로 모든 벼락의 궤도를 바꿔서 나와 마룡을 온전하게 지켜 냈다.

나는 그 동작을 곁눈질로 바라보면서 괴물이 뻗은 팔을 모조리 베어 날린다.

“【신순】.”

지금 어렴풋이 깨달았다.

분명히 나는 괴물이라고 불리는 처지, 그 자체가 무서웠던 것은 딱히 아니었을 테지.

나는 아마도 단순히 다른 사람들로부터 소외되어『외톨이』가 될까봐 무서워했을 것이다.

이제는 알 수 있다.

이렇듯 명백하게 괴물과 다를 바 없는 남자와 둘이 어깨를 나란히 하고 싸우면서 나는 지금 어떤 불쾌감도 느끼고 있지 않으니까.

……기가 막힐 따름이다.

그렇다면 나는 지금껏 혼자서 괜한 걱정을 하느라 주어진 힘을 제대로 활용하지도 못했던 건가?

이러고도『왕국 최강의 방패』인가.

이래서는 마치 길거리를 걷는 평범한 계집애 같지 않나.

—아니, 실제로 계집아이가 맞겠지.

애당초 나는 별 대단찮은 존재에 불과했다.

평범한 계집아이가 갑작스레 큰 힘을 하사받았고, 줄곧 주체하지 못하는 힘에 휘둘리면서 살아왔을 뿐이다.

불현듯 주어진 힘을 이유로 칭송받으며. 또한 동시에 두려움을 사면서.

……착각에 빠졌던 것이 아닌가?

자신에게는『힘』이 있기 때문이라며, 온갖 잡념에 사로잡혀서.

그 탓에 자신은 특별하다는 믿음을 갖고 말았다.

더 정확하게는—.

특별하기에 외톨이가 되어도 어쩔 수 없다며 단지 우연히 얻게 되었을 뿐인【은총】에다가 자기 문제의 원인을 떠넘기고자 했던 것이다.

그렇게 생각하면 더더욱 자신의 약한 마음에 진절머리가 난다.

하지만 더욱 황당무계한 세계에서 살아가는 듯한 이 남자라면 분명 처음부터 스스로의 힘에 휘둘리지는 않았을 것이라는 생각도 든다. 어디의 누가 어떠한 시선을 보내든 간에 타인의 별것도 아닌 비평에 신경을 쓰며 살아서는 결코 이렇듯 기이한 영역에 올라서지는 못했을 테니.

"패리."

"【신순】."

나는 끝없이 가속하는 신체에 끌려가면서도 남자가 벼락을 튕겨내고 마룡이 불꽃을 억눌러 밀칠 때마다 시기를 맞춰 괴물의 살점을 베어 날렸다.

굳이 사고를 하지 않아도 몸이 먼저 알아서 움직여 준다.

몸도 가벼웠고 몸보다 마음이 더 가볍다.

나는 마음이 시키는 대로, 몸이 움직여지는 대로 전부를 다 맡겨 버렸다.

기묘한 감각이었다.

이런 방식은 본래 나의 전법이 아니다.

적어도 내가 배워서 아는 싸우는 방식은 아니었다.

그러나 먼저 생각부터 하려고 들면, 무엇인가에 사로잡힌 채 싸우려 하면 이 같은 상황에서는 반드시 **뒤처진다**.

"【신순】."

나는 이제껏 쭉 품고 다녔을 마음속 망설임(부담감)을 버리고 사고조차 바깥에 놓아둔 채 몸이 움직이는 대로 팔을 휘두르며 한 발짝, 또 한 발짝 걸음을 내디뎠다.

한 차례 공격을 행사할 때마다 자기 내면의 무엇인가가 점점 부서지는 것이 느껴지고, 그것이 신기하게도 상쾌한 기분으로 다가든다.

움직이면 움직일수록 신체가 가벼워지기에 나는 더더욱 가속했다.

그것은 싸움이라는 행위가 아니라 마치 『무도』를 즐기는 듯한 감각이었다.

올바른 비유인지는 잘 모르겠다.

나는 이제껏 쭉 화사한 기예와는 연이 없었다.

춤을 추고자 몸을 움직여본 경험도 없다.

그러나 무도(기예)에 재주가 있어 즐긴다면 분명히 이런 기분이 들지 않을까 하는 뜬금없는 생각을 하며 자신이 만들어 낸 빛의 무대 위에서 스텝을 밟듯 무수히 많은 참격을 날렸고.

—또다시 기묘함을 느끼며 웃음 짓는다.

'내가 무도(댄스)를? 어울리지 않아.'

불쑥 생뚱맞은 비유를 머릿속에 떠올린 자기 자신이 못 견디게 우스꽝스러워서 또다시 이 같은 위기적인 상황에서는 당연히 삼가야 했을 웃음이 지어졌다.

그러자 또 몸이 더욱더 가벼워지고—.

"【신순】."

나는 자조하면서 상공에 떠 있는 거대한 괴물의 살점을 조각조각으로 절단했다.

98 시길의 쌍검

상공에서는 무시무시한 힘과 힘의 맞대결이 벌어지고 있다.

저곳에서는 노르와 라라, 이네스가 싸우고 있다.

머리 위에서 끊임없이 대지를 뒤흔드는 뇌명이 울려 퍼질 때마다 지상에서는 땅에 큰 균열이 생겨난다.

발밑의 바닥이 점점 불안정해지는 와중에도 모두는 죽기 살기로 발버둥 치며 싸웠다.

“【헬 플레어】.”

우리는 돌벽 안에서 끊임없이 솟아 나오는 마물 군단과 대치하며 숫자가 팽창하는 기세에 휩쓸려서 무너질 위기에 처하면서도 어찌어찌 살아남아 버텼다.

린이 날리는 거대한 화염구가 마물 떼를 소탕하면 아주 잠깐이나마 모두에게 숨 돌릴 틈이 생긴다.

—그러나 이래서는 끝이 없겠다.

마물은 쓰러뜨리고 또 쓰러뜨려도 솟아 나온다.

『한탄의 미궁』으로부터 솟아나는 마물 군단의 침공은 끝이 없어 보였다.

모두가 죽기 살기로 싸우고 있는데도 줄기는커녕 하늘에 떠다니는 괴물의 감정과 호응하는 것처럼 솟아 나오는 속도가 점점 빨라진다.

미궁의 마물은 지상에 있는 마물과 생김새는 비슷해도 전혀 다른 생물 같았다.

어떻게든 움직임을 막아 보려고 몇 번인가 대화를 시도했는데 저 마물들에게는 애당초 서로를 연결하기 위한『마음』이 없었다.

그래서 모두가 죽기 살기로 싸우고 있는데도 나는 이리저리 도망치기만 할 뿐 정말 보탬이 될 만한 부분이 아예 사라져 버렸다.

하다못해 무엇을 할 수 있을까 생각하던 나는 마물들 틈에 깊숙이 파고들었다. 그리고 제자리에서 못 움직이는 린과 미란다 씨에게 마물이 달려들지 않게 자신에게로 주의를 끌었다가 다시 도망치기를 계속해서 되풀이한다. 단지 발버둥질에 불과하더라도.

"—이봐, 애송이."

불현듯 등 뒤에서 목소리가 들려왔다.

"……네놈, 아까부터 자꾸 쫄랑쫄랑……. 무슨 짓이지?"

목소리의 주인은『12사도』중 시길 씨였다.

우리와 함께 이곳에 남아 싸우고 있는 사람들 중 한 사람.

“무슨 짓이긴……. 도망 다니는 거야. 미안하지만 나는 직접은 싸울 능력이 없어서.”

“마물 무리에 굳이 스스로 뛰어들고서 **도망을 다닌다**고? ……헛소리 마라. 도망치려면 후방에서 얌전히 대기해라.”

“……헛소리 아닌데? 게다가 뒤로 물러나도 처지가 별로 다를 것 같지는 않아.”

다리를 멈춘 채 이야기하는 동안에 우리의 뒤쪽에서 마물 몇 마리가 들이닥쳤다.

나는 돌진을 피한 뒤 마물의 머리 위를 뛰어넘었다.

그렇게 마물이 나한테 정신을 빼앗긴 틈에 시길 씨가 손에 든 쌍검으로 목을 날려버렸다.

“애송이……. 몸놀림은 분명 쓸 만한데 어째서 싸우지 않나? 무기는 어디에 뒀고. 잃어버린 건가.”

“무기는, 갖고 다니지 않아. 아니, 들고 다니지 못해.”

“……무슨 뜻이지?”

나는 옷소매를 살짝 걷어서 팔에 감아 둔 붕대를 보여 줬다.

붕대 안쪽으로 문양처럼 보이는 무수히 많은 흉터가 드러난다.

“그건…… 상처인가.”

언뜻 보았을 뿐인데 시길 씨는 어떻게 된 사정인지 알아챈 것 같았다.

내 손은 어릴 적부터 온갖 구타를 당했던 탓에 어린아이 수준의 악력밖에 없다.

일상생활에는 큰 지장이 없는데 굳세게 힘을 발휘하기 위해 필요한 힘줄이 깊은 부분까지 손상되어서 평범한 사람들처럼 무거운 물체를 잡아 들지 못한다.

게다가 이제는 고칠 수 없는 상처라고 했다.

성장 과정에서 이미 내 몸이 「자연스러운 상태」로 받아들여 버렸기 때문에 오히려 억지로 고치려고 하면 더 나빠진다던가.

【유성】이라고 불리는 세인 씨가 진단한 결과였다.

따라서 결국 내 힘으로 들어 올릴 수 있는 것은 자그만 목검이 고작이었다.

당연히 고작 목검을 실전에서 사용하기는 도저히 불가능한 데다가 들고 다니더라도 걸핏하면 떨어뜨려 버린다.

너무나 악력이 모자란 탓에 소형 활조차 제대로 다룰 수 없는 처지니까.

"그러한 이유 때문이라면— 이것을 써라."

갑자기 시길 씨가 나한테 무엇인가를 던져줬다.

"……어?"

허둥지둥하며 받아 보니 시길 씨가 장착했던 **호완**이었다.

"이게 뭐야……?"

"그 호완은 마도구다. 악력을 강화해 주는 『부여(인챈트)』가 되어 있지. 크기는 맞지 않겠지만 단검 정도는 쥘 수 있다."

"……어째서."

시길 씨의 행동이 나는 당황스러웠다.

나는 미슬라의 사람들이 혐오하며 퇴치하고자 하는 종족인 『마족』인데, 어째서……. 막 입을 열어서 물어보려던 차에 시길 씨는 내 말을 가로막았다.

"네놈들 마족은 종족 자체가 『사악』하지……. 역사가 분명하게 증명해 준다."

한층 더 당황하는 내 앞에서 시길 씨는 말을 이었다.

"네놈들 『마족』은 수많은 재앙을 초래했다. 내가 태어나 자란 도시는 과거에 네놈들의 손에 흔적도 남기지 못한 채 불타 사라졌고, 주민들은 살해당했고, 논밭도 복구 불가능할 지경까지 황폐해졌다. 그 때문에 나의 고향은 아사하는 자가 드물지 않은 불모지가 되었지……. 따라서 네놈들 마족은 태어난 순간부터 『악』으로 규정된다.”

시길 씨는 다리를 멈추고 나를 향해서 돌아섰다.

“그런데— 애송이. 네놈은 대체 정체가 뭐지……? 네놈은 어째서 이곳에 남아 있는가.”
“어째서라니……. 무슨 소리야……?”

질문의 의도를 알 수 없어서 되물었다.

“—시치미 떼지 마라. 저 【재액의 마룡】은 네놈이 불러내지 않았나. 그만한 힘을 가지고 있는데도 어째서 자신을 위해 쓰지 않는가. 네놈들은 언제든 저 용에 올라타 도망칠 수 있었을 것이다. 그런데 어째서 도망치지 않지……? ……게다가 어째서 우리를 도우려 한단 말인가. 게다가 네놈들과 적대하였고 지금도 마족 사냥을 계속하고 있는 우리나라(미슬라)의 사람들을. 지금 상황은 네놈들 『마족』이 우리에게 보복을 가할 수 있는 다시없는 기회가 아닌가. 그런데 왜. 보복은커녕 제 몸을 위험에 던지면서 우리와 함께 이곳에 남아 싸우고 있는 이유는…… 도대체 무엇이지?”

거듭거듭 어째서냐며 묻는지라 나는 당황할 따름이었다.

“—네놈은 악한 『마족』이지. 그런데 네놈은 정녕 내가 베어야 할

『악』인가? ……지금의 나는 대답을 할 수 없구나. 다만, 적어도……. 이런 곳에 굳이 스스로 남는 녀석은 허망하게 죽어서는 안 된다.”

나는 어떻게 받아들여야 하는 말인지 헷갈려서 잠시간 시길 씨와 마주 바라봤다.

그러던 중 뒤쪽에서 비명 같은 고함 소리가 날아들었다.

“……잠깐만, 시길?! 왜 너희만 느긋하게 가만히 서 있는 거야?! 딴 사람들 죽을 둥 살 둥 싸우고 있는데 얌체같이 둘이서만 쉬지 마!”

목소리의 주인은 가면 쓴 여성, 미란다 씨였다.

실제로 다른 사람들은 마물 군단과 접촉하기 직전이었다.

시길 씨는 주위 상황을 일별한 뒤 손에 든 쌍검 중 하나를 나에게 내밀었다.

“검을 쥐어라, 애송이. 네놈이 악인지 아닌지. 스스로의 손으로 증명해라……. 적어도 그동안 나는 네놈의 적이 되지는 않겠다.”

나는 또 당황하면서 가면 안쪽의 표정을 알 수 없는 시길 씨를 바라봤다.

“뭐 하고 있나, 빨리 움직여라. 이제는 정말 이야기나 할 겨를이 없다.”

"……응."

나는 시길 씨에게 쌍검 중 한쪽을 받아 들고 막 건네받은 호완도 장착했다.

그러자 크기의 차이가 신경 쓰이지 않을 만큼, 놀랄 만큼 손에 잘 맞는 데다가 자신의 손가락에 단단히 힘이 들어가는 것을 알 수 있었다.

무척이나 묘한 감각이었다.

줄곧 힘이 안 들어갔던 손에 힘이 들어간다.

그리고 시길 씨에게 받은 단검을 꽉 쥐자 힘이 분명하게 전해지는 느낌이 든다.

"……굉장하네."

난생처음 무엇인가를 강한 힘으로 쥐는 감촉을 맛봤다.

이런 효과를 준다면 나도 검을 휘두를 수 있지 않을까.

처음 느끼는 감촉에 감탄하고 있는 사이에 미란다 씨와 사람들의 근처로 마물 무리가 하나 닥쳐드는 광경을 봤다.

"간다. 나머지는 직접 쓰면서 확인해라."

"……응."

그렇게 시길 씨와 나는 거의 동시에 뛰어나갔다.

눈에 잘 보이지도 않는 빠르기로 가속하는 시길 씨를 겨우겨우 따라잡은 뒤 나는 단검을 꽉 붙들어 잡고 지면을 기다시피 낮게 달렸다.

시길 씨가 마물 떼와 충돌했을 때 나는 멈추지 않고 쭉 발밑을 재빨리 지나 돌진한다.

노리는 곳은 마물의 다리.

비록 무기를 손에 쥐기는 했지만, 내 힘으로는 틀림없이 제대로 마물을 베지 못하고 막힐 것이다.

—하지만, 하다못해 다리 하나 정도라면.

그런 생각을 하면서 내가 전력을 다해서 쭉 검을 휘두르자 시길 씨에게 빌린 검은 놀랄 만큼 날카롭게 파고들어서 마물 다리를 깔끔하게 절단했다.

그뿐 아니라 주위에 있던 다른 복수의 마물 다리까지 동시에 잘라내 버린다.

그런데도 손에는 이렇다 할 반동이 거의 아무것도 전해지지 않았다.

손안에 남은 생소한 감촉을 확인하면서 나는 거듭 지면과 아슬아슬하게 기어다니다시피 하며 근처에 늘어서 있는 마물의 다리를 보이는 대로 차례차례 정신없이 베어 버렸다.

그렇게— 무아몽중으로 마물 집단을 돌파한 뒤 고개 돌리자 마물들이 일제히 바닥에 허물어졌고, 동시에 모든 개체의 목이 굴러떨어지는 광경이 보였다.

"—애송이. 제대로 검을 휘두르는 것은 처음인가."

깨달았을 때 나의 옆에는 시길 씨가 서 있었다.

"응."
"……처음치고는 싹수가 제법 괜찮군. 다만 무기를 손에 쥐었다고 해서 방금처럼 함부로 깊이 파고들지는 마라……. 집단전에서는 항상 아군의 위치를 확인해라. 자신 혼자서만 싸우고 있는 양 날뛰어서는 안 된다. —정신을 붙들지 못한다면, 눈 깜짝할 새에 죽는다."
"……응."

시길 씨는 충고를 하며 바닥에 쓰러져 있던 내 손을 붙잡아 일으켜 줬다.

"저기, 잠깐만. 시길……? 언제나 혼자 판단해서 휙 달려가 버리는 네가 할 말이야? 되게 이상하지 않아?"
"미란다, 말이 많구나. 너는 조용히 마법이나 계속 날려라……. 죽고 싶지 않다면 입보다 손을 움직여라."
"아, 진짜 잘났어. 지금 네가 떠들어도 될 말은 절대로 아니거든?! 게다가 왜 그 무기를 꼬맹이한테 넘겨 준 거야……?! 그 검, 예하께 하사받은 보검이잖아?! 내가 딱 한 번만 만져보자고 해도 다 거절하더니……?"

미란다 씨는 불평을 늘어놓으면서도 잇따라 마법을 날려서 적을 쓰러뜨린다.

그리고—.

“【헬 플레어】.”

잠깐 숨을 돌리던 때 린이 발사한 작열하는 태양과 같은 화염구가 직선상에 있는 마물 떼를 모조리 불살라 쓸어버린다.

무척 우수한 마법사라고 말할 수 있는 미란다 씨와 비교해도 린의 마법은 위력에서 격이 달랐다.

“……저 애 역시 이상해. 저런 위력은 마술사가 십수 명 모여야 겨우 발휘할 수 있는 수준이잖아. 그런 마법을 벌써 오십 발 넘게 날렸는데……. 대체 어떻게 아직까지 멀쩡히 서 있는 거야……?”

린은 이제껏 쭉 일천의 마물을 한 번에 쓰러뜨릴 수 있을 만큼 강력한 화염구를 쉬지도 않고 계속해서 날렸다.

린의 화염구가 지나간 뒤 잠시나마 숨을 돌릴 수 있는 우리와는 달리 정작 본인은 호흡을 가다듬을 만한 짬조차 안 생긴다.

그럼에도 거듭 날리는 화염구의 화력은 약해지지 않은 채 마물 무리를 계속해서 섬멸하고 있다.

다만 린의 얼굴에서는 차츰 짙은 피로의 기색이 배어나기 시작했다.

말 한마디를 꺼낼 여유조차 없을 만큼 기진맥진했다는 것도 안다.

언제 한계를 맞이해도 이상하지 않은 상태임을 느꼈다.

만약에 린이 쓰러진다면 물론 우리는 전멸을 피할 수 없다.

그때가 차츰 가까워지고 있음을 느끼는 한편 잠시나마 찾아든 정적 속에서 힘껏 심호흡을 했다.

"……이봐, 애송이. 그 쌍검은 예하께 하사받은 보물이다. 반드시 돌려주도록."

"응, 알았어."

"또 몰려드는군— 대비해라."

나와 시길 씨는 다시금 마물 떼 속에 뛰어들어서 각자 한 자루씩 쌍검을 휘둘렀다.

계속 되풀이하는 동안에 나도 검을 휘두르는 데 익숙해져서 한 번에 쓰러뜨릴 수 있는 마물의 숫자가 점점 늘어난다.

그렇게 눈앞으로 들이닥치는 마물 군세를 조금씩 줄여 나가고— 우리가 호전된 상황에 조금이나마 안도의 감정을 느끼기 시작했던 그때.

"—저게, 뭐지."

하늘에 떠 있는 괴물의 신체가 팽창하더니 소름 끼치는 새카만 그림자가 하늘 전체를 뒤덮기 시작했고— 그 이변에 호응하는 것처럼 미궁으로부터 솟아 나오는 마물이 폭발적으로 불어나는 광경이 보였다.

99 질주하는 흑뢰

괴물은 끊임없이 팽창하는 새카만 살점 덩어리 속에서 오직 한결같은 당혹감만을 느끼며 『바깥』의 광경을 지켜보고 있었다.

—저것은, 도대체 무엇이란 말인가.

『흑색의 검』을 쥔 저 남자.

자신이 최고의 수단을 동원했는데도 상처 하나 입히지 못한 저 남자.

자신은 방금 전 이제껏 생애에서 최고의 일격을 날렸다.

아니, 쏟아붓다시피 날리고 있다.

얼마 전부터 거듭 한계를 뛰어넘으면서 스스로 돌아봐도 최고의 공격을 거듭 구사하고 있다.

걸신들린 듯 신체에 흡수시킨 『마족의 피』에서 얻은 힘으로 자신이 기이한 성장 과정에 진입했다는 실감마저 느낀다.

—그런데, 어째서.

『『『『『『【흑뢰】.』』』』』』

"패리."

이번에도 역시 혼신의 일격이었다.

노서히 흉갑을 수 없는 생애 최고의 일격.

그런 공격을 저것은 아주 손쉽게 받아넘겼다.

—다음 일격도. 또 다음 일격도. 뒤이은 다음 일격까지도.

『『『『『『【흑뢰】.』』』』』』

"패리."

—몇 번이고.

몇 번이고. 몇 번이고.

몇 번이고, 몇 번이고, 몇 번이고.

몇 번이고.

아무리 거듭 【흑뢰】를 날려도, 아무리 강력한 힘을 쏟아부어도 아주 가뿐하게 튕겨 낸다.

저 남자에게는 자신의 공격이 통하지 않는다.

그뿐이 아니었다.

끝내, 심지어 저 남자에게 따라붙는 존재마저 나타났다.

『『『『『『【흑뢰】.』』』』』』

"【신순】."

자신의 살점을 베어 가르는 빛의 칼날.

무한히 재생을 반복함으로써 끊임없이 방대한 살점을 만들어 내고 있는데도 오히려 더 빠른 속도로 베어 버리는 터라 신체가 반으로, 또 반으로 작아지기만 한다.

다행히 본체에는 영향이 없으나 저것도 골칫거리였다.

—도대체 무엇이란 말인가, 저것들은.

오래도록 봉인되어 있었던『푸르른 돌』로부터 운 좋게도 힘을 완전히 잃기 전 탈출에 성공하고 또다시 지상으로 나온 지 200년 이상.

지금껏 이런 인간은 존재하지 않았다.

있다는 이야기도 듣지 못했다.

적이 될 만한 인간은 분명 없어야 했다.

몇 번이나 조사했으나 경쟁 상대로 나설 다른 신(동류)들의 존재도 찾아내지 못했다.

그러니 자신의 신체만 무사히 되찾을 수 있다면, 전성기의 힘만 온전하게 되찾을 수 있다면 이렇듯 외적이 존재하지 않는 지상은 자신의 낙원이 되어 줄 예정이었다.

—그랬건만. 그랬건마는.

어째서 지금, 본래는『신』과 동등한 초월자인 자신이 속절없이 당하고 있단 말인가.

차마 이해하지 못할 사태가 벌어졌다.

굴욕의 감정보다도 단지 혼란이 앞섰고, 자신이 농락당하고 있는 상황에 당혹감을 느꼈다.

자신보다 아득히 뒤떨어지는 존재라고 생각했었던 생물에게 자신의 최고 수단이 통하지 않는다.

결코 자신이 약해진 것은 아니었다.

약해지기는커녕 긴 시간을 들여 수집한 『악마의 심장』 덕분에 이제껏 경험한 바 없는 힘을 비축할 수 있었다.

게다가 지금도 변함없이 자신의 신체는 계속 성장 중이며 전성기마저 이미 뛰어넘은 상태다.

그랬건만— 그랬건마는.

저 남자 앞에서는 어떤 시도를 해도 소용없었다.

어떤 발악도 무효화된다.

그뿐 아니라 남자가 기르는 듯한 용조차 만만하지 않았다. 자신이 날린 불꽃을 맞받아쳐서 오히려 제 살점을 태울 뿐 아니라 물어뜯기까지 한다.

다만 현 상황에서 자신은 이 이상의 공격 수단을 가지고 있지 못했다.

따라서 괴물(미슬라)은 자신의 안에서 유례가 없을 만큼 가득하게 차오른 힘을 느끼면서도 끝끝내 눈앞의 존재를 멸하지 못한다는 사실에 당혹스러워했고, 단지 같은 행동을 반복할 뿐이었다.

『『『『『『【흑뢰】.』』』』』』

"패리."

다만 이번에야말로 끝장을 낼 작정으로 날린 극대의 벼락을 아무렇지도 않게 툭 쳐내는 광경이 보였을 때 괴물의 머릿속에서 무엇인가가 크게 변화했다.

……아아, 역시 안 되는구나.

이래서는 적을 쓰러뜨릴 수 없다.

—그렇다면, 차라리.

괴물은 비축해 놓은 풍부한 살점 덩어리에 보호받으며 생각했다.

그리고 새삼 이해했다.

인정할 수밖에 없다.

눈앞의 **저것**이 **강하다**는 것을.

지금껏 맞섰던 누구보다도.

신화시대에 자신과 적대했던 어떤 신들보다도.

우리에게 작당을 하고 대항했던 인간 녀석들보다도.

교활하게도 신들(자신들)의 힘을 끝없이 빼앗아 가는 『푸르른 돌』 안쪽에 유폐시켰던 놈들보다도 훨씬 더…… 아니, 자신의 생애 전부를 돌이켜봐도 **가장 까다로운 존재**라고 검을 든 남자의 평가를 재조정했다.

그렇게 괴물은 방침을 바꾸기로 결심했다.

피아의 정확한 역학 관계를 이해한 괴물은 자기 자신이 점점 궁지에 빠지고 있다는 상황을 인정한 뒤 맞서야 하는『힘』의 특질을 파악하고자 했다.

힘에 의지해서 마구잡이로 압살하는 것은 포기했고, 눈앞의 **위협적인 적**을 냉정하게 관찰하고자 노력했다.

마치 약자가 강자의 약점을 혈안이 되어 찾아내려는 것처럼.

이 같은 행위가 괴물에게는 수치심을 자극하기도 했다.

다만 이제는 차마 주저조차 할 수 없었다.

자기 자신에 대한 조바심을 자각하면서도 끝내 괴물은 냉정하게 상대의 일거수일투족을 한순간도 놓치지 않기 위하여『빛의 칼날』과 용의『숨결』에 뭉개졌다가 재생을 되풀이하고 있는 수백의 눈알에 힘을 주었다.

잘려 떨어질 때마다 더욱 강하게 생겨나서 대체되는 수백 개 팔로 생애 최고의 공격을 구사하는데도 허망하게 툭 때리면 엉뚱한 곳으로 날아가는 광경을 눈에 새겨 넣으면서 괴물은 모든 것을 내팽개치고 오로지 이기기 위한 사고를 반복했다.

—그리고.

괴물은 드디어 바라 마지않았던 승리의 길을 찾아냈다.

겨우 결론을 내릴 수 있었다.

……저것은 역시 **쓰러뜨릴 수 있다**고.

『——아.』

괴물은 새카만 살점 덩어리에 벌어진 수백의 주둥이로 비웃었다.

저것은 역시 인간이다.

—기이한 재생력.

—기이한 완력(힘).

—기이한 반응 속도(민첩함).

어떤 요소를 봐도 인간이라고 말하기 어렵지만, 저것은 명백하게 인간이었다.

위의 기이한 요소를 단 한순간이라도 상회하는 데 성공한다면 저 골칫거리 검을 피해서 틀림없이 끝장을 낼 수 있을 것이다.

그렇다— 반드시 성공한다.

자신이라면 성공할 수 있다.

손에 넣은 방대한 힘을 모조리 한 지점에 집중시킨다면.

승리하기 위하여 괴물은 모든 것을 버릴 각오를 했다.

자신이 가진 전부를 한순간의 공방에 쏟아붓기로, 망설이지 않고 나아가기로 결심했다.

『——아으, 아.』

괴물이 결의하는 동시에 새카만 살점이 변질되기 시작했다.

의지와 결단에 따라 체조직이 변이한다.

그것은 괴물이 처음으로 맞이한 변화였다.

뜻하는 대로, 자신이 마음속에 그린 이상적인 모습을 따라 스스로가 **진화**를 시작했다.

본체(뼈)조차 통증에 휩싸이며 삐걱거리는 소리가 들린다.

다만 그 소리는 괴물에게 기분 좋은 울림으로 다가들었다.

—아아, 이번에는, 정말로.

괴물은 스스로의 변화에 환희했다.

자신의 한계는 역시나 고작 이따위 수준이 아니었다며 감격에 젖어 전율했다.

괴물은 신체 변화를 위해 몸속에 비축해 놓은 방대한 힘을 모조리 들이붓기로 했다.

안 그래도 방대한 신체가 더욱 커다랗게 부풀었다가 곧 수축한다.

자신의 뼈(내면)에 힘이 점점 더 응축되는 것을 느낀다.

『——프, 아으아—— 아으—— 아.』

괴물은 자기 자신이 새롭게 획득한 힘을 느끼는 한편 자신이 다시 냉정해졌음을 같이 느꼈다.

아울러 방금 전까지는 한 번에 대량의 『피』를 획득했던 탓에 자신의 머리에 피가 솟구쳐 올라왔었다는 것 또한 자각했다.

……그렇다.

결국 경계할 것은 하나뿐이다.

—『이념 물질(흑색의 검)』.

모든 힘을 잃었음에도 여전히 저것은 신들에게 지고의 위협이나 마찬가지였다.

그렇다면 저 물건만 어떻게든 처리하면 그만 아닌가.

저것의 힘은 불멸.

원리적으로 멸할 도리가 없다.

과거에 저 물건에 충격을 줘서 파괴했던 존재는 이 세계의 존재가 아니었다.

그렇듯 특별한 자가 아니라면 애당초 저것에 간섭할 방법은 없다.

자신들도 이 세계에 사는 평범한 생명에게는 비슷한 격의 존재여야 했다.

이 세상의 존재들은 아무리 악써도 털끝만 한 흠집조차 입히지 못한다.

다만, 유일하게.

저 검이, 저 물건 하나가 너무나 거슬린다.

그렇다면 답은 간단했다.

단순하게, 목표를 한정 지으면 그만이었다.

저 검이야말로 자신들에게는 더할 나위가 없이 까다로운 것.

신(우리)들에게 멸망당했던 구세계의 미물 녀석들이 남긴 저주와 다를 바 없는 것.

요컨대 저 검 하나만이 골칫거리다.

저것을 휘두르는 인물과는 떨어뜨려서 생각해야 할 필요가 있다.

저것을 손에 든 인물도 물론 기이할지언정 딱히 불멸의 존재는 아니다.

따라서 단순하게 저 검을 쥔 인간을, 『사용자』를 멸하면 된다.

먼저 우선순위를 정하는 것이 옳았는데.

—그렇다, 요컨대.

자신은 저 존재를 지금 이때 찰나의 한순간만 능가하면 된다.

『——아.』

괴물이 도출한 『개념(의도)』에 따라 다시금 체조직의 재편성이 이루어진다.

공포에 호응하듯 팽창되었던 괴물의 살점 갑옷이 녹아내리다시피 붕괴한다.

……더 이상 이따위 꼴사나운 갑옷(살점)은 필요하지 않다.

어차피 저 여자에게 베여서 찢겨 나갈 테니까.

적중당해도 본체에 영향이 없다는 것은 확인했다.

문제는 저 남자. 저 검.

저것들을 일순간 능가하는 것으로 충분하다.

이 살점 갑옷은 자신의 본체를 단 한 번만 온전히 지켜주면 충분하다.

그 사이에 흑색의 검을 쥔 남자 하나만 찢어발기면 모든 것이 끝난다.

저 남자는 자신이 만들어 내는 벼락에조차 반응할 수 있다.

그렇다면— 단순하게 자신이 여태 날렸던 새카만 벼락보다 훨씬 더 빠르게 공격하면 된다.

괴물의 신체(살덩이)는 새로 생성된 개념(의도)에 따라 변모했다.

육체 개변에 동반해 새로운 격통이 치달린다.

그러나— 고통마저도 기분 좋게 느껴졌다.

막 방금 전까지는 힘을 휘두르는 데 조금이나마 망설임이 있었다.

자신이 전력으로 힘을 발휘하면 미슬라의 국민들까지 피해를 받는다.

어느 정도는 잃을 각오를 했지만, 전부를 다 잃기에는 역시 아쉬웠다.

처음부터 또다시 불려 나가려면 시간이 제법 걸리니.

그러나 다행스럽게도.

지금은『방패』가 깔려 있다.

여자가 하늘과 땅을 갈라놓는 형태로 발생시킨『빛나는 방패』덕분에 자신이 마음껏 힘을 발휘해도 지상의 인간(국민)들이 싹 날아가 버릴 우려도 없겠다.

이제는 오히려 방패가 그간 자신이 공들여 기른『국민(음식)』을 지켜 주고 있다.

이 같은 행운에 괴물은 감사했다.

『──아으아, 아── 아.』

체조직이 변질되어 가는 괴물의 마음을 가득 채운 것은 이제 공포나 당혹감이 아닌 환희였다.

자신의 앞에 장해로서 가로막고 선 인간들에게 감사하는 마음마저 느낀다.

저것들 덕에 자신은 이렇듯 아득히 높은 경지로 올라설 수 있었으니까.

곧이어 괴물은 눈 아래에서 우왕좌왕하며 도망 다니는 미물들, 자신이 만들어 냈던『신성 미슬라 교국』의 모든 국민에게도 감사했다.

—나에게 이 같은 성장의 기회를 베풀어 줘서 고맙다.

그리고 잡아먹히기 위해 태어나 줘서 고맙다고.

승리의 광경이 눈앞에 펼쳐졌고, 돌연히 괴물의 마음속에는 여유가 생겨나는 한편 감개가 들끓었다.

—아아, 드디어.

먼 태고의 인간 놈들이 우리 신들에게 남긴 가증스러운 『저주』가 풀리는구나.

아니, 그뿐 아니라…… 저 물건을 손에 넣기만 하면 아직 다른 미궁의 깊숙한 바닥에서 잠들어 있을 가능성이 높은 신들에게도 월등한 우위를 점할 수 있지 않겠는가.

저 남자를 죽이고 미래영겁 자신 이외에 누구의 손도 닿지 못할 곳에 보관하도록 하자.

그렇게 하면 더 이상 무서울 게 없다.

이곳 지상에 자신의 적은 없는 것이나 마찬가지이니까.

그렇게 하면— 자신은 진정 세계의 정점에 선 존재가 된다.

『——아으아, 이—— 아.』

아아.

역시 오늘은 마땅히 기념해야 할 날이었다.
역사에 각인되어야 하고 축복받아야 하는 날.
이미 축연의 때가 가깝다.

저것만 쓰러뜨리면 이리저리 도망 다니는 미물(먹잇감)들을 마음껏 원하는 대로 배불리 잡아먹을 수 있다.

괴물은 곧 맞이할 연회의 즐거움을 상상하고 환희에 사로잡힌 채 자신의 신체를 변모시켰고, 이윽고 새카만 벼락의 권화로 모습을 바꾸더니—.

『——아.』

하늘을 찢어발기는 까만 섬광이 되어 유일한 위험 요소를 제거하고자 질주를 개시했다.

100 왕녀의 도박

나는 마물 떼에게 커다란 화염구를 쏘아 날려서 일소한 뒤 이변의 기운을 감지하고 하늘을 올려다봤다가 무의식중에 숨을 죽였다.

"—저건…… 설마."

괴물의 까만 신체가 이질적인 형태로 변모를 이루어 낸다.

하나의 살점 덩어리였던 존재 양식을 내버린 뒤 다시 이전의 뼈다귀 같은 모습으로 되돌아가려 하고 있었다.

그 광경을 보고서 나는 너무나 놀란 나머지 말을 잃은 채 전율했다.

그리고 자신이 몸소 목격했음에도 차마 믿을 수 없어 머뭇거렸다.

왜냐하면—.

저 모습은 내가 **예상했던 대로** 너무나 딱 들어맞았으니까.

"이제야…… **결심**을 하는군요."

저것은 지금 자신의 신체를 고속 이동에 적합한 형태로 재구성하고 있다.

저것이 가장 위협을 느끼고 있는 대상은 노르 선생님께서 손에 든 『흑색의 검』이다.

괴물을 상처 입힐 수 있는 다른 수단은 존재하지 않으니까.

그러나 얼마 전 노르 선생님께서 저 괴물에게 지상부터 미궁의 깊은 밑바닥까지 내리꽂는 강렬한 일격을 『흑색의 검』으로 선사했는데도 정작 뼈에는 아무 피해도 주지 못한 모습이었다.

분명 저 살점이 방해를 했던 탓이다.

즉 살점이 붙어 있는 한 본체에는 공격이 통하지 않는다.

우리에게 주어진 최대 과제는 잔뜩 부풀어 오른 저 **살점**부터 어떻게든 처리하는 것이었다.

저 괴물도 물론 잘 아는 사실이었을 테고.

……그러나, 만약.

저 살점이 더는 **무의미하다**는 생각을 괴물에게 심어줄 수 있다면.

그것이 내가 이네스와 라라를 상공으로 보낸 이유였다.

라라와 이네스가 끊임없이 살점을 베어 불사른다.

노르 선생님께는 괴물의 공격이 통하지 않는다.

이 같은 공방이 계속 반복되면 괴물의 신체는 언젠가 작게 오므라든다.

……그렇다면 그때 상대는 어떻게 대응할까.

결국 저 괴물에게는 노르 선생님께서 휘두르는 『흑색의 검』만이 위협이 될 수 있다.

『흑색의 검』은 괴물의 모든 공격을 튕겨 낸다.

하지만 맞서 싸우는 동안에 곧 『흑색의 검』은 오로지 노르 선생님만이 다룰 수 있는 무구이며, 노르 선생님이 아닌 누군가가 손에 들어도 별 위협이 되지 못한다는 사실에 반드시 생각이 미치게 될 것이다.

—그렇다면 어떤 방법을 써서라도 우선 **한 명뿐인 사용자를 없애야 한다**는 것을 분명히 깨달을 테다.

하지만 노르 선생님의 민첩함은 기이한 경지에 다다랐다.

설령 양패구상을 각오하더라도 막상 대치할 때는 저 방대한 살점이 반드시 방해된다.

그렇다면 『흑색의 검』에 가격당해도 간신히 버틸 수는 있도록 최저한의 살점 갑옷만 유지한 채 승부를 가리는 것이 타당할 테지.

지금 이 순간, 괴물은 마침내 각오를 다진 것 같았다.

괴물이 이 같은 사고에 도달할 수 있을지는 도박이었다.

……애당초, 승부를 가리려 할지 도망칠지.

이 또한 커다란 분기점이었다.

최악의 사태는 저 괴물을 **놓쳐 버리는** 것.

아군의 전력을 분석해서 철저하게 준비를 갖춘 뒤, 이후 줄곧 우리의 빈틈을 노리며 암약하는 경우였다.

다만 괴물이 이 같은 선택을 하지 않을 것이라고 나는 확신할 수 있었다.

—괴물의 정체는 『교황 아스틸라』 본인이다.

어째서 이런 생각을 하는지 스스로도 알지 못한다.

다만 확신에 가까운 예감을 받았다.

나는 아스틸라(교황)와 직접 상대했기에 이해할 수 있다.

모든 것을 당연하게 자기 소유로 여기는 탐욕을.

자신을 위해서는 모든 것을 짓밟거나 농락해도 상관없다고 생각하는 오만을.

이 세상의 모든 존재가 마땅히 자신을 우러러 받들어야 한다고 생각하는 허영심을.

따라서 저 괴물이 이런 상황에 패배를 인정한 뒤 **도망치기**를 선택할 가능성은 **존재할 수 없다**.

이렇듯 확신에 가까운 판단을 이미 마쳤다.

아울러 나의 판단은 다행히 옳았나 보다.

괴물은 지금 노르 선생님과 이네스, 라라 앞에서 궁지에 몰린 채 마지막 승부수를 두려고 하는 참이었다.

자신에게 가장 큰 위협이 되는 『흑색의 검』을 손에 든 노르 선생님을 쓰러뜨리기 위해서.

두려움이 솟구칠 만큼 자신이 구상했던 전개대로 상황이 흘러가는지라 내심 놀랐다.

그러나 지금 마음을 약하게 먹을 수는 없었다.

이제부터가 진짜 고비이기 때문이다.

괴물은 아마 본인이 악수를 두었다는 사실을 미처 깨닫지 못했을 것이다.

이네스의【신순】, 노르 선생님의『흑색의 검』에 정신이 팔려 이네스의 방패로 가로막힌 지상에 혹시나 **무엇인가**가 있다는 생각은 떠올리지 못한다.

계속 눈치채지 못하기를 바란다.

괴물의 살점을 제거하기 위한 진짜 주력은 바로 **이쪽**에 있으니까.

"……오켄 선생님, 건네주신『부적』을 삼가 사용하도록 하겠습니다."

내가 클레이스 왕국에서 출발하기 전 오켄 선생님에게 건네받은『부적』.

이것을 잘 활용하면 단 한 번이나마 괴물의 상상을 능가하는 일격을 선사할 수 있다.

—극소 휴대형 마도 화포,『신의 벼락(케라우노스)』.

【마성】 오켄 선생님이 마도황국의 기술을 접수한 뒤 개발했기에 세상에 난 히나바에 없는 시작형 마도구.

이 작은 마도구에는 오켄 선생님이 남몰래 간직해 왔던 거대한 마석이 하나 내장되어 있다.

오켄 선생님께서 이 이상의 마석은 이후에도 이전에도 본 적이 없다고 직접 장담했을 만큼 최고 품질을 자랑하는 『악마의 심장』.

그러므로 이 도구를 사용하면 나의 힘으로도 터무니없는 위력의 마법을 단 한 번이나마 구사할 수 있다.

이 작은 『부적』에 나는 지금 상황의 모든 것을 걸기로 했다.

기회는 온갖 의미에서 오로지 한 번뿐이다.

이 시제품에 내가 전력으로 마력을 주입하면 즉시 파손되기에 두 번은 사용할 수 없다.

게다가 한 번 감지당하면 힘껏 경계할 테니 또 적중시키기는 어려울 테지.

—한 번 발사하면 그대로 끝.

두 번째 기회는 절대로 없다.

단 한 번 허락되는 극히 위험한 도박.

그런 위험을 무릅쓰고 나는 이곳에 남은 모든 사람의 생명을 **판돈**으로 올려놓았다.

이 같은 현실을 새삼 인식하자 살짝 구역질과 현기증이 느껴졌다.

하지만 내가 아는 한 이보다 더 나은 이상적인 수단은 우리의 손에 분명히 없었다.

오켄 선생님은 우리가 미슬라로 출발하기 전에 나에게 최고의 결정적인 수단을 건네 주셨다.

마치 사전에 이러한 대결이 벌어질 것을 예견했다는 듯이.

이제 관건은— 내가 주어진 수단을 잘 활용할 수 있는가, 아닌가.

정말이지 도박(갬블)이라고 말할 수밖에 없는 작전이라고 생각된다.

당연하게도 내가 처음에 구상했던 대로 수순이 다 맞아떨어지리라는 보장은 못 한다.

그러나 다행스럽게도. 나는 이제껏 쭉 **도박**에서 승리를 거두었다.

모두 믿기지 않을 만큼 훌륭하게 활약해 줬다.

이 작전의 상세 내용을 전부 숙지하고 있는 이네스도 부자연스러운 낌새 없이 괴물을 우리가 지상에다가 건조해 놓은 석제 좌표 바로 위쪽으로 조금씩 유도 중이었다.

그렇다, 이것은 정확하게는 **벽**이 아니다.

지상과 천상에서 함께 연계하기 위하여 땅에 새긴 거대한 각인.

—표적(과녁)이다.

그 때문에 나는 사전에 정해 둔 위치에서 결코 움직이지 않은 채 줄곧 가만히 이때를 기다려 왔다.

그리고 드디어 준비가 다 갖춰지려 하는 참이다.

지금, 더할 나위가 없도록 모든 상황이 갖춰졌다.

아니, 모든 사람들이 죽기 살기로 만들어 준 기회이다.

'—이제는, 나만.'

그렇다, 이제는 나만.

나만 실패하지 않으면 된다.

이제 탈 없이『흑색의 검』을 손에 쥔 노르 선생님에게로 기회를 이어 드리기만 하면 승리를 거둘 수 있다.

승리의 가망성은 충분히 있다. 분명히 있다.

나는 굳게 믿었기에 이번 작전을 구상한 뒤 지휘를 맡았다.

이렇듯 도박과 다를 바 없어 무모하다는 생각부터 드는 작전을.

그래서 더더욱 내가 이 순간에 실패를 할 수는 없는 노릇이었다.

절대로 실패해서는 안 된다.

중압감 때문에 호흡이 자꾸 거칠어졌다.

……괜찮아. 반드시 맞힐 수 있어.

맞히면 되잖아. 별거 아니야.

이미 다른 사람들은 모두 훌륭하게 활약해 줬다.

이제는 나만『비장의 수단』을 실패하지 않고 잘 운용하면 된다.

단순하다. 별것 아니다.

그렇게 자기 자신을 안정시키고자 심호흡을 하기 위해서 하늘을 올려다보고—.

갑자기 몸이 서늘해졌다.

각오를 다지기 직전인데 손발이 이상하게 떨리기 시작한 데다가 불쑥 의문이 터져 나왔다.

'……맞힌다고? 저것을? ……도대체, 어떻게.'

의문은 곧 절망으로 바뀌었다.

상공에 있는 거체는 마치 벼락의 화신이 된 것처럼 쏜살같이 움직이고 있다.

저곳에서 벌어지고 있는 것은 상상조차 허락하지 않는 영역의 대결.

표적은 거대하다.

그러나 너무나도 빠르다.

황당하게 빠르다.

……저런 상대를 맞히겠다고?

대체 어떻게 해야 적중시킬 수 있지?

……절대, 어림없다.

나의 어설픈 구상이 막바지에 이르러 무너졌다.

—역시 계획이 어설펐던 것이다.

나는 실패한다.

아마도, 틀림없이 실패할 것이다.

역시 자신은 처음부터 도저히 가망이 없는 작전을 세운 게 맞았다.

논리적인 사고로 곧장 어두운 결론부터 이끌어 내는 자신의 본성(나약함)이 얼굴을 내민다.

"……아니야. 가망이 낮더라도— 해내야지."

나는 내면의 목소리를 차단한 뒤 자꾸 시들려 하는 마음을 애써 힘겹게 분기시켰다.

이때까지 다 같이 쌓아 올려서 만든 상황을 나의 나약함 때문에 망쳐 버릴 수는 없다.

나는 미미한 용기나마 힘껏 쥐어짜서 하늘을 향해 손을 뻗은 뒤 숨을 최대한 들이마셨고— 주위에 있는 사람들에게 나의 **마지막** 지시를 내렸다.

"—이제부터 저는 지상의 마물에 대응하는 공격을 **중단합니다**. 죄송하오나 뒷일은 아무쪼록 잘 부탁드리겠습니다."

다만 간신히 한마디를 꺼내는 것이 고작이었다.

이래서는 아무 설명도 안 되잖은가.

더구나 이렇듯 혼란에 빠진 상황에서는 내 의도가 충분히 전해지지 않는다.

"……뭐? 무슨 소리야?!"

당연히 미란다 씨가 당황하며 반문을 한다.
미슬라 측 사람들에게는 상세하게 설명을 하지 않았다.
괜히 이야기하면 저 괴물에게도 감지를 당할 가능성이 있어서였다.
……실수였다.
이제는 말로 둘러댈 여유조차 없었다. 하지만.

"—알겠다. 맡겨 주게. 공주를 중심에 두고 진형을 재편성한다."
"잠깐…… 잠깐만 기다려 봐, 무슨 뜻인데?!"
"이제부터가 마지막 대승부라는 뜻이야, 미란다."
"괜찮아요, 분명히 어떻게든 될 거예요."

틸렌스 황자와 아스틸라 씨, 시길 씨가 곧바로 내 의도를 알아차려서 움직여 준 덕분에 승리의 가능성은 구사일생으로나마 계속 이어졌다.
뒷일은 다른 사람들에게 맡기고 나는 모든 의식을 스스로의 내면으로 집중시킨다.

—공격의 진짜 **주력**은 바로 이곳에 있으니까.

이네스가 장엄하고도 신속한 대결 와중에 『빛의 방패』로 괴물의 진로를 잘 차단해서 나의 머리 위쪽으로 유도해 주고 있다.
수직의 상공까지 불과 십수 초.
괴물이 머리 위까지 도달한 순간에 공격을 날릴 필요가 있다.

그때의 일격에 나의 모든 것을 쏟아부어야만 한다.
나는 이제부터 서둘러 공격 준비를 갖춰야 했다.
실패는 절대 용납되지 않는다.
모두의 기대를 저버리고 실패할 순 없는 노릇이다.

—그럼에도.
그럼에도 불구하고.

'……어째서……?'

내 몸은 계속해서 부들부들 떨리고 있었다.
이 떨림은 가라앉히고자 애쓰면 애쓸수록 지금껏 체험한 적이 없을 지경으로 더욱 심해져 간다.
—왜 하필 이런 상황에, 어째서.

……어째서?
……이유를 뻔히 다 알기 때문이었다.
이제부터 내가 감행하고자 하는 행위는 아무 과장도 없는 『도박』이다.
아무리 생각해 봐도 무모한 짓을 저지르려고 하는 참이다.
나는 마음속 깊은 곳에서 이 같은 사실을 제대로 이해하고 있다.
따라서 내 몸은 움직이지 않는다.

—선생님께서 왕도 지하에서 나에게 보여 주셨던 **열 개**의 마법을 쓰는 【융합 마법】.

나는 그 기법을 재현해서 『케라우노스』로 최대한 증폭시킨 일격을 날릴 계획이었다.

그 수준의 위력이라면 순식간에, 거뜬하게 괴물의 살점을 떼어 낼 수 있을 것이라는 탁상공론을 전제로 두고 나는 이 상황을 만들어 냈다.

현재 손안에 있는 수단들 중 최고의 위력을 발휘할 수 있는 조합.

하나하나의 부품(조각)이 이상적으로 맞물리면 아주 불가능하지는 않았다.

어디까지나 가능성이라는 의미에서는.

하지만 실제 가능성은— 끝없이 제로에 가까웠다.

애당초 마법의 융합은 일조일석으로는 절대 습득할 수 없는 기법이니까.

실제 제대로 습득하지 못했다.

몇 번이고 몇 번이고 시도해 봐도 완전 재현은 한 번도 성공하지 못했잖은가.

아무리 노력해도, 되풀이하면 되풀이할수록 자신은 결코 도달할 수 없는 영역임을 뼈저리게 절감할 뿐이었다.

그럼에도 불구하고.

나는 지금 갑자기 **실행**에 도전하려고 한다.

나는 오만하게도 그것이 얼마나 무모한지를 뻔히 이해하고 있으면서 이처럼 불확실한 기술을 작전의 주된 요소로 반영했다.

자기 나름은 미슬라의 국민을 가장 덜 희생시키는 선택지를 골랐다는 생각이었으나— 그래 봤자 듣기에만 좋은 핑계에 불과하겠다.

나는 자신의 역량으로 감당할 수 없는 최선의 결과를 바란 것이다.

나는 그때 가능하다면 **누구 한 사람도 희생시키고 싶지 않다**는 바람을 갖고 말았다.

소수를 희생시켜서 대다수를 구한다.

그것이 최선의 판단이 되는 국면은 많다.

선택에 희생은 따르기 마련이다.

무엇인가를 버리지 않고 무엇인가를 얻지는 못하는 법이다.

사람은 절대 만능의 신이 될 수 없으니까.

그러므로 때로는 비정하게 행동할 수 있어야 백성을 인도하는 『왕』의 자격이 주어지는 것임을 클레이스 왕가의 인물은 어린 시절부터 배운다.

물론 올바른 가르침이라는 생각은 든다.

하지만 나는 번번이 또 다른 길을 찾아 나선다.

무의식중에 누군가가 희생되어야 하는 선택을 피해 버린다.

힘든 선택의 기로에 섰을 때 자꾸만 어딘가에 도망칠 길이 혹시 있는지 찾으려 한다.

누구도 불행해지지 않는 길이 운 좋게 근처에 혹시 숨겨져 있지 않을까— 하고.

나는 이렇듯 허무맹랑하게 좋은 결말을 몽상했다.

—그 결과가 지금의 도박이다.

나는 결국 어린아이처럼 막연하게 행복한 꿈만 꾸기를 바라는 몽상가에 불과하다.

오라버니와 같은 현실주의자는 도저히 되지 못한다.

그러므로 나는 이곳에서 죽을지도 모른다.

무모한 도박에 손대 실패함으로써.

나를 믿어준 고마운 사람들을 함께 데리고.

……하지만 몇 번을 생각해 봐도.

몇 번을 고쳐서 생각해 봐도.

나는 이 방법밖에 달리 선택을 하지 못할 테니까 어쩔 수 없겠다.

이네스와 로로, 노르 선생님, 곁에 남아 준 사람들에게 너무 미안하다는 생각이 들지만— 만약 실패했을 때도 확실히 이 방법이 최소한의 인원수 희생으로 마무리될 것이다.

……그렇다.

최악의 경우는 **나 혼자** 희생하면 된다.

설령 【융합 마법】을 제어하는 데 실패하더라도 어쨌거나 증폭된 위력을 상대에게 쏘아 보내는 정도는 가능할 테지.

그렇게 하면 최소한(나 하나)의 희생으로 마무리 지을 수 있다.

그런 의미에서 나의 판단은 매우 **합리적**이다.

그런 의미에서 나는 가장 적합한 선택을 한 셈이다.

마땅한 사유가 있어 **도박을 벌였으니** 나는 아무것도 틀리지 않았다.

애써 합리화를 마친 뒤 나는 다시금 정신의 집중도를 높였다.

이 순간을 놓친다면— 더 좋은 기회(찬스)는 두 번 다시 돌아오지 않을 테니까.

……이제야 자신의 신체가 말을 들어주기 시작했다.

"—【마력 방벽(매직 배리어)】."

이어서 나는 마법의 방벽을 둘러치고 또 위에 충격을 경감하기 위한 【물리 반사(리플렉트)】, 【마력 반사(매직 리플렉트)】를 다중 생성했다. 또한 마법의 출력을 최대한으로 높이기 위한 술식을 중첩시키면서 【마력 응축(콘덴스)】으로 손바닥에 내가 보유한 전 마력을 응축, 자신의 신체 깊숙한 곳에 잠들어 있는 마력까지 한 방울도 남기지 않고 모조리 쏟아 내기 위한 준비를 시작한다.

내가 입안한 작전에 따라 이곳에 남은 사람들의 생명을 위험에 노출시켰다.

따라서 자기 안위를 우선하여 힘을 적당히 아끼는 행위는 당연히 불가능하다.

—이후 나에게는 **빈껍데기**만 남아도 좋다.

그렇게 마음속으로 다짐하며 나는 【마력 강화(인핸스)】, 【마력 증폭(차지)】, 【마력 폭발(버스트)】로 자신의 마력을 극한까지 증폭한 뒤 거듭 고조시킨다.

"……【헬 플레어】."

그리고 나는 핵이 되어 줄 열 개의 마력 덩어리를 신중하게 생성, 손바닥 주위에 띄워 놓았다.

여기까지는 훈련대로.

이어서—.

다음은 이것들을 【융합】시키면 끝이다.

반드시 성공시켜야만 한다.

실패는 용납되지 않는다.

끝까지 무사히 완료되어야 비로소 나의 마법은 괴물의 살점을 뜯어내는 데 필요한 위력까지 도달할 수 있을 테니까.

—하지만.

만약에 성공시키지 못한다면?

지금 내가 실패한다면.

제대로 적중조차 시키지 못한다면 모든 구상이 무너진다.

상상하자니 몸이 떨렸다.

동시에 손발이 자신의 신체가 아니게 된 것처럼 굳어 버린다.

……안 돼. 무슨 생각을 하는 거야.

이렇게 자꾸 머뭇거릴 상황이 아니잖아.

―아, 역시나.

역시나 나는 실패하겠구나.

애써 봉인해 놓았던 절망이라는 이름의 확신이 머리를 치켜들었고 곧장 고조시켰던 마력이 사라져 간다.

"린."

언제부터인가 나의 옆쪽에 누군가가 서 있었다.

"……로로."

이 소년에게는 나의 마음속 목소리가 남김없이 들렸나 보다.

많이 난처해 하는 표정으로 내 얼굴을 빤히 들여다본다.

"미안해요, 로로……. 정말로, 죄송해요."

한심하게도 목소리가 떨렸다.

자신의 눈동자에 눈물이 맺히는 것을 깨달았고 동시에 비겁한 자신에게 분노를 느꼈다.

……이런 상황에 이런 식으로 어린아이처럼 눈물이나 지을 때가

아님을 잘 알면서.

이렇게 계속 머뭇거렸다가는 로로까지 죽게 만들어 버릴 텐데도.

나는 또다시 마음이 흐트러졌고 마력도 안개처럼 흩어진다.

"괜찮아. 나도 도울 테니까."

로로가 내 손을 잡았다.

—곧바로 마구 날뛰던 내 힘이 안정됐다.

쭉 요동을 치던 힘이 뜻하는 대로 모여들어 줬고, 이미 다 안개처럼 흩어져야 했을 마력이 전보다 훨씬 굳세게 나를 둘러싸고 있음이 느껴졌다.

"……로로?"

—지금 이 순간까지 나는 완전히 잊고 있었다.

이 아이가 오켄 선생님조차 『천재』라는 말을 꺼내게 할 만한 존재였다는 사실을. 『마족』으로 태어난 로로는 마법을 사용하지 못한다. 그럼에도 마력 조작의 기술은 오켄 선생님이 평생 봐 왔던 인물 중 최고라고 했지.

그렇다, 나 또한 분명히 들었던 말이었는데.

이제껏 왜 잊고 있었을까. 나는 마음속 어딘가에서 아직도 로로를 못 미더운 존재로 간주했는지도 모른다.

……나는 가장 중요한 동료의 힘을 제대로 인식하지 못했다.

자신의 잘못에 한숨이 나올 따름이다.

그리고 동시에— 나는 냉정함을 되찾았다.

"로로, 미안했어요. —보조를, 부탁할게요."

로로가 내 팔에 손을 얹어 주자 체내의 마력이 놀라울 만큼 맥동하기 시작한다.

깜짝 놀라서 힘을 수습하고자 했을 때 물결치던 힘이 일순간에 잠잠해졌다.

—그토록 고생했었던 과정이 이렇게나 쉽게 끝나버렸다.

로로는 지금 내 마음의 세세한 움직임까지도 정확하게 파악한 뒤 나의 의식보다 먼저 앞서서 마력을 구석구석까지 움직여주고 있다.

아무래도 나는 착각을 했었나 보다.

내가 전부 다 혼자서 감당하고 이루어 내야 한다고.

그러나 그게 얼마나 무모했는지 로로의 힘을 빌려 보고서야 처절히 깨달았다.

실제 체험해 보니 선생님과 자신의 역량이 얼마나 동떨어졌는지를 알 수 있었다.

선생님은 나보다 아득하게 높은 영역에 계신다.

내가 상상조차 하지 못하는 높은 경지에.

하지만 나 혼자서는 도저히 다다를 엄두가 안 나는 영역에 나는 로로의 힘을 빌림으로써 도달했다.

—지금의 나는 짧은 한순간이나마 그 영역에 도달할 수 있다.

노르 선생님께서 왕도 지하에서 보여 주셨던 지고의 영역에.

몸속에서 일찍이 경험해 보지 못한 방대한 마력이 소용돌이치고 있다.

머리로 떠올리는 모든 기예를 이제는 몸소 실현시킬 수 있다.

그러자 곧장 마음에 여유가 생겨났고 주위가 선명하게 보이기 시작했으며……. 아울러 자기 자신의 비관적인 사고가 부끄러워졌다.

……정말이지 나는 시야가 상당히 좁아졌었나 보다.

그 탓에 자꾸자꾸 절망하며 체념의 심정부터 들었다.

혼자 비관에 젖을 필요는 전혀 없었는데.

노르 선생님과 이네스가 펼치고 있는 천상의 대결.

저곳까지 내가 따라가지는 못한다.

분명히 그러하다.

고속으로 오가는 공방을 포착할 자신은 지금도 없다.

내가 저 대결에 제대로 개입하는 것은 절대로 불가능하겠다.

다만— 이대로도 딱히 괜찮지 않나.

애당초 따라잡을 필요가 전혀 없으니.

내가 따라잡지 못하더라도 상대를 붙박아 버리면 그만이니까.

조건은 매우 단순하다.

"정말이지— 저는…… 자꾸만 잊어버리네요."

나는 한쪽 손을 머리 위로 올려서 머리 장신구를 붙잡아 하늘로 집어 던졌다.

—내가 미슬라 교국을 방문하기 전 제작했던 『결계 대책』용 머리 장신구.

이 물건은 살짝만 가공을 하면 반대로 『결계』를 **발동**할 수 있는 도구로 기능한다.

만들든 방어하든 원리는 결국 동일하니까.

나는 예전에 암살의 위협에 노출되었을 때 『결계』에 속박당하면서 대강 본질(얼개)을 이해할 수 있었다.

그것은 **시간을** 조작하는 특수한 **마법 술식**이다.

마력을 기동원 삼아 한정된 공간을 정체시킴으로써 안쪽에 있는 대상을 움직이지 못하게 제약하는 고도의 술식.

우리가 평소에 쓰는 【스킬】과는 다른 원리로 작동하는 듯 해석에 조금 애를 먹기는 했지만— 나는 미슬라를 방문하기 전 3개월 동안에 자기 나름대로 소화할 수 있었다.

나의 수중에는 처음부터 가장 이상적인 수단이 있었던 것이다.

안도감, 혹은 탄식하고 싶은 마음을 동시에 느끼며 나는 공중으로 날아간 머리 장식의 안쪽에 새긴 마법 술식을 제자리에서 곧장 수정했다.

머리 장신구는 술식의 부하를 못 견디고 파열되었으나 상관없다.

이제부터 아주 잠깐만 술식이 작동하면 그만이었다.

저 괴물을 찰나의 한순간만 막을 수 있다면 충분히 제 역할을 하는 셈이니까.

내가 준비를 다 마치는 동시에 괴물이 머리 위쪽으로 다가드는 것을 감지했다.

하늘에 펼쳐진 이네스의 『방패』가 사라졌다.

이제 아무것도 지상과 천상을 가로막지 않는다.

그 순간, 내가 구상했던 조건이 전부 다 충족되었다.

—아니.

내가 어렴풋이 구상만 했던 꿈같은 전개가— 황당무계한 몽상보다 아득히 더 나은 형태로 갖춰졌다(실현됐다).

"—지금."

나는 하늘을 향해 모든 것을 담아낸 일격을 발사했다.

동시에 즉석의 『결계』가 발동하며 괴물을 포박하고 움직임을 막았다.

『케라우노스』에서 발사된 빛의 기둥이 수직의 상공에 있는 괴물을 꿰뚫는 광경이 보였고, 곧바로 빛의 열기가 안면을 태운다.

분명히 다중 방호벽으로 보호받고 있는데도 손바닥이 휩쓸린지라 손가락이 눈 깜짝할 사이에 불타 사라졌다.

동시에 안구가 뜨거워졌고 나는 순식간에 시력을 잃었다.

—하지만 나는 결코 눈을 돌리지 않는다.

거의 완전히 시력을 잃어서 보이는 것은 아주 약간의 명암뿐이어도 얼굴을 돌릴 수는 없었다.

……나에게는 이 일격이 전부였으니까.

손이 사라지더라도, 팔꿈치가 『케라우노스』의 빛에 집어삼켜지더라도 절대로 힘을 빼내서는 안 된다.

일순간에 안구가 완전히 불탄지라 이제 아무것도 볼 수 없었다.

이후 나는 더 이상 아무런 보탬도 못 될 것이다.

—그렇다면 차라리.

나는 순간적으로 자신에게 남은 여력을 모조리 쏟아 내기로 결심한 뒤— **십**의 마법을 하나로 묶어 낸 혼신의【융합 마법】을 발동했다.

"【헬 플레어】."

나는 자신의 모든 것을 쏟아부은 불꽃을 천공으로 쏘아 올렸다.

한계를 뛰어넘어 쏟아 낸 나의 불꽃이 괴물을 불사른다.

몸(살점)을 불사른다.

모든 것을 잡아 뜯어서 맨몸뚱이로 만들어 줄 테다.

그때까지는 절대로 힘이 빠져서는 안 된다.

결판을 내기 위해서라면 제 몸의 살이 얼마나 불타 문드러져도 개의치 않겠다.

이것이 마지막이니까.

이때를 놓치면 더 이상 다음 기회는 없으니까.

그리고—.

즉석 결계는 일순간으로 제 역할을 마쳤다.

내가 만들어 낸 허술한 결계(우리)는 곧장 부서졌고, 속박에서 풀려난 괴물은 또 곧장 행동을 개시한다.

내가 목표를 포박할 수 있었던 것은 찰나의 짧은 시간뿐이었다.

단지 그뿐인데도 나는 한계까지 힘을 소모했고 더 이상 몸 안에는 아무 기운도 없었다.

이제 괴물은— 또다시 자유로워졌다.

내가 포착할 수 없는 빠르기로 또 행동을 개시한다.

힘을 모조리 쓴 나는 더 이상 아무런 보탬도 되지 못한다.

고작 일순간 정체되었던 괴물의 시간이 다시 움직인다.

—하지만. 저 앞에는.
괴물이 다시 움직여 나아가는 저 앞에는.

'—노르 선생님이, 계신다.'

"패리."

이제 나의 눈은 아무것도 비추어 내지 못한다.
다만 어떠한 결말로 끝났는지는 알 수 있었다.

—아득히 먼 천상(위쪽)에서 괴물의 뼈(신체)가 산산조각으로 부서지는 소리를 들었다.

곧이어 하늘이 밝아진 듯한 느낌을 받았다.
같은 찰나에 마물 군단이 대지를 밟아 울리는 진동이 멎어 정적이 찾아왔고— 이윽고 눈처럼 지상에 내리쏟아지는 무엇인가와 주위에서 터져 나오는 누군가의 목소리를 느꼈다.

그 환성은 아쉽게도 무척 희미하게 들렸다.

이제 귀까지 안 들리게 되려나 보다.

극한까지 힘을 소모해 버린 나의 신체는 역할을 마친 뒤 지면을 향해 똑바로 허물어져서 추락한다.

다만 동시에 불에 탄 나의 신체가 무엇인가에 닿았고…… 누군가가 조심스럽게 안아 준 듯한 편안함이 느껴졌다.

그 감촉에 안도한 나는 가만히 의식을 놓아 버렸다.

나는, 나의 도박에서 승리한 것이다.

101 재회

내가 이네스와 함께 마룡의 등에 타 지상 가까이 돌아와서 본 주변 광경은 무척이나 참혹했다.

어디를 둘러봐도 건물은 폭삭 허물어졌고, 미궁에서 솟아 나왔을 끔찍하게 많은 마물의 시체가 산더미처럼 쌓여 있었다.

아무 데도 움직이는 사람의 기척이 없다. 얼마 전까지는 굉장히 아름다웠는데 이제 미슬라 전체가 마치 폐허처럼 황폐해졌다는 인상마저 받았다.

우리는 지상에서 이쪽으로 손을 흔들어 주는 린과 아스틸라를 발견한 뒤 마룡과 함께 그곳의 바로 옆쪽으로 내려섰다.

이어서 맞이하러 와 준 로로에게 마룡을 맡긴 뒤 린이며 다른 사람들과 재회의 말을 나누고자 했지만.

"—린네부르크 님, 복귀했습니다."

"이네스, 정말 고생이 많았습니다. 노르 선생님께서도, 혹시 다친 곳은 없으신지요."

"그래. 난 딱히 아무렇지도 않아. 그런데 린 너는 괜찮은 건가? ……안색이 상당히 안 좋은데?"

가까이 가서 린의 행색을 살펴보던 중 조금 걱정스러운 마음이 들었다.

척 봤을 때 얼굴과 팔 등등 신체에서 큰 상처가 눈에 띄지는 않았지만, 하얀 드레스의 곳곳이 무참하게 찢어진 데다가 손 주변에 화상의 흔적이 살짝 보였다.

표정도 잠깐 안 보는 사이에 무척이나 지친 기색이 묻어 있었다.

"네, 조금 무모하게 힘을 써 버렸습니다. 작은 부상을 입고 말았어요. 하지만 아스틸라 씨 덕분에 이미 회복되었으니 걱정하지 않으셔도 괜찮습니다."

"그런가?"

내가 린의 옆쪽에 선 아스틸라의 얼굴을 바라봤더니 조용히 고개를 가로젓고 대답했다.

"아니요, 전혀. 전혀 **작은 부상**이 아니었거든요? 서둘러 치료를 한 덕에 큰일이 나진 않았지만요……. 솔직히 꽤 위험했어요."

"수고를 끼쳐 정말로 죄송했습니다……. 여러분도, 저 때문에 괜한 위험을 무릅쓰셨지요."

"정말로 무슨 소리를 하는 건가요……? 저희는 모두 당신 덕분에 목숨을 건진 셈이랍니다? 당신은 더욱 자랑스럽게 자기 활약을 내세우는 게 맞아요. 이렇게 사과의 말을 할 필요는 없다고요……. 뭐, 마지막에는 조금 무서웠지만요."

"그 부분도, 사전에 아무것도 알려드리지 않아 죄송했습니다."

"아니요. 그 덕에 목숨을 건졌잖아요. 아주 살짝 깜짝 놀란 정도는 싼값이죠! 정말로 고생 많으셨어요."

"네……. 아스틸라 씨도 정말로 감사했습니다."

"후후, 오히려 제가 할 말이에요, 린 씨!"

아스틸라와 린은 서로의 눈을 마주 바라보면서 잠시간 같이 웃었다.

두 사람은 언제 저렇게 사이가 좋아진 걸까.

린의 상태가 역시나 조금 걱정된다만……. 본인이 웃고 있으니, 뭐, 멀쩡할 만큼 멀쩡하겠지.

내가 두 사람을 바라보면서 한숨 돌리던 때 이번에는 뒤쪽에서 목소리가 들렸다.

"예하."

신기한 갑옷을 입은 남자, 시길이었다.

그 뒤쪽에는 여느 때처럼 다른 다섯 명도 있었다.

"예하의 명에 따라서 부근을 순찰하고 왔습니다. 온 도시의 건물이 대부분 허물어진지라 심각한 상황입니다. 다행히 시민 대다수는 도시 바깥으로 피난을 마쳤으며 마물 따위의 위협도 더는 찾아볼 수 없습니다만……. 잔해 아래에 시민이 다수 깔려 있을 가능성은 높다고 사료됩니다. 따라서 저희 『12사도』가 철저히 시민 구조에 임하고자 합니다. 예하, 명을 내려 주시겠습니까."
"네, 좋은 생각이에요. 서둘러 부탁드릴게요, 시길 씨!"
"헤아려 주셔서 감사드립니다."

시길은 아스틸라에게 예를 갖춘 뒤 곧장 다른 인원들과 함께 달려서 어딘가로 떠나가 버렸다.

"린네부르크 님. 저도 저희의 짐이 무사한지 확인하고 오도록 하겠습니다. 송구하오나 환복은 잠시만 기다려 주십시오."
"네, 부탁해요, 이네스."

그렇게 이네스도 어딘가로 걸어갔다.
내가 또 사이좋게 뭔가 이야기에 열중하는 아스틸라와 린의 곁에서 한숨 돌리고 있자니 많은 병사들에게 뭔가 분주하게 지시를 내리고 있던 낯익은 소년이 말을 마치고 이쪽을 향해 똑바로 걸어왔다.

"귀하가 노르 공이군요."
"그래, 맞다만."

소년은 분명 이 나라의 황자.
그래, 분명히 틸렌스 황자였지.

"노르 공. 이번 방문에서 우리나라의 요원들이 귀하께 저지른 수

많은 결례— 매우 불쾌한 기분을 느끼셨겠지요."

"……아니, 딱히?"

"현 집권자 대표로서 진심으로 사죄드립니다. 덧붙여 우리나라의 위기에 보여 주셨던 영웅과 같은 활약상. 귀하 덕분에 나라 전체가 구원받았습니다. 노르 공께는 감사도 사죄도, 아무리 말을 더한들 모자라겠지요."

"그런가. 하지만 사례든 사죄든…… 난 딱히 필요 없다?"

"아니요, 다시없을 은인께 어찌 정성을 다하지 않을 수 있겠습니까. 이번 사태에 대한 보답은 언젠가 반드시 완수해야 마땅할 것입니다."

내 앞에 선 소년은 단호하게 말한 뒤 깊숙이 머리 숙였다.

뭐랄까, 이 소년, 어제 만났을 때보다 훨씬 산뜻한 느낌의 표정을 짓고 있다는 생각이 드는 한편으로— 뭔가 분위기가 린, 아울러 린의 오빠…… 특히 **아버지** 쪽과 무척이나 비슷한 것 같다.

이러면 매우 강하게 못을 박아서 보답은 딱히 필요 없다고 거절을 해야겠구나. 아니면 나중에 굉장히 힘들어질 것 같은데……?

내가 마음속으로 묘한 위기감을 느끼던 때 소년은 곧장 아스틸라를 향해 돌아서더니 얼굴을 빤히 들여다보면서 확인하듯 말했다.

"—귀하를 호칭할 때는 아스틸라 님이라 불러드리면 되겠습니까?"

"딱히 저한테 격식 차리지 않아도 괜찮답니다? 그냥 아스틸라면 충분해요. ……아니지, 격식은 오히려 제가 차려야 되는 걸까요……?"

"역시 모습뿐 아니라 **이름도 같은** 겁니까. 그렇다면 귀하가, 진짜……?"

"후후, 진짜 가짜가 어디 있겠어요. 저는 한 명뿐인걸요? 저는 유일무이의 모험가 파티 『현자의 잔』에 소속된 아스틸라예요. 앗, 그치만 파티 자체는 지금쯤이면 어쩔 수 없이 해산되었겠네요. 시간이 꽤 많이 지난 것 같거든요……?"

아스틸라는 그렇게 말한 뒤 주위를 둘러봤다.

이제 제대로 서 있는 건물은 찾아볼 수 없고 잔해뿐이지만, 아스틸라는 그런 광경조차도 신기해하며 바라보고 있었다.

분명 들었던 말에 따르면 『푸르른 돌』 안의 이상한 장소에서 쭉 갇혀 지냈다고 했었지.

"……그러고 보니 아스틸라는 그 장소에 얼마나 오래 있었지? 꽤 오래 갇혀서 버텼다는 말은 들었다만."

"그게요, 저도 도무지 가늠이 안 되네요……. 그곳은 시간 감각이 무척 애매했거든요. 애당초 할 일이 딱히 없어서 거의 잠만 잤고요. 하지만 아마 적어도 수십 년은 지난 것 같기는 하네요……?"

"수십 년이나?"

"아니요……. 아마도 수십 년은 아닐 겁니다."

황자가 아스틸라의 안색을 살피며 말했다.

"놀라실 수도 있습니다만. 귀하께서 미궁에 갇힌 지 벌써 200년 이상은 확실하게 경과한 것으로 추측됩니다."

"엥? 200년이나요?"

아스틸라는 표정을 굳혔다.

나도 조금은 놀랐다.

"예. 우리나라의 역사서에는 **교황이 미궁을 공략**하여 『신성 미슬라 교국』을 건설한 때가 200년 이상 옛일이라고 기록되어 있습니다. 짐작하자면…… 귀하는 그 이전에 미궁 깊숙한 곳에 갇히게 되셨겠지요."

"와아…… 200년이요, 진짜요."

아스틸라는 한숨을 쉬듯 답하고 하늘을 올려다봤다.

"제가…… 모르는 사이에 엄청나게 할머니가 되어 버렸네요."

"신경 쓰이는 게 나이였나?"

"아뇨, 이것저것 해야 할 말이 더 많기는 한데요. 뭐랄까, 일단 푸념부터 좀."

뭐, 본인도 당황스럽겠지.

나는 비슷한 체험을 하지 못했으니 알아줄 수 없다.

애당초 시간이 200년이나 흘러가면 당연히 살아 있지도 못할 테고.

"어라? 그치만…… 오켄은 살아 있다고 했죠?"
"맞아, 살 실이 있어. 나이는 꽤 많지만."
"그러면 역시 다른 사람이려나요……?"
"아뇨, 아마도 아스틸라 씨가 말씀하신 분은 오켄 선생님이 맞을 겁니다. 오켄 선생님은 이미 이백 살을 넘기셨거든요."

그 대답을 듣고 나와 아스틸라는 놀라서 린의 얼굴을 쳐다봤다.

"엥……?! 오켄이 이백 살을 넘겼다고요……?"
"그 노인장, 나이가 무척 많았군?"
"네. 굳이 공공연히 선전을 하지는 않습니다만, 대략 이백 하고도 팔십쯤 되었다는 말씀을 본인에게 들었습니다."
"……어째서 오켄이 아직도 살아 있는 걸까요. 분명히 인간이라고 알고 있었는데 말이죠."
"……그러게나 말이야. 나도 만날 때마다 느낀 의문이었다만……. 직접 만나서 본인에게 물어보면 알 수 있지 않겠어?"
"그렇겠죠……. 응. 확실히 그래야겠어요."

아스틸라는 무엇인가 납득한 듯이 「좋아」라며 고개를 살짝 끄덕거렸다.

"그러면 다음 제 행선지는 결정됐네요."
"어떡하려고?"

"당연하잖아요! 클레이스 왕국으로 갈 거예요. 이방인에 불과한 제가 다른 사람을 흉내 내면서 여기에서 쭉 눌러앉을 수도 없는걸요. 다행히 의지할 만한 지인이 아직 남아 있다니까 차라리 클레이스 왕국에 가서 왕도의 어딘가에 살 곳을 찾아보는 것도 나쁘진 않겠다는 생각이 드네요."

"그런가. 그럼 우리와 같이 갈 텐가? 마차에 빈자리가 있을 거야."

나는 판단을 요청하기 위해서 린의 얼굴을 바라봤다.

하지만 린은 틸렌스 황자의 안색을 살폈다.

"네, 괜찮기는 합니다. 마차는 지금 이네스가 찾으러 갔으니까요, 손상된 곳이 없다면 충분히 태워드릴 수 있겠죠. 다만…… 행선지로 드려야 할 말씀이."

"그 부분은 내가 이야기할게. 고마워, 린. 실은 미슬라 교국의 황자로서 귀하께 드릴 부탁이 있습니다."

틸렌스 황자가 다시 아스틸라의 정면으로 나아가 서자 두 사람은 마주 보는 모양새가 되었다.

"혹시 귀하께서 괜찮으시다면— 이대로 『미슬라 교국』에 남아 주시는 것은 어떻겠습니까?"

"이 나라에, 말인가요?"

"예. 본래 우리나라와 아무 연고가 없는 귀하께 이런 부탁을 드리자니 무척 마음이 무겁습니다만……. 이 나라, 미슬라는 『교황』을 중심으로 체계를 갖춰 지속되어 온 나라입니다. 오히려 교황 혼자서 만들어 낸 국가라고 평해도 과언이 아니지요. 이번 싸움으로 미슬라의 온 국민이 큰 피해를 받았습니다. 지금 국가의 중핵이 되어 줄 『교황』이 부재하면 체계 자체가 허물어져서 큰 혼란이 발생하겠지요."

"……아하?"

아스틸라는 황자의 말을 들으며 연신 고개를 끄덕거리고 있기는 한데 잘 알아듣지는 못하는 기색이었다.

나도 이야기의 내용은 잘 모르겠다. 다만 황자의 진지한 태도만큼은 잘 전해졌다.

"……알았다, 요컨대 제가 이대로 당신의 **어머니** 행세를 해 주면 좋겠다는 말이군요?"

"단적으로 말하면 그렇습니다. 귀하께서 앞으로도 계속 우리나라, 미슬라 교국의 국모 되시는 『교황』으로서 행동해 주시기를 바랍니다. 어려운 말씀을 드렸다는 것은 잘 알고 있습니다만, 우리나라는 지금 진정 귀하를 필요로 하는 상황입니다."

"……그런가요, 으음~ 오호라……. 그런 뜻이었군요. ……아뇨, 좀……. 사태를 전혀 파악할 수가 없기는 한데요."

아스틸라는 황자의 얼굴을 빤히 쳐다보던 중 무엇인가를 납득한 듯 고개를 끄덕였다.

“응, 맞아요, 알겠습니다. 노르. 역시 전 여기에 남을래요. 오켄한테 소식 잘 전해 주세요.”

“그런가. 알겠다. 만나면 전해 주도록 하지.”

“뭔가 생각보다 굉장히 선뜻 받아들여 주네요……? 뭐, 아무튼 간에. 잘 부탁드려요.”

“그래, 꼭 말해 두지.”

아스틸라는 미묘하게 입을 삐죽거리는지라 내 반응에 불만이 있는 듯했지만……. 그냥 본인이 원하는 대로 하는 게 맞지 않겠나.

내가 이러쿵저러쿵 참견을 할 문제도 아니고.

다만 황자는 조금 놀라는 눈치였다.

“설마, 정말로 남아 주시렵니까?”

“네. 앗, 그치만 저는 정치라든가 행정 쪽 지식은 전혀 없거든요……. 딱히 경험도 못 해봤는데 괜찮겠어요……?”

“예, 실무는 대부분 집정관과 제가 맡아서 처리하게 될 겁니다. 그 밖에 생활 전반의 시중은 주위에 둘 인력이 많이 있사오니 귀하께서는 단지 국민에게 때때로 얼굴만 보여 주시면 충분하십니다. 단지 그래 주시면…… 이 나라는 정말로 구원받습니다.”

“……엥? 진짜요? ……겨우 얼굴만 보여 줘도 먹고살 수 있는 거예요?”

"물론입니다."

"살 곳도 제대로 마련해 주는 거죠?"

"예, 교황의 거처가 다수 있사오니 원하는 곳을 사용하시면 됩니다."

"……가끔은 기분 전환으로 시장에 나가거나 다른 지역을 돌아다녀 봐도 괜찮죠?"

"예, 중요한 의식이나 외교 행사가 있을 때를 제외하면 당연히 자유롭게 운신하셔도 무방합니다."

"오호라— 오호라……!"

그렇게 이것저것 질문을 한 뒤에 아스틸라는 만족스러운 표정으로 거듭 고개를 끄덕거렸다.

"그러면 제가 여기에 안 남을 이유는 없겠네요! 오히려 저야말로 잘 부탁드릴게요!"

"……진정 괜찮으시겠습니까? 귀하의 자유를 크게 제한하게 될 요청입니다……. 본래 아무 관계도 없는 분임에도."

"으음~ 아무 관계가 없다고요……. 아뇨. 사실 딱 잘라 관계없는 건 아니랍니다……?"

"그 말씀은 무슨 뜻이신지……?"

틸렌스 황자는 얼굴에 의문을 띠며 이어질 말을 기다렸다.

"……아마도, 짐작인데요. 그 괴물이 세상에 나오게 된 이유는 따지고 보면 저희들『현자의 잔』이『한탄의 미궁』심부로 진입했던 게 계기가 되었다는 생각이 들거든요……. 아니요, 틀림없을 거예요. 괴물을 바깥으로 꺼내 놓은 계기를 만든 건 분명히 **저희**예요. 그러니까 전혀 무관계하지 않은 셈이죠. 뭐, 이후는 쭉 갇혀 지내기만 했으니 뭐가 어떻게 된 일인지는 전혀 모르기도 하고요, 겨우 나와 봤더니 이렇게 큰 도시? ……나라? 아무튼 불쑥 생겨날 줄은 상상도 못했지만요."

"그 말씀은…… 확실히, 말씀하신 바가 맞을지도 모르겠습니다만."

황자가 무엇인가를 되새기는 듯이 고개를 끄덕거리며 머리 숙이자 아스틸라는 복잡한 표정을 짓고 있는 황자의 바로 정면에 서서 만면의 미소로 답해 주었다.

"그리고 하나 더. 확실하게 무관계하지 않은 이유가 있답니다. 틸렌스 군, 당신이에요."

"제가, 말씀입니까?"

"그럼요. 당신, **하프 엘프**잖아요?"

"……예, 맞습니다."

"제가 기억하는 한…… 하프 엘프는 지금까지 **한 명도** 만나지 못했답니다. 아니, 저 이외의 다른 **엘프**를 고향『**숲**』에서 떠나오고 지금껏 만나본 적도 이야기라도 들어본 적도 없었어요."

"……그러셨군요. 제가 알기로도 마찬가지입니다."

"그쵸? 그러니까 저는 당신이 역시 타인이라는 생각은 들지 않아요. 뭐, 이게 전부고 달리 대단한 이유는 없지만요. 어쨌든 관계는 분명 있고요, 섞어도 피는 이어진 사이 같고요……. 오히려 한눈에 봤을 때부터 생이별한 가족이 아닐까 싶어서 덜컥했을 만큼 친근감이 느껴지더라고요."

"—저도, 사실은 같은 생각을 했습니다."

"후후, 그랬군요! 그랬어요!"

두 사람은 정면에서 같이 마주하며 눈을 맞췄다.

확실히 둘 다 외모가 똑 닮았다.

황자(틸렌스)는 성격 고약한 아스틸라의 아들이라고 했지. 실제로 아무것도 모르는 나 같은 사람에게는 진짜 부모와 자식 같아 보이기만 한다.

"……그러니까 진짜 속마음은 당신과 같이 지내고 싶었는데요. 하지만 괜히 여기에 눌러앉으면 민폐가 아닐까~? 염려되는 마음도 없진 않아서. 왜냐면 저는 괴물을 바깥으로 꺼내다 놓은 원흉인걸요? 주변 사람들에게 들키면 큰일이 날 것 같았어요."

"……아니요. 그 부분은 걱정하지 않으셔도 괜찮습니다. 오히려 지금 말씀이 진실이라면 귀하는 진정 우리나라의 건국에 계기를 만들어 주신 분이 되는 셈입니다. 그렇다면 귀하께서는 진정 우리나라의 중심에 서 주셔야 할 분이겠지요."

"……그러면 역시 저는 여기에 남아도 괜찮다는 말이죠?"

"예, 물론입니다. 미슬라 교국의 황자로서 제가 부탁드리겠습니다."

"다시 말해 당신의 **어머니**로서— 앞으로 **쭉** 지내도 괜찮다는 말이죠?"

"예, 가능한 한, 부탁드리고 싶은 마음입니다."

"그런가요— 그나저나 저도 한 가지 부탁을 해도 괜찮을까요? 딱히 교환 조건이라는 건 아닌데요."

"예. 무엇이든."

"후후, 무엇이든 들어주는 거예요? 약속했어요? 그러면 사양 않고 말해볼게요."

아스틸라는 이히히 웃더니 갑자기 두 손을 커다랗게 벌렸다.

"자, 이리 오세요……. 사양할 필요 없답니다. 힘껏 푹~ 안겨 주세요."

그 모습을 보고 틸렌스는 얼떨떨한 표정을 지은 채 굳었다.

나도 영문을 알 수 없어서 옆에 선 린과 눈을 마주쳤다만, 역시나 린도 잘 모르겠다는 눈치였다.

"……저기, 무슨 말씀이신지……?"

"……앗, 왜요? 설마 몰라요? 으음…… 연극 같은 공연에 자주 나오잖아요. 이렇게, 옛날에 생이별했던 가족끼리 감동의 재회를 하는 장면에서 꼬옥~ 껴안는……. 제가요, 그게 꿈이었답니다. 제가 사실은 자식이 생기는 날은 **평생 없다**고 포기했었는데. **두 번 다시**

가족이 생기는 날은 안 온다고, 기대도 못 했었는데— 하지만 사실은 무척 동경했어요, 그런 장면을."

아스틸라는 눈을 반짝반짝 빛내며 말했다. 게다가 점점 더 콧숨도 씩씩거리고 두 손을 더 커다랗게 벌리는지라 마치 외부의 적을 위협하는 곰 같은 자세로 바뀌어 갔다.

"—일단 가짜여도 가족이 생기는 건 맞잖아요? 게다가 이렇게 훌륭하고 똑똑한 아이가 자식이라니! 그러면…… 지금 이 순간에 하는 게 맞잖아요? 저는 이 기회를 도저히 놓칠 수 없답니다……. 자, 사양 마세요! 저는 어머니랍니다~! 라면서 있는 힘껏 부둥켜안을 테니까요. 틸렌스 군은 제 가슴에 포옥~ 뛰어들어 주세요……. 네! 어서, 어서요!!"

그렇게 아스틸라는 두 다리를 살짝 벌리고 두 팔을 아래로 내려 보금자리를 지키는 엄마 곰 같은 자세(포즈)를 취했다.

다만 틸렌스 황자는 말없이 아스틸라를 지켜볼 뿐 움직이지 않았다.

뭐, 느닷없이 뛰어 안겨 달라는 요청에 반응해 주기는 난처할 테지.

솔직히 주위에 있는 사람들 모두, 나까지 조금은 난처했다.

그렇게 잠시 주변에 침묵의 시간이 흘렀다.

틸렌스 황자는 내내 아스틸라의 얼굴을 쳐다보고 있었다.

"……."

그 반응에 아스틸라는 결국 포기했는지 쭉 벌렸던 팔을 내려서 곰 비슷한 자세를 풀었다.

"……아, 아하하……? ……역시 좀 무리가 있는 부탁이었죠……? ……그렇죠. 무엇이든 들어준다고 말은 했어도 이제 어린아이가 아니니까요. 조금, 마음이 들떴나 봐요……. 방금 한 말은 잊어 줄래요……?"

아스틸라는 부끄러워하며 얼굴을 빨갛게 붉히고 고개 숙인 채 뺨을 긁적거렸다.

"**—어머님.**"

다만 황자는 팔을 내려뜨린 아스틸라에게 다가가서 조용히 가슴에 얼굴을 파묻었다.

"저도…… 줄곧…… 아마도 당신과 만나고 싶었을 겁니다. 어린 시절부터…… 줄곧, 줄곧."

이어서 아스틸라도 힘주어 황자의 몸을 끌어안았고—.

"—물론 저도 마찬가지예요, 틸렌스 군! 앞으로도, 쭉, 잘 부탁드릴게요."

그때부터 잠시간 누군가가 흐느껴 우는 소리가 들려왔다.

102 귀로

"슬슬 도시 밖인가."

우리 네 사람은 이번 참사를 겪는 와중에 기적적으로 무사했던 마차에 타서 흔들흔들 나아가며 미슬라로부터 떠나가는 참이었다.

"네. 미슬라(여기)의 수도에는 정말로 짧게 체류했습니다만— 꽤 오랜 시간으로 느껴지네요."

린은 얼마 전보다 기운을 차린 모습이었다.

그 후 너덜너덜 찢어져 무참해진 하얀 드레스 대신 이네스가 가져다준 평소의 옷으로 갈아입고 휴식을 취한 덕분에 피로를 얼마간이나마 덜어 낸 듯하다.

나는 린, 이네스와 셋이서 다시 클레이스 왕국으로 가는 중인데 로로만 개별 행동을 취해서 마룡에 올라타 복귀하게 되었다.

마룡이 로로가 가지고 있는 그 붉은색 돌을 끼워 둔 반지로부터 나오는 듯한 광경을 본지라 도로 들어가면 될 것이라고 생각했었다만, 반지에 마룡을 다시 집어넣으려면 이곳에 있는 사람들의 힘만 갖고는 불가능하다고 했다.

로로는 헤어질 때 나에게 같이 타고 가겠냐며 물어봤다만— 전력을 다해 거절했다. 그때는 뼈다귀와 싸우는 데 집중했던 덕분에 다행히 아래쪽으로 의식이 쏠리지 않았었지만……. 지금 또 올라타면 확실하게 정신을 잃을 자신이 있다. 로로가 「라라가 많이 아쉬워하네」라고 말했기에 조금 미안한 마음은 들었으나 역시 거북한 것은 거북하다.

“그나저나 괜찮은 건가? 이대로 훽 출발해 버려도. 잔해 철거 정도는 도와줘도 될 것 같다만.”

지금 미슬라는 온 거리가 난장판이었다.

길은 무너지고 건물도 마구 붕괴된 터라 처참한 상황이다.

마차의 창문으로 바깥 분위기를 살펴보니 큰 광장에 사람들이 잔뜩 모여서 야영 준비를 시작하고 있다.

저 사람들은 오늘 부득이하게 실외에서 밤을 보내야 할 테지.

“말씀하신 것처럼 손을 보태고 싶은 마음은 있습니다만……. 하지만 저희는 저희 나름대로 고향을 재건하는 데 힘을 다해야 합니다. 게다가 미슬라의 사람들은 자기 앞가림을 스스로 잘 해낼 수 있는 분들이시죠. 틸렌스는 우수한 인재인 만큼 저희가 굳이 걱정을 하진 않아도 될 거예요.”

“하긴 그런가.”

“게다가 저도 친구의 소중한 시간을 방해하고 싶지는 않았답니다.”

그렇게 말하는 린은 은근히 기분이 좋아 보였다.

"소중한 시간, 인가."

그 후 곧바로 아스틸라는 틸렌스 황자를 데리고 온 도시를 달려다니며 부상자를 치료했었다.

그러다가 어두운 표정을 짓는 미슬라의 사람들을 발견하면 「괜찮아요! 살아 있기만 하면 어떻게든 다시 일어설 수 있어요!」라며 손을 붙들고 큰 목소리로 격려하면서 돌아다녔다고 한다.

애쓴 보람이 있다고 말해야 할까.

비록 도시는 황폐해졌어도 사람들의 표정은 신기할 만큼 평온했다.

황자는 이리저리 마음대로 쏘다니는 아스틸라에게 제법 휘둘리는 모습이었다. 하지만 그런 와중에도 부하들에게는 거듭 세세하게 지시를 내리기도 했고, 새어머니(아스틸라)와 함께 지내는 시간이 썩 싫지는 않은 표정이었다.

두 사람은 의외로 좋은 콤비인지도 모르겠다.

"역시 아스틸라와 틸렌스 황자는 진짜 모자 관계가 아니겠지?"

"네, 아마도요."

"그러면 이제부터 줄곧 **연기**를 하며 살아가는 건가."

"네, 아마도 그래야겠죠. 이 사실은 당분간 밝히지 않을 거예요. 어쩌면 끝까지 숨길지도 모르겠습니다."

이런 사연으로 모험가 아스틸라는 앞으로도 당분간 쭉 **가짜**『교황』노릇을 계속할 것 같다.

진짜 교황은 어찌 된 영문인지 이번 소동을 일으켰던 뼈다귀 괴물에게 희희낙락하며 자기 자신을 바치고 죽어 버렸다.

틸렌스 황자는 아들임에도 정작 어머니와는 별로 사이가 좋아 보이지는 않았다만, 눈앞에서 어머니가 죽는 광경을 목격했던 만큼 적잖이 충격을 받았을 것이다.

아스틸라는 정말 어머니 역할을 대신해 줄 수 있을까.

내 생각에는 조금 부정적이다.

아스틸라는 본인이 연기를 무척 잘하는 줄 알고서 진짜처럼 행세하고 있지만……. 솔직히 전혀 비슷하지 않았다.

외모는 같더라도 성질 고약한 교황과는 분위기도 언동도 완전히 다르다.

역시 주변 사람들에게 들키는 것은 시간문제 같다만.

"뭐, 구태여 내가 신경 쓸 문제는 아닌가……. 본인이 열심히 해보겠다는데."

"그렇지요. 저희는 두 사람이 잘 활약해 주기를 기도할 수밖에 없습니다."

"동감이야."

더는 뭐라고 말을 못 하겠다.

이번 미슬라 여행에서 세상에는 아직도 내가 모르는 것이 엄청나게 많음을 새삼 절감했다.

게다가 가까운 곳에도 몰랐던 것이 잔뜩 있었지.

이 마차 안에 같이 탄 두 사람.

두 사람은 정말 굉장한 인물이었다.

지금 우리가 탄 마차를 모는 이네스.

이번에 새삼 놀랐었지.

그 살점이 붙은 뼈다귀와 싸우던 때 나는 죽기 살기로 숨 돌릴 짬조차 없이 벼락을 때려 쳐냈었는데 이네스는 어째서인지 즐겁게 웃으면서 싸우지 않았던가. 그뿐 아니라 점점 더 움직임이 빨라져서—도중에 몇 번이나 뒤처질 뻔했다.

이네스가 느닷없이 벼락을 베어 갈랐을 때는 놀라서 검을 떨어뜨릴 뻔한 데다가 그때부터 보인 실력은 정말이지 말로 표현하기도 어려울 만큼 굉장했다.

웃는 얼굴로 벼락을 가르고, 그 살점이 붙은 거대한 괴물을 마치 수프에 넣은 채소라도 되는 양 조각조각 절단하는 이네스를 봤을 때 나는 전율이 멎지 않았더랬지.

일단 이네스와 용을 지키기 위해 벼락을 튕겨 내면서……. 뭐지, 아예 이네스 한 명한테 다 맡겨 버려도 되지 않나?

이렇게 내심 몇 번이나 생각을 했었는데, 내가 쓰는 흑색의 검이 뼈다귀를 부수는 데 효과적이라는 로로의 말을 믿고서 어떻게든 끝까지 버텨 싸웠다.

이네스 앞에서는 이후 나 따위가 어떻게 발버둥 쳐도 못 당하겠다는 생각을 했다.

"—무슨 일인가, 노르 공."

내가 이네스의 뒷머리를 빤히 바라보던 때 이네스가 마치 후두부로 시선을 감지한 것처럼 고개 돌렸다.

"아니, 아무것도 아니야. 신경 쓰지 않아도 돼."
"음?"

뭐, 이네스의 분노를 사지 않는 한 당하든 못 당하든 굳이 걱정할 필요도 없겠다만.

그래…… 분노를 사지 않는 한이다.

나는 이네스의 뒷머리를 바라보면서 이후 반드시 이네스가 화내는 상황만큼은 피해야겠다고 마음속에 다짐했다.

까딱 실수를 하면 그때처럼 괴물처럼 웃는 얼굴로 나를 썰어 버리려 하는 미래가 찾아올 테니.

'세상에는 굉장한 사람이 참 많군.'

무의식중에 한숨이 나왔다.

정말이지 그때 본 이네스는 굉장했다.

싸울 때 생글생글 웃었던 것은 의외의 일면을 본 듯한 기분도 들었지만, 아무튼 린이 의지하는 이유도 납득이 된다.

다만 굉장하다고 생각한 대상은 물론 이네스 한 명이 아니었다.

—내 옆에 앉아 있는 소녀, 린.

이 아이는 역시 여간내기가 아니었다.

이렇듯 작고 가녀린 외모에 속아서는 안 된다는 것을 절실히 깨달았다.

설마 싶기는 했는데 마지막에 내 눈앞을 스치고 간 무시무시한 빛의 기둥.

해골의 살점을 일순간에 증발시켰던 그것은 린이 지상에서 쏘아 날린 마법이었다고 한다.

그 빛의 기둥을 보았을 때는— 정말 죽도록 놀랐다.

갑자기 아래에서 무엇인가가 빛나는가 싶더니 깨달았을 때는 뼈다귀 괴물이 처음처럼 뼈다귀만 남아 있었다.

게다가 직후에 뼈다귀가 나를 향하여 무시무시한 속도로 돌진했더랬지.

아래쪽에다가 이네스가 분명히 깔아 놓았던 『빛의 바닥』은 불쑥 사라졌고, 공포 때문에 저절로 몸이 굳어졌었다. 다행히 죽기 아니면 까무러치기로 휘둘렀던 검이 운 좋게 뼈다귀 괴물에게 맞아서 한순간에 상대의 몸을 깨부쉈다.

뼈다귀는 상상 이상으로 허약했다.

손에 느껴지는 반동도 거의 없었고 마치 유리처럼 쨍강쨍강 조각나버렸다.

뭐지, 왜 이렇게 약한가……. 괜히 기운이 빠질 만큼 눈 깜짝할 사이에 소멸했다.

듣자 하니까 마지막 격파의 순간까지 모든 과정을 린이 유도해서 계획을 세워 줬다던데 그러면 나도 뼈다귀도 린의 손바닥 위에서 놀아났던 셈이다. 솔직히 나한테는 미리 가르쳐 주기를 바라기는 했다만.

더 자세히 들어 봤더니 이번 소동의 와중에서 린 덕분에 부상자를 최소한으로 줄일 수 있었다고 했다.

이 어린 나이에 벌써 이렇듯 지략을 쓸 수 있으니 장래에는 정말 터무니없는 거물로 성장할 테지.

정말이지 무시무시한 아이다.

아니……. 무시무시한 아이가 꼭 린 하나는 아니겠다.

—로로.

그 녀석도 한동안 안 본 사이에 기가 막히게 성장했다.

처음 만났을 때는 비실비실할 뿐 자신감도 없었던 소년이 이제는 거대한 용을 마치 애완동물처럼 자유롭게 부리고 있다.

……아니. 부리는 것이 아니라 더 정확하게는 인간끼리 친구처럼 지내는 관계로 보였지.

아무 지장이 없는 완전한 의사소통이다.

분명 마룡은 도시 하나를 간단하게 멸할 수 있는 무서운 존재라는 말을 들었었다만……?

유독 로로는 장래에 대체 어떻게 자라고 달라질지 아예 상상조차 안 된다.

새삼스럽게 나는 터무니없는 인물들 틈에 둘러싸여 있다는 것을 깨달았다.

……나도 분명히 성장을 하긴 했다만.

벼락을 제대로 튕겨 냈던 것은 나 나름대로 상당한 진전이라고 생각된다.

하지만 지금 마차의 안을 둘러보기만 해도 그 정도로 자만하기는 이르다고 충고를 듣는 기분이 솟구친다.

'그렇군— 아직 갈 길이 멀군.'

다시 돌이켜 봐도 뼈다귀와 맞선 싸움은 꽤 수월하게 이길 수 있었다.

그러나 많은 사람에게 도움을 받아서 거둔 승리였던 데다가 무엇보다도 이 튼튼한 검 덕분이라는 생각이 든다.

따라서 돌아간 이후 자신에게는 더욱더 혹독한 단련이 주어져야 할 테다.

또 길버트와 함께 훈련에 힘쓸 수 있다면 좋겠구나.

……그 친구도 매일 한가하지는 않을 테니까 성의껏 도움을 청해 봐야겠군.

뭐, 그건 그렇다 치고.

아직 여행의 도중이다.

당분간 더 여행자의 기분을 만끽해도 괜찮겠지.

그런 생각으로 마차에서 바깥 풍경을 내다봤다가— 나는 불현듯 중요한 의무를 잊고 있었다는 것을 깨달았다.

"……아차."

"노르 선생님? 무슨 일, 있으신가요……?"

갑자기 동요하는 나를 걱정해 주며 린이 빤히 시선을 보낸다.

무의식중에 소리를 내고 말았으나 특별히 대단한 일은 아니었다.

대단한 일은 아니었다만……. 하지만 나한테는 꽤 중요한 용건이기도 하다. 그렇다 해도 린과는 별 관계가 없는 용건이니까. 이제

와서 꺼내기에는 좀 어려운 말이지.

그러나 나는 큰마음 먹고 상담해 보기로 했다.

"미안하다, 린. 부탁이, 하나 있다만."

"네, 무엇일까요?"

"중간에 어딘가 도시에 들를 수 있을까? 가능하면 뭔가 구입하고 싶군……. 선물을, 깜빡하고 안 사서 말이야."

—그렇다, 나는 공사 현장에서 일하는 동료들에게 도시 바깥으로 나갔다 올 테면 무엇인가 선물을 사다 달라는 부탁을 받지 않았던가.

나도 그렇게 할 생각이라고 답을 했었고, 선물 구입용 돈도 준비했었다.

그런데 깜빡 잊어버리고 말았다.

이왕이면 미슬라에서 무엇이든 사는 게 좋았겠지만.

도시가 난리통인 데다가 이미 떠나와 버렸는데 이제 와서 되돌아갈 순 없다.

남은 방법은…… 복귀 중 들를 도시에서 찾아봐야겠지.

"그렇군요, 그런 이유셨나요. 물론 전혀 어렵지 않습니다. 출발할 때는 너무 서둘렀던 만큼 복귀는 조금 천천히 움직여 볼까요?"

"그래, 그렇게 해 주면 고맙겠어."

"네. 이네스, 부탁해도 될까요."

"분부 받들겠습니다."

이네스가 고삐를 늘어뜨리자 바람을 가르며 세차게 달려가던 마차가 걷는 것보다 조금 빠른 정도의 여유로운 속도로 나아가기 시작했다. 그게 전부인데도 이제껏 날아가듯 휙휙 바뀌던 창밖 풍경이 갑자기 친근감 있는 광경으로 눈에 확 들어왔다. 또한 가만히 지면을 살펴보면 못 봤던 꽃이 피어난 모습도 볼 수 있었다.

"날씨도 맑고 쾌청하니 이왕이면 창문도 열어 볼까요."

린이 마차의 창문을 열자 푸근한 바람이 불어오면서 낙엽도 한 장 마차 안으로 날아 들어왔다.

나는 무릎 위쪽에 떨어진 그 작은 잎을 손에 들고서 바라봤다.

"이건 평소에 별로 못 봤던 형태의 잎이구나."

"네, 클레이스 왕국에서는 볼 기회가 거의 없을 겁니다. 이쪽 지방에서 드물게 서식하는 『천성수』라는 나무의 잎이죠. 굉장히 귀한 품종이라더군요."

"그랬던 건가."

"네. 저도 실제로 본 경험은 없었고 그냥 책에서 읽은 설명이기는 합니다만……. 『천성수』는 무척 수명이 길어서 잎사귀를 손에 넣은 사람은 행운도 같이 손에 들어온다는 말이 있습니다. 일설에 따르면 이 잎에는 입에 넣었을 때 약간의 다행감을 느끼게 하는 성분이 포함되어 차로 달여 마시면 순하게 입을 채워 주기에 애호가들 사이에서는 특히 인기가 높고, 시장에 내놓으면 놀랄 만큼 값비싼 가격으로 거래되는지라 『환상의 찻잎』이라 평가받을 만큼 귀하게 취급되며, 어느 역사서에 따르면 고대의 왕후 귀족 사이에서도—."

문득 날아든 이파리의 이야기를 계기로 여느 때처럼 린이 상세하고도 기나긴 설명을 시작했다.

정말 지식의 양이 굉장하기는 한데 좀 과하게 자세한지라 내 머릿속에는 기껏해야 절반도 들어오지 않았다.

하지만—.

"그럼 이것도 챙겨서 갈까."

아는 사람들에게 선물로 주기에는 역시 적합하지 않겠지만, 나 자신을 위해서 갖고 돌아가기로 결정했다.

단순한 이파리에 불과하나 역시 나는 이렇게 자질구레한 사물에 있는 발견을 좋아하는 편이다.

처음으로 보는 도시나 커다란 건물도 괜찮지만, 이렇게 잘 몰랐던 동물이나 식물을 발견하면 자신이 알지 못하는 지역에 와 있다는 느낌도 더욱 생생해진다.

그런 의미에서는 별것 아닌 자그만 이파리가 무척 마음에 든다.

챙겼을 때 짐이 괜히 불어나지도 않고.

돌아가서 잘 보존하면 당분간은 버텨 줄 테지.

여행지의 기억을 떠올리기에는 이런 게 가장 좋을지도 모르겠다.

'—그래, 이제야 좀 여행다워졌군.'

나는 점점 더 열기를 띠면서 말이 많아지는 린의 설명에 절반쯤 귀를 기울이며 창밖으로 흘러가는 풍경을 바라봤다.

103 왕도로 귀환

"드디어 돌아왔구나."

아침 안개 낀 풍경 속으로 왕도가 눈에 들어왔을 때 나는 신기한 감흥을 느꼈다.

낯익은 풍경을 앞에 두고서 자신이 어째서인지 안도하고 있음을 실감한다.

"네. 이번에는 정말로 일이 많아서 조금 지쳤어요."

"그래. 짧은 여행이었는데도 참 일이 많았지."

우리는 복귀 중 산간 도시의 온천이 있는 숙소에 들러 그곳에서 하룻밤 지낸 뒤 다음 날 아침 일찍 또 출발했다.

그 도시에서 왕도까지는 썩 거리가 멀지는 않았는지 출발하고 곧 우리는 왕도에 도착해서 성문을 지나갔다.

그 순간, 나는 어쩐지 오랜만에 자기 집으로 돌아온 듯한 반가운 기분이 들었다.

아무래도 나는 이 도시, 왕도를 자신의 고향처럼 생각하기 시작한 것 같았다.

"이만 여기서 내려도 될까?"

"네."

왕도 안으로 진입해서 나는 마차를 세워 달라고 말한 뒤 바로 내렸다.

"드디어 내 임무도 끝이 났구나."

내가 린에게 받은 의뢰는 왕도에서 출발한 뒤 복귀할 때까지 함께 행동하는 것이었다.

따라서 이제 린에게 받은 의뢰는 완료된 셈이다.

마차에서 내려 왕도의 흙을 밟자 일거리 하나를 끝냈다는 달성감과 함께 뭐라고 표현하기 어려운 신선한 안도감이 솟았다.

이게 여행을 떠났다가 돌아왔을 때 느끼는 감각인가.

지금까지는 미슬라로 가던 중 서둘러 다시 돌아오거나 용에 올라타 황국으로 날아가 보긴 했지만……. 이런 감각은 처음으로 맛보는 듯한 느낌이 든다.

내 가슴에 제대로 여행을 하나 마치고 돌아왔다는 기쁨과 비슷한 감개가 샘솟는다.

"……네. 이제까지 정말 감사했습니다. 정말 큰 도움을 받았습니다."

"아니, 나야말로 귀중한 체험을 할 수 있었어."

나는 마차에서 내려다보는 듯한 모습으로 인사해 주는 린과 눈을 마주치고 웃었다.

이번 미슬라 여행에서는 정말 다양한 경험을 할 수 있었다.
많은 견문을 쌓았고 몰랐던 사실을 많이 알았다.
또한 스켈톤과의 싸움에서는 약간의 성장을 실감하는 한편으로 다시금 자신에게 많은 역량이 부족하다는 것을 절감해야 했다.
다시 내일부터 노동이며 자주 훈련을 할 때면 더더욱 의욕이 솟을 듯싶다.
정말로 좋은 여행이었다는 생각이 든다.

복귀 때 마차 여행도 즐거웠던 데다가 이런 간단한 수행원 노릇을 하고 보수를 받아 버려도 될지 민망할 정도였다.

"—그나저나 노르 선생님, 다시 요청을 드리고 싶습니다만. 저희 가문으로 잠시만 같이 가주실 수 있으실까요?"

린은 감개에 젖은 나에게 갑자기 초대의 말을 꺼냈다.

"……음? 이미 왕도로 복귀했으니 의뢰는 이제 완료되지 않았나?"
"네. 따라서 다시금 이번 활약에 **보답**드리고자 합니다."

"다시금, 보답? ……보수는 이미 다 받았다고 생각했는데."

이미 보수는 선불로 지급이 완료됐잖은가.

뭔가— 불길한 예감이 들었다.

"네. 미슬라까지 동행해 주셨던 의뢰 비용은 사전에 지급해 드린 액수에 더하여 잔금도 바로 모험가 길드를 통해 전달해 드릴 예정입니다."

"그럼 충분하지 싶은데."

"하지만…… 이번 사건은 당초의 예상을 훌쩍 뛰어넘어서 선생님의 힘을 빌리게 되어 버렸습니다. 아마 아버지께서도 또 무엇인가를 직접 건네 드리고 싶어 하실 것 같군요."

"아니, 괜찮아. 마음은 고마운데 아무것도 필요 없어. 미안하지만 내 뜻은 분명하게 전해줘."

이런 식으로 아직 뭐라고 말을 꺼내지도 않았는데 미리 거절하자니 린에게도 조금 미안한 마음이 든다.

하지만 내가 이대로 린을 따라갔다가는 틀림없이 또 린의 아버지가 나한테 선물이라든가 건물이라든가 특별히 필요하지도 않은 재보를 떠안겨 주려고 할 것 같았다.

확증은 없으나 확신에 가까운 예감이 든다.

"하, 하지만 이번 사건을 그냥 넘어갈 수는."

"아니, 필요 없어. 정말 괜찮아."

"하, 하지만—!"

역시나 린도 물러나지 않는다.

뭐, 이런 반응은 예상 범위 안이었다.

나도 이런 문화에는 조금 익숙해졌거든.

관건은 어떻게 해야 상대가 기분 나쁘지 않게 거절할 수 있는지다.

"—오? 노르 아니냐."

내가 가만히 생각을 정리하던 중 뒤쪽에서 귀에 익은 목소리가 들렸다.

고개 돌려서 얼굴을 보니 목소리의 주인은 나와 같은 공사 현장에서 일하며 친분을 쌓은 동료였다.

"아, 오랜만이군."

"뭐야, 역시나 노르였군. 현장 감독님이 「……그 녀석은 꿈을 좇아서 여행길에 올랐다……」라며 한동안 되게 침울했는데 벌써 돌아온 거냐?"

"그래. 볼일은 다 마쳤거든. 받아, 선물이야."

"오, 일부러 챙겨 주고 고맙다……. 이게 뭐냐? 목각 인형……? 설마 마물이냐?"

"아니, 곰인데."

나는 복귀하는 길에 무엇인가 동료들에게 작은 선물로 줄 만한 것이 없을까 줄곧 눈을 빛내며 살펴봤었는데 중간에 잠깐 들렀던 도시에서 작은 목각 곰 인형을 잔뜩 판매하는 노점상을 발견했을 때 무척 흥미가 끌렸다.

노점상에서 파는 물건은 손바닥 위에 올라갈 만한 자그만 목각 곰 인형이 외부의 적을 위협하는 듯한 자세로 두 손을 커다랗게 벌리고 있는 조금은 특이한 공예품이었는데, 어쩐지 자세가 미슬라에서 목격했던 아스틸라와 황자의 포옹하기 직전 모습을 연상케 했다.

듣자 하니까 조각에는 마물을 쫓는 의미도 있다고 하고, 내가 보기에도 이번 여행 중 겪었던 인상 깊은 장면과 겹치는지라 선물로 딱 좋겠다는 생각이 들어서 주인장에게 소지금 전부를 건네준 뒤 일단 그곳에 있던 모든 곰 인형을 사 왔다.

상당히 넉넉하게 사 온지라 나는 이제부터 이 선물을 아는 사람들 모두에게 나눠 줘야만 한다.

"그, 그래. 그러냐……. 뭐, 고맙다. 애가 좋아하겠군. 고이 갖다 주마."

"잘 관리해 줘. 마물을 쫓아 준다더군."

"그…… 그래. 아, 맞다. 애 얘기가 나와서 말인데, 노르. 약속은 어떡할 거냐?"

"……약속?"

"이 친구야, 설마 잊어버렸냐. ……저번에 우리 집 애들한테 『커다란 고블린』 얘기가 인기라고 말은 했었지? 또 이야기를 듣고 싶어 한다고. 그러니까 다음 이야기를 생각해 두겠다고 너도 솔깃했었잖냐."

확실히 그런 약속을 한 기억이 난다. 완전히 깜빡해 버렸군.

"……맞군. 미안해, 완전히 잊고 있었어."

"뭐, 왠지 잊었을 것 같긴 했지만……. 우리 집 꼬맹이들이 전부터 계속 기대했단 말이지? 지금도 기대하면서 기다리고 있고. 게다가 난 이제 집에 돌아가면 애들이랑『고블린』놀이로 몇 시간씩 시달려야 한단 말이지……? 매일매일 질리지도 않고 똑같은 짓을……. 오늘 비번이라 간만에 쉬는 날인데. 뭐, 나도 꽤 재밌긴 하니 괜찮지만 말이야. 다만, 오늘로…… 휴일이 완전히 날아간 게…… 7일째……? 아니, 벌써 8일쯤 됐던가……. 하하하하하."

말을 늘어놓는 사이에 동료 남자의 눈이 점점 어둡게 가라앉음을 알 수 있었다.

이 또한 내 이야기와 약속 때문이기도 하다는 것을 생각하면 조금 미안한 마음이 든다.

"미안하군……. 그럼 지금이라도 내가 이야기를 하러 가 볼까?"

"……뭐? 괜찮은 건가?"

"그래, 약속이니까 말이지. 지금 당장에 가도 별문제는— 아."

별문제는 없다, 가자고 말하려다가 린의 얼굴이 눈에 들어왔다.

예전 약속을 떠올리다가 또 바로 이쪽 문제를 잊고 말았다.

"린. 미안하지만……. 선약이 있다는 걸 잊었군."

"……선약, 말씀입니까?"

"그래, 방금 대화가 들렸을 것 같은데……. 아이들에게 이야기를 들려주기로 약속을 하고 꽤 오래 기다리게 만들어 버렸어. 벌써 3개월은 지난 듯싶군."

그렇다. 분명 3개월쯤이었다.

새삼 생각해 보니 꽤 오랜 기간이다.

"그런 이유라면 어쩔 수 없겠군요."

내 설명을 듣고 뜻밖에도 린은 웃으며 납득해 줬다.

"……괜찮은 건가?"

"선약이 있으시다면 어쩔 수 없지요."

"미안하게 됐어. 아버님에게도 안부 잘 전해줘."

"네. 그럼 저희는 이만 실례하겠습니다. ―이번 사건의 보답에 대해서는 나중에 다시 말씀드리도록 하죠."

나는 마차와 함께 이곳에서 멀어져 가는 린과 이네스에게 손을 흔들어 주고 헤어졌다.

……마지막에 신경 쓰이는 말이 들렸던 것 같기는 한데 못 들은 척 넘겨야겠다.

"……그냥 보내도 되나? 저 사람들, 자네한테 일 주는 의뢰인 아니야? 뭔가 방해를 한 것 같아서 미안하군?"

"아니, 괜찮아. 때마침 일도 다 끝낸 참이었어."

오히려…… 솔직히 도움을 받았다고 말할 수 있겠다.

린에게는 미안한지라 입 밖에 꺼내지는 못하지만.

"그런가……? 뭐, 다행이군."

"아무튼, 약속한 이야기 말인데."

"그래. 어쩐다……. 무슨 얘기가 재미있을까. 괜찮은 게 있나? 새로운 이야기라든가."

괜찮은 이야기라, 고민되는데……. 새로운 건 있군.

맞아, 이번에 보고 온 이야기가 있지 않은가.

생생히 기억하니 이야기하기도 쉽겠지.

"그래……. 『스켈톤』 이야기는 어떨까."

"스켈톤? 스켈톤이면 유명한 뼈다귀 괴물이지? 재미있나?"

"맞아. 꽤 재미있게 얘기할 수 있을걸."

"……흠. 어떤 내용인데? 대충 들려줄 수 있겠나."

"잠시만."

나는 스켈톤과 마주쳤던 때의 기억을 떠올리고, 바로 어제 겪었던 사건을 간단하게 생략하며 이야기하기로 했다.

"……『스켈톤』이라는 마물은 소문과 직접 본 모습이 정말이지 아주 달랐어."

"오호."

"나는 막연하게 그냥 해골 괴물이라는 생각만 했었는데 기가 막히더군. 일단 신장이 나보다 몇십 배는 크더라니까."

"—벌써 커다란 놈이 나왔군. 뭐, 자네 이야기에선 단골인가. 그래서?"

"그래서 스켈톤이라는 마물은 사람을 한입에 통째로 삼켜 잡아먹더군. 게다가 먹은 사람의 살을 자기 뼈에다가 붙여서 부쩍부쩍 덩치가 커져."

"……스켈톤한테, 살이 붙는다? ……뭐, 좋아. 그래 다음은 또 어떻게 됐는데?"

"그렇게 뼈 붙은 거대한 살덩이로 바뀐 스켈톤한테 팔이 잔뜩 생겨나더니 몇백…… 아니지, 몇천이나 되는 헤아릴 수 없도록 많은 눈알이 마치 생물처럼 뒤룩거렸고, 또 온몸에 소름 끼치는 주둥이가 벌어졌어."

"……이봐. 혹시 무서운 이야기인가?"

"그래. 솔직히 상당히 두려운 녀석이었지. 게다가 무시무시하게도 스켈톤은 커다란 몸을 하늘에 휙 띄워서 벼락과 불꽃을 쏟아 내기까지 하더군. 정말 놀랍고 당황스러웠지."

"……하늘을 날고, 벼락에 불꽃……?"

"그리고 마지막 순간에는 변형을 해서— 벼락같이 질주해서 하늘을 날아왔어."

"이봐, 그게 진짜로 스켈톤이 맞나???"

"……그렇게 듣긴 했다만."

나도 솔직히 녀석이 정말 스켈톤이 맞냐고 진지하게 따져보자면 장담은 못 하겠다.

자칭 베테랑 모험가 아스틸라에게 들은 이야기니까 틀림없이 맞을 것이라고 생각은 하고 있다만……. 하지만 아스틸라는 은근히 허당이니까 어쩌면 잘못 짚었는지도 모르겠군.

아무튼 처음에는 분명 뼈다귀였고……. 아마 스켈톤 비슷한 무엇인가가 맞기는 맞을 것이다.

내 대답을 듣고서 동료 남자는 어처구니없다는 표정을 지은 채 어깨를 으쓱였다.

"자네 이야기는 매번 들어도 아주 기발하군……. 뭐, 기발한 게 재미 요소이긴 하지."

"그래서, 어때? 이 정도면 제법 재미있게 이야기할 수 있을 듯싶은데."

"동감이다, 확실히 재미가 있긴 있겠어……. 그런데 내용이 좀 괴담에 가깝지 않나? 우리 집 애들은 아직 어린 녀석도 있어서 말이야……."

"음, 확실히."

사람이 잡아먹히는 장면도 있고, 살덩이가 뒤룩뒤룩 부풀어 오른 뒤 온몸에 거대한 눈알도 생겨난 스켈톤이 이네스에게 『빛의 검』으로 갈가리 찢기는 장면도 있어서 어린아이한테는 좀 지나치게 자극적일지도 모르겠다.

"그럼 내가 왕도에서 용과 혼자 싸웠을 때 이야기를 할까? 바로 이야기로 다듬을 수 있을 것 같은데."

내가 다른 제안을 하자 동료 남자는 조금 미묘한 표정을 지었다.

"……그래. 괜찮은 것 같은데."

"반응이 좀 애매하군?"

"자네는 잘 모르나 본데 어제 【재액의 마룡】이 왕도 근처로 느닷없이 날아왔거든. 박력이 진짜 엄청나더군. 게다가 애들이 그 광경을 보고 겁먹어서 말이야……. 달래느라 많이 힘들었어."

"그랬군."

용이 날아왔다면, 로로와 라라인가.

둘은 어제 중 이미 왕도로 복귀했나 보군.

그 용이 황국의 습격 때 왕도(이 도시)에 끼친 피해는 막대하다. 게다가 덩치도 크고 험악하게 생겼으니 어쩔 수 없겠지만, 역시 사람들은 아직도 무서워하는 것 같군.

"그럼 그 용이 사실은 별로 무섭지 않다는 이야기를 해볼까."

내가 또 말을 꺼내자 동료 남자의 표정이 조금이나마 밝아졌다.

"……하하, 좋아, 괜찮군! 자네 이야기라면 웃으며 들을 수 있으니까."

"그렇군. 나와 싸운 뒤 용이 굉장히 얌전해졌다는 이야기를 하도록 하지."

"그래. 이번에도 평소와 같이 현실을 확 벗어나 황당하면서도 신바람 나는 이야기를 들려주면 좋겠어. 아이들도 더 기뻐할 테니."

"……말해 두겠는데 정말로 겪은 이야기라니까?"

"아무렴, 알지, 알고말고. 자네는 매번 『내가 실제로 보고 듣고 체험한 이야기다』라면서 시작하잖나. 이제는 아예 외어 버렸다고. 애들한테도 그렇게 말해 놨으니까 괜찮아. 재미있는 녀석이 온다고 말이지."

"……그런가?"

이 남자 동료는 나의 이야기를 진짜라고 믿는 눈치가 아닌 듯한

데……. 뭐, 이야기의 내용 자체는 마음에 들어 하는 것 같으니까 일단 괜찮겠군.

“그런데 인원수는 얼마나 되지? 이야기를 들려줘야 할 아이들이.”

“우리 집 아이만 치면 셋이야. 근데 이웃집에도 알려 주면 더 많이 모일 듯싶군. 적어도 열다섯 명은 넘을걸.”

“……그렇게 많이?”

“아무렴, 저번에 해 준 『커다란 고블린』 이야기를 아이들이 재미있어 해서 여기저기에서 자꾸 들려줬더니 조금 유행이 된 것 같거든. 자네가 직접 와 준다는 걸 알면 제법 모이겠지.”

“그런가, 나도 기대되는군.”

그러고 보니까 나도 어릴 적에는 아버지에게 잘 알지 못했던 세상 이야기를 듣는 것이 재미있었다. 어느새 내가 반대로 이야기를 들려주는 입장에 서게 된 터라 무척이나 신기하다는 생각이 든다.

어쨌든 싫은 마음은 전혀 없었다.

오히려 이야기를 하는 것 자체가 나의 큰 즐거움이 되었음을 느낀다.

“그럼 가볼까. 오래 기다렸다지.”

“그래, 고맙다.”

“이왕에 곰 인형도 나눠 주고.”

“……그건 ……좀, 글쎄다.”

그렇게 나는 조금 뒤 어떻게 해야 마룡의 이야기를 더 재미있게 들려줄 수 있을지 머리를 굴리며 동료 남자와 함께 아이들이 기다리고 있을 장소로 향했다.

104 왕자의 결의

"—결과를 평가하면 만점이군. 결과만 보면, 말이지."

레인 왕자는 홀로 집무실에 서서 방금 전 미슬라에 갔다가 귀환한 린네부르크 왕녀로부터 보고받은 내용을 머릿속으로 정리하는 한편 방 귀퉁이에 놓아둔 무참하게 불타 눌어붙은 은색의 드레스를 바라보고 있었다.

"……도대체 미슬라에서 얼마나 격한 전투가 벌어졌다는 말인가."

여동생(린)에게 입혀 보냈던 성은 드레스가 설마 이러한 지경으로 망가져 돌아올 줄은 왕자도 차마 예상조차 하지 못했다.

이 백은빛 드레스는 왕자의 발주에 따라 떠올릴 수 있는 범위에서 최고의 재료를 긁어모아다가, 아울러 클레이스 왕국뿐 아니라 이웃나라 마도황국 전체에서 최고의 장인을 불러 모아다가 세계 최고봉의 성능을 보유한 **방어구**를 목표로 제작했었다.

장인들은 왕자의 요망에 맞춰 『최고 중 최고』라는 이름에 부끄럽지 않은 물품을 만들어 내기 위하여 최고 품질의 성은 실, 최고위 마법 금속인『왕류금속』을 추호도 아낌없이 재료로 썼으며 하나하나가 고품위의 마도구라고도 말할 수 있는 세밀한 모석을 상식함으로써— 거의 3개월 동안 휴일도 없이 매진한 끝에 이 드레스를 완성시켰다.

그렇게 만들어진 것은 단순한 의례용 드레스와 같은 외형을 봐서는 상상도 하지 못할 방어력에, 너무 지나치다고 말할 수 있을 성능을 자랑하는『아머 드레스』였다.

왕자가 여동생을 위험한 곳으로 보내야 하는 만큼 하다못해 떠올릴 수 있는 온갖 수단을 동원했으며, 현시점에서 발견된 1등급 미궁 유물과 나란히 놓고 비교해도 전혀 뒤지지 않도록 만전을 기해 제작을 진행시켰던 세계 최강 수준의 방어구.

이것 한 벌을 개발하는 과정에서 클레이스 왕국의 국가 예산 중 외교비와 방위비를 유용하는 것만으로는 너무나 부족했기에 비용 보전을 위하여 은밀하게 왕자 개인 소유의 보물 및 저택, 토지 등 돈으로 바꿀 수 있는 재화를 닥치는 대로 팔아 치움으로써 정말 간신히 예산을 마련했다.

소모한 금전은 매우 막대하며 왕자의 수중에 남은 것은 약간의 자산뿐이었다.

다만 이 같은 투자에 걸맞은 한 벌이 완성되었다.

여동생이 굳이 미슬라에 방문함으로써 위기에 빠지게 될 것은 당연히 예상할 수 있었지만, 이 옷을 입기만 하면【재액의 마룡】이 휘두르는 발톱 수준의 공격에도 쉽게 피해를 받지는 않는다.

—그랬어야 했다.

"그런데 대체 어떤 괴물과 맞서 싸워야 이렇게 된단 말인가."

왕자는 거의 넝마가 되어 버린 성은 드레스를 바라보면서 미간을 잔뜩 찌푸렸다.

방금 전 만났을 때 아무런 일도 없었다는 것처럼 기운차게 걷는 여동생을 봐서는 상상하기 어렵지만— 이 드레스를 살펴보면 무슨 일이 발생했는지 싫어도 알게 된다.

그 아이가 얼마나 무모한 짓을 저지르고 돌아왔는지를.
이 드레스는 여동생이【마성】오켄으로부터 비장의 수단으로 건네받았던 마도 병기『케라우노스』를 발사할 때까지는 거의 흠집도 하나 없었다고 한다.
그랬건마는…… 일순간에 이렇게까지 망가져 눌어붙었다는 것인가.

"그런 위력은, 도저히 말이 안 되지 않나."

당시의 상황을 전해 들었던 이네스가 올린 보고에 따르면 여동생은 마법을 발사한 순간에 두 팔을 잃었고 두 눈도 거의 실명되었다고 했다.

조금만 더 틀어졌더라도 몸이 통째로 날아갔을 위험한 상황이었다.

아니, 이 드레스가 가까스로 여동생의 목숨을 부지해 줬다고 말해야 할까.

만약 평범한 방어구를 착용했었다면 자신이 날린 마법의 여파로 삽시간에 증발되었을 테지.

그 후 여동생은 힘이 다하였고, 마침 옆쪽에 있었던 인물이 뛰어난 『치유술』의 사용자였기에 빈사 상태였던 여동생에게 곧장 치료를 해 줄 수 있어서 다행이었으나 실제 목숨이 대단히 위태로웠다고 한다.

……그 아이는 정말 무모한 행동을 한다.

아니, 다름 아닌 동생이잖은가.

모든 리스크를 당연히 파악하고서 전부 다 **계산한** 이후 저지른 **무모한 짓**이었겠지.

여동생은 때때로 이렇듯 가슴 철렁한 행동을 감행한다.

평범한 인간이 생각만 하고 머뭇거리는 선을 간단히 밟고 넘어가서 위험한 영역으로 나아가 버린다.

여동생은 결코 어리석지 않았다.

아마도 린은 아슬아슬하게 감당할 수 있는 피해만 받고 자신이 살아남는다고 **판단한 뒤** 위험한 행동을 감행했을 것이다. 그런 의미에서 린에게는 틀림없이 위험한 도박도 무모한 행동도 아니었을 것이다.

……다만 주위에 있는 사람들의 마음고생은 어쩌라는 말인가.

평소에는 동생도 자기 안위에 신경을 쓴다.

자기 안위조차 내던져야 간신히 이길 수 있는 상대라고 판단했다는 뜻이겠지.

여동생이 미슬라에서 맞서 싸웠던 적은 거대한 해골처럼 생긴 괴물이었다고 한다. 그런 강적이 이미 **죽었다**고 알려진 『한탄의 미궁』 핵(코어) 내부로부터 출현했다.

……그것이 의미하는 중대한 사실도 현기증을 느끼게 한다.

"우리 클레이스 왕국은 200년을 훌쩍 넘기는 긴 세월에 걸쳐 인접국의 사정을 전혀 제대로 파악하지 못했다는…… 말이 되는 셈인가."

여동생이 미슬라 교국의 틸렌스 황자로부터 제공받은 정보에 따르면 어찌 된 영문인지 그 괴물은 교황 아스틸라와 정신을 동조시켜서 정치를 직접 주관했다고 한다.

또한 애당초 『신성 미슬라 교국』이라는 국가는 미궁을 공략한 **교**

황이 건국했던 것이 아니라 마물이 모종의 목적을 달성하기 위하여 만든 나라라는 주론을 역시 빌렌스 왕사가 들려주었나고 여동생은 덧붙였다.

그것이 정녕 사실이라면 이웃 나라인 우리 클레이스 왕국도 줄곧 가짜 우상을 상대했다는 말이 아니겠나.

더 나아가서는 우리 클레이스 왕가도 대대로 200년 이상의 긴 세월에 걸쳐서 감쪽같이 기만당했음에도 알아차리지조차 못했고, 여태 『한탄의 미궁』 안에서 악의를 갖고 은신했던 **마물**과 성실하게 국교를 맺어 왔던 격이다. 기가 막힐 따름이었다.

정말이지— 등줄기가 오싹해지는 이야기다.

자신도 린도 소년기에 괴물의 나라로 유학을 다녀왔다니.

그뿐 아니라 자신은 왕도가 위기에 처했을 때 여동생에게 괴물의 나라로 망명하도록 지시하지 않았던가.

"……쉬이 믿기는 어려운 이야기군."

악의를 가진 마물이 세운 나라에서 아무것도 알지 못한 채 모여든 사람들이 살아간다.

그런 게 정말 현실에 나타난다면 악몽이 따로 없겠다.

하지만 교황 아스틸라와 똑같은 외모를 지닌 『모험가 아스틸라』라고 자처하는 인물이 『한탄의 미궁』 핵 안쪽에서 멀쩡히 **살아 있는** 상태로 발견됐다.

그 사실과 본인의 증언을 대조해서 생각해 보면 자연스럽게 결론이 나온다.

결과부터 말하자면 틸렌스 황자의 추론(예측)은 옳았던 것이다.

황자는 어린 시절에 자신의 『어머니』로서 행세하던 교황(괴물)의 정체에 의문을 품고 그때부터 쭉 연기를 계속해 왔다고 한다.

또한 기회를 노려 여동생에게 마치 연모의 감정이 있는 양 가장하고 교황의 의도에 동조함으로써 말을 주고받았으며, 표면상은 적대하는 형태로 미슬라에 초대해서 협력을 요청했다고 한다.

확실히 얼마 전 막 성인식을 치른 황자는 린과 나이 차이가 겨우 한 살이었다. 그런 연령에 은인자중하며 활동할 수 있는 걸물에게 제대로 주목하지 못했다는 것을 반성하며 왕자는 놀랄 만한 주도면밀함을 가진 인물로서 황자의 평가를 수정했다.

교황의 권력을 믿고 뻐기는 방탕아라고 소문이 난 틸렌스 황자는 린이 미슬라에서 실제로 겪은 인상만 듣고 판단하자면 놀랄 만큼 두뇌 회전이 빠른 인물이었다.

틸렌스 황자는 이제부터 지하 깊숙한 곳에서 발견된 진짜『아스틸라』라는 인물을 괴물에게 잡아먹혀서 사라진 이전 교황의 대역으로 공식 석상에 내세우고 함께 신성 미슬라 교국을 다스릴 계획이라고 한다.

즉 사실상 황자가 대국 미슬라의 실권을 쥐게 된다. 이 같은 미슬라의 권력 구조 격동과 그것을 기점으로 이어질 추후 세계의 격동에 아직 왕자의 사고는 충분히 따라갈 수 없었다.

다만— 한 가지는 확실하게 장담할 수 있다.

"우리나라를 둘러싼 상황은 이제부터 크게 호전된다."

현 교황 아스틸라와 황자의 제안에 의해 조만간 미슬라는 우리나라의 동맹국이 된다.

정식으로 국가 간 합의 문서까지 작성은 하지 않았으나 어차피 거의 확정된 사안이라고 말할 수 있겠다.

그럼으로써 클레이스 왕국을 둘러싼 상황은 일변한다.

마도황국에 더하여 주변 3대국 중 동쪽과 서쪽의 두 개 나라를 아군으로 삼는 것이다.

이것은 클레이스 왕국의 전 역사를 돌이켜 봐도 대단히 큰 사건이었다.

이전처럼 주변국과의 온갖 신경전을 거의 신경 쓰지 않아도 되는 시기는 우리나라의 역사에서 처음으로 맞이하는 셈이다.

게다가 혜택은 이뿐이 아니었다.

이번 사건의 보상으로서 틸렌스 황자는 이제껏 미슬라가 독점해 왔던『결계 기술』을 우리나라에 **대가 없이** 제공하겠다고 말했다. 그것도 지금까지의 관계에서는 생각할 수 없는 제안이다.

심지어 이번 사건이 일어나게 된 한 가지 발단이었던 복잡한 문제가 해결의 조짐을 맞이한 것도 반가운 소식이다.

—마족 소년, 로로.

온 세계에서 혐오의 대상이 된 종족으로 태어난 소년을 클레이스 왕국이 보호하겠다고 왕(아버지)이 선언한 시점부터 우리나라는 이전보다 더욱 곤란한 처지에 놓일 수밖에 없었다.

다만 이렇듯 어려운 상황이 거의 하룻밤 새에 변화의 조짐을 보인 것이다.

로로는【마성】오켄으로부터 건네받은『소환의 반지』에【재액의 마룡】을 봉인함으로써 남몰래 미슬라로 데려갔다. 그리고 전투가 벌어지자 소년(로로)은 미슬라의 시가지 거의 한복판에서『소환의 반지』(마도구)를 구동,【재액의 마룡】을 소환했다고 한다.

당연히 그 광경은 수많은 사람들이 직접 목격했다.

사람들이 목격한 것은 국가를 위기에 빠뜨린 괴물과 맞서 싸우는 용, 그 용을 조종하는 마족의 모습.

아마도 사람들의 눈에는 무척이나 끔찍한 광경으로 보였을 것이다.

그러나 마족 소년에게 소환된 용이 도시를 지키려는 듯이 싸운 광경을 수많은 사람들이 현실의 광경으로서 목격했다.

즉 전투의 장엄한 광경과 함께 수많은 사람들의 기억에 새겨졌다.

이 같은 사실 자체도 로로에 대한 인식을 근본부터 개선하겠지만, 무엇보다도 마족과 적대하여 박해해 왔던 미슬라 교국이 **마족에게 보호받았다**는 사실을 바탕으로 **현** 교황이 공식 성명을 낼 예정이었다.

그리 머지않은 시기에 미슬라 교국은 긴 세월에 걸친 마족과의 전쟁에 『종식 선언』을 할 것이다.

이번 사건을 계기로 마족에 대한 박해를 멈추자고 현 교황이 조만간에 성명에 포함시켜서 호소할 계획이었다.

전 세계의 국가가 주목하는 가운데 세계 곳곳에 흩어져 있는 미슬라 교도뿐 아니라 교회의 네트워크를 통해서 관계국에도 강하게 요청한다.

영향은 차마 가늠할 수 없겠다. 충분히 역사서에 실릴 변화다.

다만 아직껏 마족을 혐오하는 부류는 많다.

당연히 알력도 발생할 테지.

과거에 집을 잃고 나라를 잃었던 원한이 쉬이 사라지지는 않는다. 그렇다 해도 로로를 보호하는 우리나라의 입장에서는 더할 나위 없이 상황이 호전되는 셈이다.

……소년은 이번 사건에서 아무도 기대하지 않았던 큰 역할을 맡아 완수해 준 것이다.

"정말 도저히 예상조차 못 했던 전개다."

설마 기껏해야 며칠 사이에 이렇게까지 상황이 확 바뀌게 될 줄은 생각도 하지 못했다.

왕자의 전망에서는 이후 클레이스 왕국을 둘러싼 환경이 더욱 각박해질 것이 확실했었다.
더 정확하게는 여동생이 하필 미슬라에 『초대』를 받은 시점에서 이미 자국이 강대한 교국과 더욱 험악한 관계가 되고 곧 전쟁 상태에 돌입할 것도 거의 확정이었다. 이미 왕이 실질적으로 교황의 최후통첩을 거절한 이후의 초대였기 때문이다.

그 때문에 아마도 여동생의 입국을 마지막으로 추후 외교는 중단되고, 최악의 경우 국경까지도 왕래가 굳게 차단되었을 것이다. 그러한 사태를 예견했기에 왕자는 이네스와 로로에게 위험성이 높은 【한탄의 미궁】 내부로 잠입할 것을 명령했었다만.

모든 것은 군격정으로 끝난 셈이다.

"이토록 빨리 사태가 마무리될 줄이야."

왕자는 예전부터 미슬라로 잠입시켜 놓았던 카르 휘하의 첩보원에게 어느 잔혹한 행위에 대한 정보를 보고받아 왔다. 따라서 이번에 여동생과 수행원들이 입국하는 틈을 타 그간 주목받지 않은 채 어둠 속에서 이루어졌던『악마의 심장』제조의 물증을 확보한 뒤 미슬라의『마족』관련 정책을 비난할 근거로 쓸 계획이었다.

그렇게 진실을 세상에 널리 밝힘으로써『마족』보호로 입장을 바꾼 클레이스 왕국에 대한 각국의 비판을 누그러뜨리는 한편으로 미슬라와 관계가 좋지 않은 나라들과 협조함으로써 클레이스 왕국의 상황을 차츰차츰 개선해 나간다……. 이처럼 대단히 긴 세월에 걸친 싸움을 각오했었다.

최악의 경우는 수십 년에 달하는 장기간의 분쟁이 벌어지는 사태도 대비했다. 그러한 장기전은 이전이었다면 무모하다는 생각이 앞섰겠으나 마도황국과 비교적 양호한 관계를 구축한 지금은 지구전에도 견딜 수 있을 여건이 갖춰졌다고 판단한 뒤 상당히 무리가 있는 작전을 감행했던 것이다.

그것은 승리하기 위한 선택이라기보다는 패배를 면하기 위한 선택이었다.

왕이 마족을 받아들이겠다고 결정을 한 때부터 이미 상대국(미슬라)과의 분쟁을 피할 수단은 없었다.

따라서 추후 다수의 국가가 휘말리는 이전투구가 벌어지는 것은 필연이며 세력에서 뒤떨어지는 우리나라는 일방적으로 피해를 받게 되리라.

그렇게 판단한 뒤 왕자는 기회를 틈타 반격의 근거를 단 하나라도, 혹은 둘이나마 훔쳐 내고 싶다는 소극적인 도박을 시도했을 따름이었는데.

결국 전부가 기우로 끝난 셈이다.

어깨에 올라가 있던 커다란 짐을 내려놓은 왕자는 작게 한숨을 쉬었다.

"하나부터 열까지…… 도움을 받아 버렸구나."

이렇게까지 현실이 예측 범위를 확 벗어날 줄은 상상도 하지 못했다.

상황을 잘 파악하며 명령을 내릴 입장에 있는 자신으로서는 평소 업무의 성과가 부족했다고밖에 할 말이 없겠다.

필요한 때가 오기까지 필요한 정보를 충분히 수집하지 못했다.

그 탓에 여동생 및 다른 수행원들까지 속절없이 위험에 노출시키고 말았다.

반성할 점을 거론하자면 끝이 없겠다.

완전한 실책이리라.

하지만 그런 와중에도 여동생은 훌륭하게 임무를 완수해 냈다.

왕자가 가정했었던 최선의 전개를 오히려 훌쩍 뛰어넘어서 기대 이상으로 극한의 성과를 거둔 뒤 무사히 귀환했다.

왕자의 실패를 여동생과 수행원들이 만회해 준 것이나 마찬가지였다.

"도움 이야기를 하자면……. 그 남자."

린과 이네스, 로로가 이번에 미슬라로 가서 거둔 성과는 산처럼 크다.

그렇다 해도 역시나 한 남자가 핵심이었다.

여동생이 반드시 데려가고 싶다고 바랐던 남자.

그 남자가 이번에 확연하게 중대한 역할을 연기했다.

"노르."

여동생이 그 남자를 미슬라로 데려가고 싶다고 말했을 때 왕자는 비록 반대는 하지 않았으나 불안은 느꼈다.

왕자도 물론 노르라는 남자에 대하여 딱히 안 좋은 감정을 가지고 있지는 않다.

그 남자는 언뜻 보기에도 순박하며 표리가 없어서 왕과 여동생이 무척이나 좋아할 법한 부류의 인물이었고, 왕자 본인도 인격에 문제가 있다고 생각하지는 않는다.

다만 됨됨이가 선량한 만큼 왕후 귀족의 사교계에 발을 들이고도 어엿하게 처신이 될 인물이라고는 생각되지 않았다. 곁에 놓아둘 무력으로는 전혀 손색이 없을지언정 노르와 같은 사내를 자국과 긴장 관계에 있는 미슬라 교국까지 동반시켜서 들여보냈다가는 무슨 사고를 칠지 알 수 없다는…… 강한 불안감이 있었다.

그런데 그 남자는 정말 무엇인가 사고를 쳐줬다.

게다가 상당히 좋은 형태로.

듣자 하니까 교황이 손수 엄중하게 결계를 쳐 놓았던 『한탄의 미궁』 깊숙한 곳으로 냅다 돌입해서 이번 사태의 열쇠가 된 여성, 『모험가 아스틸라』를 구출했다지 않은가.

또한 미궁의 핵 안에 은신했던 괴물과 맞서 싸운 뒤 마지막에 숨통을 끊어 마무리한 것도 『흑색의 검』을 손에 든 그 남자라고 했다.

그 남자가 미궁 바닥을 깨부수고 가장 먼저 『모험가 아스틸라』를 데리고 나오지 않았더라면 이렇게까지 사태가 호전되지는 못했다.

—아니.

호전은커녕 왕자가 우려했던 최악 중 최악의 시나리오로 단숨에 치달았을 것이다. 어쩌면 훨씬 더 끔찍한 사태를 맞이했을 가능성도 없지 않았고.

게다가 아마도 그 남자가 없었다면…… 여동생은 지금쯤.

"……정말 난 어떻게 감사해야 할지 난감할 따름이구나."

왕자는 이제까지 노르라는 남자가 펼친 활약을 과소평가했다고 생각하지는 않는다.

비록 아는 사람은 적을지언정 그 남자는 우리 클레이스 왕국에서 이미 영웅과 같은 존재다.

이미 여동생의 생명을 몇 번이나 구해 주었지.

특히 이번에는 그 남자가 함께해 준 덕에 여동생도 무사히 복귀했다고 말할 수 있겠다.

왕자도 말로 미처 다 표현하지 못할 만큼 감사하는 심정이다.

"다만…… 정말로 정체가 뭐지, 그 남자는."

솔직히 왕자는 남자에 대해 섬뜩함을 느끼는 때가 많았다.

그 남자의 정보를 조사하면 조사할수록 노르라는 사내가 무엇을 생각하고 있는지 점점 헷갈려지기 때문이다.

그 남자는 일개『모험가』라고 한다.

심지어 길드의 공식 기록에 따르면 그 남자의 모험가 랭크는 현재 특별 랭크『F』, 최저 랭크인『F』보다 더욱 **아래**에 있는 요주의 분류 대상,『무명(노비스)』이라고 한다.

기이하기 짝이 없었다.

그런 실력을 가지고 있다면 벌써 옛날에『S』랭크까지 올라갔어도 전혀 이상할 게 없다.

도무지 납득할 수 없으나 본래 모험가의 랭크 따위는『모험가 길드』의 재량으로 결정되는 사안이기에 클레이스 왕가가 간섭해도 되는 문제가 아니다.

대대로 클레이스 왕가는 모험가 길드와 서로 독립된 기관으로서 경의를 표했고, 길드 운영에도 줄곧 불간섭을 고수해 왔다. 왕자도 관습은 존중한다.

다만 한 차례 아무래도 신경이 쓰여 왕도의 길드 마스터에게 노르의『랭크』문제를 은근슬쩍 물어봤던 적이 있었다. 그러자 마스터로부터 돌아온 것은「나도 솔직히 잘은 모르겠는데…… 본인의 희망이란 말이지」라는 아리송한 대답이었다.

본인의 희망이라니 더욱 기묘하기 짝이 없다는 생각을 했다.

그만한 실력을 보유했음에도 노르는 왜 밑바닥의 지위에 머무르는가. 대체 어떤 이점이 있단 말인가. 모종의 다른 목적이라도 있는 것인가 의심하고 싶어져서 감시를 붙여 본 적도 있었지만……. 보고받은 남자의 일상은 한결같이 평범하기 그지없었다.

남자는 매일같이 시가지의 하수구 청소 및 토목 공사를 한 뒤에 욕탕에서 때를 씻어 내고, 그 후는 자주 단련을 수행했다가 잠든다. 대체로 같은 일과를 반복한다.

그 밖에는 직장 동료와 주변 포장마차에서 식사를 하거나 또는 거리의 아이들과 놀아 주는 게 전부임을 자기 눈으로도 확인하고 왕자는 더욱 당혹감을 느꼈다.

……그 남자는 도대체 무엇을 하고 싶다는 건가.

왕자는 그토록 강한 힘을 지닌 인물이 야심도 가지지 않고 정말로 평범한 시민과 똑같이 생활한다는 데서 큰 의문을 느꼈다.

그 남자가 클레이스 왕국에 머무르며 우리의 편을 들어 줄 합리적인 이유를 전혀 찾아낼 수 없다.

왕가에 딱히 충성심이 있는 것 같아 보이지도 않고 아울러 왕이 어떠한 재산을 건네주려고 해도「필요 없다」라며 거절한다.

그렇다 해도 그 남자가 결코 아무런 요구도 안 하는 것은 아니었다. 이 또한 불온하다.

잘 생각해 보면 이번 미슬라 사태는 그 남자의 **요구**로부터 시작되었다고 말할 수 있겠다. 아무것도 **필요하지 않다**고 말했던 그 남자가 입 밖에 꺼냈던 유일한 요망을 왕이 받아들인 시점부터 우리나라를 둘러싼 문제는 더욱 복잡해지기 시작했으니까.

마족을 가운데에 둔 일련의 문제는 틀림없이 남자의 발언이 발단이었다.

오히려 남자는 왕의 제안을 물리침으로써 일국의 왕조차 움직이는 발언력을 손에 넣었다고도 말할 수 있지 않겠는가.

……설마 싶기는 한데 이 또한 계산에 넣은 행동이었을까.

비록 단정은 할 수 없겠으나 만약 정말이라면 남자가 **다음**으로 또 무엇에 마음이 동할지가 왕자에게 일말의 불안감을 느끼게 한다.

"……아무래도 생각이 지나친 것 같기는 한데."

왕자는 오히려 지금 남자의 조용한 일상이 곧 파란을 불러일으킬 다음 번 **요구**의 전조 같다는 생각도 들었다.

까닭도 없이 이후의 불온한 낌새를 직감하던 때 불현듯 집무실 문 두드리는 소리가 났다.

"레인 왕자."

"—카르인가."

소리도 없이 집무실 앞으로 와서 선 인물은【은성】카르였다.

"들어와라."

왕자의 부름에 따라 들어온 카르는 옆구리에 종이 다발을 잔뜩 안아서 들고 있었다.

"……그건 뭔가."
"편지가 잔뜩 도착했다. 지금 분류를 하는 참이긴 한데 이것들은 수신인이 왕녀야."
"린을 수신인으로 쓴 편지? 내용은?"

방금 전까지 깊이 상념에 잠겨 있었던 왕자는 집무실 책상에 놓인 종이 뭉치에 눈길을 줬다.

"대부분은 타국에서 보낸 개인적인 친서인데……. 아니, 내용은 거의 다 **연애 편지**의 부류더군."
"……연애 편지?"

왕자의 표정이 굳었다.

"그래. 왕녀는 미슬라에 가서 어지간히도 요란하게 활약을 펼친 듯싶어. 상당한 인기로군……. 거기에 있는『성은 드레스』도 한몫

거들었을 테고. 한 통씩 【투시】로 읽어보면 되겠군. 하나같이 명문이었어. 느닷없이 서두부터 구혼을 하는 편지도 있다."

카르는 가면 안쪽으로 유쾌하게 웃으며 미간을 잔뜩 찌푸린 왕자에게 봉투 다발을 내밀었다.

"발송인은?"

왕자는 언짢은 표정을 지은 채 건네받은 편지의 봉랍 인장을 살폈다.

그 인장에는 아니나 다를까, 바로 얼마 전까지 미슬라 교국과 동조해서 클레이스 왕국에 압력을 가했던 여러 나라의 귀족들임을 나타내는 문양이 있었다.

사건 이후에 우리나라가 우세임을 알고 허둥지둥 태도를 바꿔 환심을 사고자 하는 수작일 테지.

지금까지 이쪽에서 보냈던 협력 요청에는 대답하려는 시늉도 하지 않았건만.

손바닥 뒤집기에도 정도가 있는 법인데, 의아하게 생각하면서 카르가 말했던 대로 【투시】를 써서 내용을 대강 확인하니 머리가 더욱 아파졌다.

편지에는 카르가 말했다시피 연애 편지로 분류될 만한 문장이 쓰여 있었다.

게다가 하나같이 현기증이 날 만큼 고약한 문장의 연속.
도대체 어떤 정신머리를 갖고 있어야 이런 글줄을 쓸 수 있는가.

"이 편지, 린에게는 말했나?"
"얼마 전 사고가 있기도 했고, 우선은 위험물이 섞이지는 않았나 확인 중이었다. 그다음에 건네줄 생각이었는데……. 내용을 보고 일단은 먼저 왕자에게 묻는 게 좋을 듯싶더군. ……어찌할 텐가?"
"이따위 것을 뭐 하러 본인에게 보여 주겠나. 한 통도 남김없이 싹 태워서 재를 담아다가 반송하도록— 이렇게 말하고 싶은 심정이다만."

왕자는 열기가 솟은 머리를 가라앉히기 위해 고개를 흔들고 한 차례 힘껏 호흡을 한 뒤 다 읽은 편지를 카르에게 반환했다.

"……이왕에 잘 써먹어야 할 테지. 발송인 목록을 만들고 공작원에게 시켜 답장을 쓰도록. 포섭 가능한 자는 조만간 포섭하도록 하고, 겸사겸사 약점을 찾아 두면…… 나중에 교섭을 할 때 유용하겠지."
"조처하지……. 본인에게는 알릴 생각인가?"
"그래, 발송인 목록을 보여 주고 내용과 처분 방법을 내가 요점만 전하도록 하지. 읽기도 괴로울 만큼 조악한 글을 보여 줘서 불쾌감을 줄 필요도 없잖나."
"……알겠다. 일단 중요하다고 생각되는 것은 이쪽에서 선별해 두지. 나중에 판단해 다오."

카르는 또 가면 안쪽으로 재미있다는 듯이 웃으며 산처럼 쌓인 종이 다발을 안아 들고 소리도 없이 사라졌다.

"—너는 여동생에게 너무 약하다는 뜻인가."

왕자는 카르의 의미심장했던 웃음의 의미를 이해할 수 있었다.

카르는 현재 레인이 가장 신뢰하는 **부하**이기도 하지만, 어린 시절부터 호위로서 왕자의 성장을 지켜보았고, 첩보의 기초를 철저하게 가르쳐 준 스승이기도 하며, 어렸던 레인과 린의 모습을 가까운 곳에서 봤던 소수의 인물.

……틀림없이 카르는 과보호 오빠라는 말을 또 입속으로 중얼거렸을 것이다.

왕과 카르에게는 옛날부터 언제나 저러한 말을 들어 왔으니까.

자각이 아주 없지는 않다.

아버지는 아무래도 방임이 좀 지나치다는 생각이 든다만, 평범하게 생각했을 때 굳이 보호까지 할 필요가 없다는 판단에는 왕자도 동의한다.

그 아이(린)는 열네 살이라는 나이에 온갖 분야의 능력에서 레인 왕자를 상회하는『힘』을 보유하고 있다.

여섯 살 차이가 나는 레인 왕자가 조금이나마 더 나은 부분도 없지는 않겠으나 따라잡히는 것은 시간문제이리라.

다만 여동생이 충분히 성장할 때까지는 어떤 수단을 동원해서라도 철저하게 지키겠다는 것이 왕자의 생각이다.

왜냐하면—.

"나의 동생이야말로 차기 『여왕(군주)』이 되어야 하는 몸이니까."

현재 왕위 계승권은 이미 『시련』을 마친 왕자(자신)에게 있다.

린의 왕위 계승을 위한 『시련』 과정은 지난번 황국의 습격이 있던 때부터 여전히 중단된 채다.

다만 『시련』이 재개만 되면 동생은 단숨에 요건을 달성하여 금세 왕위 계승권을 손에 넣을 것이 확실하다.

애당초 고작 열네 살의 아이가 왕위 계승의 『시련』에 **혼자서** 도전하고자 했던 시점에서 이례적이었다. 린은 「단련을 위해서」라며 단신으로 『불귀의 미궁』에 진입할 것을 결정했고, 방임주의인 왕도 본인이 원한다는 이유로 허락했으나 보통은 말도 안 되는 일이었다.

왕자도 『시련』을 열여섯 때 마쳤지만, 당연히 제대로 된 파티를 편성하여 도전했다.

린이 스스로에게 『제약』을 설정하지 않고 순당하게 도전한다면 성과는 금세 손에 들어오리라.

그렇게 되면, 그날이 오면 다음은 클레이스 왕국 전통의 **왕위 계승전**이 시작된다.

후보자끼리 힘과 힘을 겨루는 정면 대결의 승부.

다소 야만적이었던 옛 시절의 인습이지만, 클레이스 왕국의 왕권은 대결의 무대를 통해 정식으로 국민들에게 승인된다.

그 무대에서 여동생과 대치한다면 모든 분야에서 능력이 뒤떨어지는 왕자에게는 만에 하나의 승산도 없을 것이다.

피아의 전투 능력을 냉정하게 분석하면 간단히 알 수 있다.

애당초 왕자 본인이 아직껏 누구에게도 언급은 하지 않았으나 여동생이야말로 왕위를 이어받아야 한다는 생각을 갖고 있기에 사실은 이기고자 생각하지도 않는다.

—그 아이는 정말이지 너무나 특별하니까.

태어났을 때부터 린은 특별했다.

어린 시절부터 뛰어난 능력을 발휘했고, 온갖 다양한 분야에서 무수히 기록을 갱신했다. 그럼에도 불구하고 전혀 거만해지지 않으며 주위 사람과 함께 성장을 계속해 나가고자 하는 자세가 만인에게 인정을 받았기에 이미 병사들의 지지도 굳건하다. 주변 사람을 끌어당기는 천성의 재능을 보유했다고 표현할 수 있으려나.

그야말로『왕』이 되기 위하여 태어난 듯한 그릇이다.

평범한 사람보다 조금 더 나은 수준의 자신과는 다르다고 왕자는 언제나 생각하고 있다.

아마도 국가를 이끌어야 할 인재로서 동생 이상의 존재는 있을 수 없으리라.

린이 왕위 계승자로 올라서면 자신은 뒤로 물러나 보좌관 노릇만 해도 좋겠다.

왕자는 실제로 현재 직무를 담당하고 나서는 린을『여왕』으로 만들기 위해 스스로의 능력을 연마하고 있다.

자신에게 차기 국왕이 되어줄 것이라고 기대를 갖는 인물이 적잖이 있다는 사실도 잘 알고는 있지만, 가까운 곳에서 왕의 책무를 보고 있으면 자신에게는 다소 짐이 무겁다고 느낀다.

역시 자신은 그늘진 곳에 숨어서 매진하는 편이 성미에 맞다.

즉 비유하자면 우리나라의 인심을 이끌어 나갈 **빛**이 될 자질을 처음부터 가지고 있는 동생의 그림자라도 될 수 있다면 좋다는 생각이다.

"—클레이스 왕국의 미래는 린에게 달려 있다."

가족이라고 편드는 것이 아니라 정당한 평가다.

린은 틀림없이 클레이스 왕국의 최중요 인물이었다.

따라서 아무리 과보호라는 말을 들어도 당분간은 철저히 지켜야 한다.

어떤 소리를 듣게 되든지 여동생이 다 성장할 때까지는 자신이 보호할 테다.

……지긋지긋한 벌레는 앞으로도 일절 접근할 수 없다.

왕자는 마음속으로 굳게 다짐하며 책상에 놓인 부하가 보낸 보고서의 산과 다시금 마주 앉았다.

105 왕의 속마음

“정말 정체를 알 수 없는 남자로구나.”

왕녀로부터 보고를 받은 뒤 왕은 한동안 웃음이 멎지 않았다.

본래는 웃음이 나올 부류의 보고 내용은 아니었다.

자신이 맡은 소임이 일국의 왕인 만큼 오히려 차마 웃어서는 안 되는 상황이었다.

자신들은 괴물 교황에 줄곧 감쪽같이 속아 왔으며 아무 진실도 알지 못한 채 마물 상대로 희극을 벌였다.

이 중대한 실책의 의미는 왕으로서 잘 이해하고 있다.

이번에 밝혀진 사실은 세계를 뒤흔들고도 남을 사태이니 이후 대륙의 정세에도 큰 영향을 끼칠 것이다.

다만, 하지만 왕은 마음속 깊은 곳으로부터 솟아 나오는 유쾌한 웃음을 억누를 수 없었다.

다 끝난 이야기로 듣고 보니까 정말이지 희극에 지나지 않는다.

“또 그 남자가 해결해 주었구나.”

아무도 없는 방 안에서 왕의 목소리가 유쾌하게 들떠 오른다.

—이번에도, 노르.

들은 바 노르라는 사내는 혼자서 『한탄의 미궁』 안에 떨어진 뒤 핵으로 기능하던 『푸르른 돌』 내부에 갇혀 유폐되었던 진짜 『아스틸라』를 구출했고, 내친걸음으로 『교황』으로서 권위를 휘둘러 왔던 마물까지 토벌해 버렸다고 한다.

마치 영웅담에서 쏙 빠져나온 듯한 남자의 활약과 행적을 더듬어 가기만 해도 왕의 마음은 묘하게 들떠 오른다. 수많은 백성을 이끌어야 하는 왕이라는 지위에 있음에도 연극의 관중들 중 한 사람이 된 것처럼 한 남자에게 갈채를 보내고 싶어진다.

……아니.

왕이라는 위치에 있는 까닭에 더더욱 통쾌함을 느끼는 것이다.

남자는 왕이 하고 싶어도 시도할 수 없는 업적을 잇따라 쌓아 나갔다.

세간 사람들을 속박하는 굴레도 인습도 모든 것이 본인과는 전혀 관계없다고 주장하는 것처럼 남자는 일체의 방해를 무시한 채 오직 일직선으로 해결을 위한 최적의 답을 향하여 돌진한다.

이렇듯 지나치다 싶도록 짜임새 있는 모험 이야기와 쾌진격은 왕에게 절로 웃음을 짓게 만든다.

그 남자의 주변에서는 자꾸자꾸 어떤 사건이 발생한다.

눈이 핑핑 돌아갈 만큼 무엇인가가 바뀐다.

지금 바야흐로 한 남자를 중심에 두고 세계가 바뀌어 가고 있지 않은가.

그 남자가 데려와서 보호를 요청했던 소년 한 명을 봐도 마찬가지였다.

"……정말이지 재미있구나. 이번에는 **고대의 존재**의 『지식』을 손에 넣은 소년인가."

왕은 이번 사건이 마무리된 뒤 미슬라에서 귀환한 『마족』 소년 로로에게 상세하게 설명을 들었다.

그렇게 보고를 받고서 왕은 소년의 **중요도**가 더욱 뛰어올랐음을 알았다.

소년은 『한탄의 미궁』에서 쭉 은신했던 **고대의 존재**의 『마음』에 접촉하여 『옛 세계의 지식』을 얻었다고 한다.

그것이 현 세상에 얼마나 큰 변화를 불러일으킬까.

왕은 다소나마 이해할 수 있다고 자부한다.

소년은 비록 단편적이나마 이미 **해답**을 알고 있었다.

—이 세계에 흩어져 있는 『미궁』이란 무엇인가.

—그곳 깊숙한 곳에 봉인된 『미궁의 주인』이란 어떠한 존재인가.

—아울러 미지의 재질로 제작된 『흑색의 검』이 무엇을 위해 존재하는가.

이 세계는 어째서 이런 모습으로 형성되었는지 너나없이 의문을 가질 법한 수많은 의문에 대한 답변을 그 소년은 2만 년 이상의 시간을 살아왔다는 미궁 속 마물과 정신(마음)을 연결시킴으로써 일순간에 획득해 버렸다.

오늘날까지 세계 어디를 뒤져 봐도 저런 지식을 가진 인물은 당연히 없었다.

그런 존재가 갑작스레 한 사람 나타난 셈이다.

그만큼 중대한 비밀을 한 소년이 손에 넣어 버렸다.

만약에 이 같은 사실이 세상에 알려진다면 세계의 명운이 크게 기울어질 수밖에 없겠다.

이미 세간에서는 환상 속 존재로 알려져 있는『엘프』들조차 소년이 얻은 지식을 **회수**하기 위하여 수백 년 만의 움직임을 보일지도 모른다.

이제부터 확실하게 세계는 대폭 기울어지리라.

패도를 기치로 내세워서 크게 팽창할 뻔했던『마도황국』이 자멸함으로써 주변 국가가 일제히 술렁거렸다.

그러한 나라에 황국을 대신하여 서슬 퍼런 억제자 역할을 수행해왔던『신성 미슬라 교국』도 약체화의 조짐을 보이고 있다.

이미 우리나라를 둘러싼 상황뿐 아니라 대륙의 세력 구도 자체가 틀림없이 크게 뒤바뀔 터인데.

—그 전부가 한 남자를 중심으로 두고 돌아가기 시작한 격이다.

또한 이제부터 더욱 요란하고도 격하게 돌아갈 테지.

분명한 예감 앞에서 왕은 웃을 수밖에 없었다.

그 녀석은 역시 별난 인물이다.

미슬라에서 새로운 공적을 올렸음에도 불구하고 여전히 아무것도 요구하려 들지 않았다.

이쪽의 입장에서는 보통 신세를 진 것이 아닌데 아무것도 보답할 수 없는 처지라서 오히려 난감하건마는.

다만, 뭐, 서두를 필요는 없겠지. 왕은 미소 지었다.

"여차하면— 이 나라를 통째로 안겨 주마."

—『힘 있는 자가 국가를 다스려라』.

그것이 클레이스 국이『모험가의 나라』로서 건국됐을 때부터 지켜 온 유일한 규칙이자『법』이다.

야만적인 풍습이라며 야유가 쏟아지더라도 왕국 안에서 가장 강한 인물이 왕으로서 국가를 다스린다는 전통은 지금껏 달라지지 않았다.

우리『클레이스 왕가』가 이어지고 있는 까닭도 이제까지 초대 왕【클레이스】의 피를 이어받은 인물이 역사를 쭉 훑어봐도 **우연히** 누구보다 강했기 때문일 뿐.

더 강한 인물이 나타나면 그자가 왕위를 계승하는 것 또한 충분히 가능하다.

본래 무작정 세습을 하는 제도가 아니었으니까.

물론 지금 단계에서 그 남자를 왕위에 앉히기는 어렵다.
본인에게도 전혀 생각이 없을 테고.
다만 **언젠가** 훗날을 내다본다면 조금이나마 가망성은 생겨난다.
그 남자에게는 이미 충분한 자격이 있지 않은가.
법에 규정된 수순을 밟을 필요는 있겠으나 그 남자는 이미 충분하고도 넘치도록 자기 자신의 힘(자격)을 증명했다.
그다음은 왕으로서 자신이 인정해 주는 것뿐.

왕 본인은 자신의 뒤를 이어 줄 생각으로 매진하고 있는 아들과 딸에게 무엇 하나 불만이 있지는 않았다. 두 아이는 모두 흠잡을 데 없이 우수하며 국민의 기대도 절대적이다.
누가 왕위를 이어받더라도 자신보다 훨씬 능란하게 이 나라를 다스려 줄 테고, 확실하게 선정을 펼칠 것이다.
여기에 의문의 여지는 없다.

—다만 자꾸만 생각을 하게 된다.

만약에 그 황당무계한 남자가 『왕』의 자리에 오른다면 어떨까.
이 나라는 대체 어떤 모습으로 달라질까.
수많은 백성을 이끌어야 하는 입장에 있는 왕의 책무를 짊어진 자신이 이제 막 알게 되어 타인과 마찬가지인 남자에게 안이한 기대를 가져서는 안 된다는 생각은 든다. 자신의 직무를 내던지는 듯한 무책임한 환상을 가져서도 안 된다는 것 또한 잘 알았다.

—하지만 만약 이 나라를 녀석에게 맡긴다면?

분명 또 아무도 상상조차 못 하는 터무니없는 앞날을 틀림없이 맞이할 수 있을 것이라며 나잇값도 못 하고 마음이 들끓는다.

왕은 현 책무에서 은퇴한 뒤 자신이 다시 『모험가』의 신분으로 방랑 여행에 나서는 것을 소소한 노후의 꿈으로 갖고 있었다. 다만 지금은 더 이상 구태여 먼 곳으로 모험을 하러 가는 것보다도 한 남자를 뒤에서 지켜보는 편이 훨씬 더 즐겁겠다는 생각마저 든다.

"……역시 좀 망상이 지나친가."

자신의 기대감은 차치하고 정작 당사자는 평온하게 살기를 바라고 있다.

그 의지는 마땅히 존중해야 했다.

따라서 지금은 잠시 멀리 떨어져서 조용히 보호에 힘쓰자고 왕은 생각했다.

다만 녀석이 무엇을 바라든 간에 언젠가는 만인이 주목하는 무대에 올라서야 할 것이다.

그만큼 강력한 힘을 이미 손에 넣어 버렸다.

이미 노르라는 사내는 우리나라뿐 아니라 『마도황국』의 실권을 쥔 킨데우스 경에게도 인정받았으며, 전 세계에 퍼진 방대한 수의 『미슬라 교』 신도를 거느린 『신성 미슬라 교국』의 **현** 교황 아스틸라와 그 보좌관인 틸렌스 황자에게도 국력을 총동원함으로도 미처 갚을 수 없을 만큼 큰 빚을 만들어 놓지 않았는가.

물론 클레이스 왕국도 정말이지 많은 신세를 졌다.

그뿐 아니라 마족 소년, 로로.

소년은 라라라고 이름을 붙인 【재액의 마룡】과 대화 나눔으로써 이제는 자유롭게 조종할 수 있다 하던데……. 기본적으로 그 남자, 노르에게 충실하다고 한다. 소년 본인도 우리 클레이스 왕국이 보호하고 있는 형태를 취하고 있기는 한데 여차할 때는 진짜 은인이 뜻하는 대로 따라갈 테지. 왕이 넘겨준 『흑색의 검』도 『고대의 지식』도 그 남자와 함께한다.

생각을 하면 할수록 그 남자에게는 갖가지 인과가 집중되고 있다.

역사상 이렇게까지 개인에게 『힘』이 모여든 전례가 있었을까 의문이 들 만큼.

남자의 주위에서는 진작에 톱니바퀴가 크게 움직이기 시작했던 것이다.

문제는 노르라는 사내의 존재가 앞으로 세간에 **언제 알려지느냐**는 점 하나뿐이겠다.

"『영웅』이 되기 위하여 태어난 듯한 남자의 존재가 널리 알려졌을 때 세상의 권력이 어떻게 움직일지가 관건이군."

어떻게 움직일지, 더 정확하게는 어떤 식으로 동요할지가 맞는 표현일지도 모르겠다만.

그때의 반응을 상상하면 왕은 저절로 웃음이 새어 나왔다.

"……딴생각이 많았군, 슬슬 업무에 복귀해야겠어."

이렇게 히죽거리는 표정부터 수습해야겠다. 다음 알현을 기다리고 있는 타국의 사절과 제대로 교섭도 못 할 테니까.

이제는 정말 마음을 다시 다잡고 다음 알현자를 방으로 불러들여야 한다.

왕에게 알현을 요청하는 인물은 이후에도 한참 대기하는 중이고, 처리해야 할 업무는 잔뜩 남아 있었다.

……그나저나, 업무 이야기를 하자면.

자신은 일 처리를 정말 잘했다고 왕은 생각했다.

"……그때는 스스로 생각해 봐도 일 처리를 정말 잘했구나."

새삼 돌아봤을 때 초대면의 노르에게 『흑색의 검』을 넘겨준 것은 자신의 전 생애를 통틀어 거둔 큰 성과였다며 왕은 드물게도 마음속으로 스스로의 공적(일 처리)을 자찬했다.

왕은 자신의 이름을 세상에 남기는 데는 아무런 흥미가 없었지만, 그 남자가 활약하는 영웅담 속 등장인물 중 하나로서 역사에 이름을 새길 수 있다면 솔직히 나쁘지 않겠다는 생각이 불쑥 들었다.

"……으음. 그렇군, 나쁘지 않아. 이야기 속 **조연** 노릇도 사실은 써 싫지는 않아."

왕은 자신이 노르라는 사내가 펼치는『모험담』에 본격적으로 휘말리게 된 한 사람이라는 것을 자각했다.

아울러 이렇듯 각별하게 재미있는 이야기의 다음 전개를 앞으로도 전망 좋은 곳에서 지켜보고 싶다고 생각했다.

그러자면 무대 위의 **조연**이라는 위치는 이래저래 꽤 편리할 테지.

또한 이러한 생각을 갖게 된 스스로가 왕은 못 견디게 우스웠다.

"……일국의 왕 노릇을 하기에는 동기가 정말 굉장히 불순하구나."

역시 자신은 빨리 은퇴나 하고 우수한 후진에게 왕위를 양보하는 것이 좋겠다.

가만히 생각을 정리하는 한편으로 왕은 상처투성이의 얼굴 가득히 희색을 띠며 자신의 일터에서 커다랗게 웃음을 터뜨렸다.

106 현자의 잔 4

진짜 아스틸라는『한탄의 미궁』깊숙한 곳에서 줄곧 갇혀 있었다.

린네부르크 왕녀가 전한 소식에 이어서 본인이 쓴 편지를 받은 【마성】 오켄은 곧바로 모든 일정을 내팽개치고 단신으로 클레이스 왕국을 뛰쳐나갔다.
그리고 쉬지도 않고 【부유(플로트)】로 꼬박 하루를 날아서 미슬라의 수도 상공에 도착한 때는 이슥한 심야 무렵이었다.

오켄이 밤하늘 아래 도시를 바라보니 교황의 거처로 쓰인다는 큰 저택은 전날에 대사건이 있었음에도 불구하고 거의 손상된 곳이 없었다. 또한 최상층에 위치하는 침실 앞 발코니는 **현** 교황 아스틸라가「조만간 옛 친구가 방문할지도 몰라서요」라는 말을 남겼기에 활짝 열어 둔 상태였다.

그곳으로 내려선 노마술사 오켄은 거의 곧바로 침실의 침대 위에서 홀로 밤하늘을 내다보고 있었던 아스틸라와 눈이 마주쳤다.

불쑥 하늘에서 나타난 인물이 쭉 기다려 왔던 자신의 벗임을 즉각 이해한 아스틸라는 벌떡 일어나 날다시피 방을 나섰는데 그리운 얼굴과 마주했음에도 일순간 당혹감을 드러냈다가 다시 또 웃는 표정을 지었다.

"오랜만이에요, 오켄……. 【플로트】, 정말 솜씨가 좋아졌군요."

두 사람에게는 200년하고도 수십 년 만의 재회였다. 이전과 전혀 용모가 달라지지 않은 아스틸라를 목격하고 입을 열자마자 첫 번째로 오켄이 꺼낸 것은 사죄의 말이었다.

"……지금까지, 알아차리지 못하여 정말 미안하구나, 아스틸라. 내가 조금 더 빨리 알아차리기만 했다면. 조금이나마 더 빨리 구해 줄 수도 있었을 텐데. 미안해, 미안하다."

아스틸라는 비장한 표정을 짓는 오랜만에 만난 벗에게 웃는 얼굴로 답했다.

"괜찮아요, 오켄. 저는요, 당신이 저를 지금도 잘 기억해 주고 있다는 사실 하나만으로도 기쁘답니다. 이미 상당한 시간이 흘렀잖아요? 게다가 **그 사람**이 없었다면 저희끼리 다 같이 살아남기는 어려웠을 거예요. 결국 다 시기가 있었던 셈이죠."
"허허……. 노르를 말하는 게냐? ……흠, 고작 사내놈 하나 없더라도 나 혼자서 애쓰면 어떻게든 해결할 수 있었을 게다."

오켄은 그렇게 말한 뒤 조금 불만스럽게 제 자랑거리인 수염을 쓰다듬었다.

외모는 몰라보게 달라졌는데도 알맹이가 별로 달라지지 않은 듯 보이는 친구의 말에 아스틸라는 가만히 웃었다.

"후후, 무작정 고집을 부릴 사안도 아니잖아요. 솔직하게 노르한테 감사하는 게 좋다고 생각해요……. 그건 그렇고 나이를 많이 먹었네요? 오켄. 처음에는 수염이 너무 덥수룩해서 누구인지 전혀 못 알아봤어요."

"흥, 엘프라는 치사한 혈통을 이은 네 녀석과 똑같이 취급하지 마라! 그날 이후로 벌써 200년 이상 지나지 않았더냐? 나이를 안 먹는 게 오히려 이상하지……. 나도 이래 보여도 나이에 비해 피부 윤기가 좋다는 말을 자주 듣는단 말이지? 원래부터 복 받은 피를 가지고 있는 너와 비교하는 것 자체가 이상한 게다!"

오켄은 옛날처럼 버럭버럭 소리 높이며 아스틸라에게 웃어 보였다.

정말이지 한결같이 변함이 없는 친구의 모습을 보고 아스틸라는 안도한 뒤 다시 웃음을 지었다.

"그나저나 인간의 몸으로 이렇게까지 오래 산다는 게 일단 이상하지 않아요?"

"너는 여전히 입이 매섭구나……? 뭐, 이래저래 일이 많았다. 이래저래 말이야."

"……그래 보여요."

오켄은 로브 안에서 작은 꾸러미를 꺼내 들더니 아스틸라의 침실에 마련된 작은 탁자의 위로 올려놓았다.

아스틸라는 탁자에 놓인 꾸러미에서 살짝 드러난 붉은색 보석을 바라보며 이렇게 만났을 때 꼭 확인하고 싶었던 물음을 입 밖에 꺼냈다.

"로이는…… 그날 이후로 어떻게 된 거죠."

그 질문에 오켄의 표정은 어둡게 가라앉았다.

"……그 녀석과 나는 네가 사라진 후 작별했다. 그리고 어쩌면 들었을지도 모르겠다만……. 그 녀석은 **가짜**였던 너를 증오하며 죽었어. 최후에는 이런 돌덩어리가 되고 말았고. **그게** 로이이니라."

아스틸라는 오켄의 말을 듣고 옆쪽에 놓인 붉고 투명한 보석을 바라보면서 슬픔에 젖어 얼굴을 일그러뜨렸다.

"……그랬군요. 저 때문에."

"무슨 소리를 하느냐. 절대 너 때문이 아니니라. 나 때문이지. 내가 쓸데없이 고집을 부리지 않고 그 녀석과 같이 있어 줬다면 그런 비극은, 절대…… 용납하지 않았을 테지."

"……자신을 탓하지 마세요, 오켄."
"흥……. 그야 피차일반 아니냐."

두 사람은 보석을 바라보면서 잠시간 침묵했다.

"……어쨌거나 녀석도 이『붉은 돌』이 가짜를 쓰러뜨리는 데 대활약을 했으니 분명 후련한 마음일 게다. 게다가 동족 젊은이의 손에 건너가서 말이지. 꼴좋구나, 흥."
"네, 굉장하더군요. 로로 군, 맞죠? 그 아이가 뭔가 엄청난 용을 크앙~ 소환하더니……. 아무튼 진짜 굉장했어요."
"아무렴. 고놈이 제법 싹수가 있는 녀석이거든……. 물론 녀석의 활약 뒤에는 내가 연구에 연구를 거듭하여 만든 굉장한 기술이 있었다는 걸 잊지 말거라?"
"네, 그럼요, 알죠. 린 양도 당신에게 굉장히 고마워했으니까요."
"허……? 아가씨가? ……뭐, 그래, 그래야지. 당연히 그래야 맞지 않겠느냐?"

조금 쑥스러워하면서도 만족스럽게 수염을 쓰다듬는 오켄에게 아스틸라는 또 물었다.

"그 아이……. 로로는 혹시 로이의 피를 이어받은 걸까요."
"……그건, 나도 모르겠구나. 동족이니까 멀게나마 피가 이어지기는 했을 터인데……. 자세히 조사하기에는 이미 너무나 긴 시간이 흘렀어. 더는 아무도 알 도리가 없구나."
"그렇, 겠죠."

아스틸라는 일순간 표정에 허전한 기색을 내비쳤다가 또 금방 밝은 표정을 짓고 오켄과 마주했다.

"하지만 은근히 표정이 로이를 쏙 빼닮았는걸요. 틀림없이 혈연이 있을 거예요."
"……그러게나 말이다. 로로와 꽤 자주 만나봤다만. 어쩐지 천성도 비슷하더구나. 내성적이고 낯을 가리고 경계심도 강한 주제에 정작 타인에게는 전혀 강하게 굴질 못하는 꼴이 쏙 빼닮은 것 같기는 하군."
"그럼 머지않아 당신과 싸움을 할 날이 올지도 모르겠네요? 오켄."
"흥. 나와 치고받으려면 제대로 한 사람 몫을 할 수 있어야 할 텐데 그러자면 아직도 시간이 한참 걸릴 게다. 고놈은 성격이 좀 과하게 선량하니 말이다."
"후후……. 역시 닮았네요."

두 사람은 조용히 웃었다.

"……맞아, 맞아. 그러고 보니까 저요, 어느새 **엄마가** 되어 있었더라고요. 들었어요?"
"그래, 소식은 들었다. 황자가 생겼다는 것도 예전부터 알고 있었고.”

“정말 꿈같아요. 그렇게 번듯하고 똑똑하고 멋있는 아들이 생길 줄이야.”

“……넌 지금 진짜로 미슬라의 『교황』 노릇을 할 심산이더냐? 말해 두겠는데 지금 미슬라의 교황은 세계적으로 봐도 터무니없는 지위에 있는 인물이란다? 네가 정치나 종교에서 힘쓰는 모습은 상상도 안 된다만……. 정녕 괜찮겠느냐?”

“후후, 걱정 마세요. 어렵고 복잡한 일거리는 전부 틸렌스 군이 맡아서 처리해 주니까요. 게다가 주위에 있는 분들도 정말 잘 대해 준답니다. 거리에 나가도 모두 제가 인사하거나 손을 흔들기만 해도 굉장히 기뻐해 줘요. 뭔가 정말로 높은 사람이 된 기분이에요.”

“어이쿠……. 서비스가 아주 좋으시구먼. 그나저나, 높은 사람이 된 기분이 아니라 아마도 넌 이미 엄청난 권력을 손에 넣지 않았더냐……?”

“후후……. 그러게요. 확실히 지금 전 아무런 일을 안 해도 되는 곳에서 살 수 있고, 맛있는 음식을 원하는 대로 먹을 수 있어요. 엄청난 권력을 손에 넣었다는 생각이 들어요.”

“……음……? 아니, 아니야. 그런 수준의 이야기가 절대 아닌데……. 뭐, 됐다. 쌓인 이야기는 많다지만, 이렇게 모처럼 세 사람 중에 둘이 살아서 모이지 않았더냐. 그 녀석한테도 제대로 인사를 해 줘야지.”

“인사요?”

오켄은 로이의 유품이 된『붉은 돌』을 바라보며 로브 안에서 또 하나 자그만 자루를 꺼내 들었다.

아스틸라는 그 자루에서 나온 물건을 보더니 눈이 동그래졌다.

"……그걸, 아직도 갖고 있었어요?"

그것은 과거에 오켄이 수상쩍은 노점에서 구입했던 세 개의 은잔이었다.

다소 낡았을지언정 아스틸라의 기억 속 모습과 똑같았으니 모험가 파티『현자의 잔』소속 세 사람이 사용했던 추억의 잔이 분명히 맞았다.

"허허……. 솔직히 몇 번을 팔아 치울까 생각도 했었단다? 여하튼 세계를 뒤흔들어 놓았던【마왕】과 미슬라의【교황】과 게다가 이 몸,【마성】오켄이 모험가 파티 시절에 쓴 역사적인 물건 아니더냐. 유래가 알려지기만 해도 이 보잘것없는 잔에 도대체 얼마나 큰 가격이 붙었을까. 한데 우리가 과거에 서로 목숨을 맡기는 동료였다는 사실을 지금 와서는 아무도 믿는 사람이 없지. 그러면 전혀 값이 비싸지지 않는다. 하여 부득이하게 챙겨 놓기만 했을 뿐이다."

어딘가 변명 비슷하게 늘어놓는 오켄의 설명을 듣고 아스틸라는 그리움을 느끼며 미소 지었다.

"그런가요. 그럼 가격이 높아지면 팔아 치우려고요?"

"……뭘 물어? 당연하지. 너와 내가 둘이서 『진짜다』라고 보증하면 얼마나 큰 값어치가 생길 것 같더냐? 그렇게 가격을 끌어올릴 만큼 끌어올린 다음에 멍청하게 살만 찐 귀족이나 상인 녀석을 확 낚아채다가 거금을 등쳐 먹어 줄 테다! ……어차피 가짜여도 못 알아볼 터이고."

오켄이 대강 예상했던 답변을 똑같이 늘어놓는지라 아스틸라는 웃었다.

"후후, 그러면…… 진짜는 잠시 더 당신의 손안에 있겠군요?"

"물론, 영원히 갖고 살지는 않을 게지만. 적어도 내가 죽을 때까지는 잘 간수해야지."

"네. 그렇게 해 주세요."

오켄은 웃으며 세 개의 잔을 늘어놓은 뒤 가져온 술을 따랐고, 아스틸라는 이어서 그중 하나를 집어 들려다가 일순간 손을 멈췄다.

"아…… 오켄은 이다음에 외치는 대사, 아직도 기억하고 있어요?"

"뭐라는 게야, 늙은이 취급 말거라. 당연한 것을. 애당초 내가 고안한 대사 아니더냐?"

"그랬었죠."

눈앞에 있는 벗은 아무것도 변하지 않았다.

하지만 세상 진을 손에 든 오켄의 모습을 바라보다가 아스틸라는 알지 못하는 동안 지나가 버린 긴 세월을 느낄 수밖에 없었고, 가슴에 북받치는 정체 모를 허전함으로 얼굴이 흐려졌다.

그런 반응을 본 오켄은 아스틸라에게 부드럽게 웃어 주며 말을 건넸다.

"……안심하거라. 아무리 시간이 흘러가더라도 내가 너희를 잊는다는 것은 말도 안 된다. 내가 지난 200년 이상의 긴 세월 동안에 이런 날이 오기를 몇 번 꿈꾸었다고 생각하는 게냐."

"……그러게, 말이에요……. 응. 그랬겠죠."

오켄의 말에 아스틸라는 살짝 숙였던 고개를 위로 향하고 다시금 늙은 오켄의 얼굴을 바라봤다.

"……아, 그러면, 혹시 쓸쓸해서 몇 번은 울었어요? 울었네, 맞죠?"

"왜 뻔히 알면서 사람 속을 후비는 게야!"

"후후……. 미련한 질문이었네요. 【울보】 오켄인데 뻔하죠."

"……무엇이더냐, 그 이상한 별명 비슷한 호칭은."

"당신을 로이랑 둘이서 몰래 불렀던 별명이거든요. 그리고 【자랑쟁이】랑 【과대광고】랑…… 아, 맞다. 【숙취】 오켄이라고 부른 적도 있었어요."

"……그걸 구태여 지금 본인한테 알려 주진 않아도 되지 않느냐?"

"아니요, 꼭 알려 줘야 해요. 저한테는 무척 소중한 추억이니까요."

표정에 다시 명랑함을 되찾은 아스틸라는 자그만 잔을 손에 들었다.

"그럼 시작할까요. 그런데 대사가 좀 길단 말이죠. 다른 사람들 앞에서는 부끄러운 표현도 잔뜩 있고요. 조금 더 점잖게 만들 순 없었어요?"

"……이제 와서 불평하지 말거라!"

"그러게요. 이제 와서는 괜한 불평이죠."

그렇게 두 사람은 하나씩 작은 은색의 잔을 내밀고 기억 속에 있는 대사를 막힘없이 읊었다.

『『우리 세 개의 잔은 이 같은 운명적인 만남에 먼저 감사한다. 아울러 다시 또 생환한 우리의 행운에 감사하며— 우리가 극복했던 수많은 고난과 멋진 모험을 이곳에서 치하하리라.』』

그것은 다 같이 생환했을 때 주점에서 외치는 대사이며, 『현자의 잔』의 규칙이었다.

다른 사람은 아무도 알지 못하는 **세 사람**만의 습관.

셋이서 다시 만나는 것을 전제로 하여 만들었다.

따라서 파티원 중 한 사람이 빠진 이후로 외치는 것은 처음이었다.

다만 두 사람에게 지금 이처럼 행동하는 것은 당연하게 느껴졌다.

그것이 재회했을 때 지켜야 하는 유일한 약속이었으니까.

누군가가 빠졌을 때 어떻게 할지는 전혀 아무것도 정하지 않았다.

따라서 두 사람은 이곳에 아직 **세 사람**이 다 모여 있는 것처럼 행동했다.

물론 오켄과 아스틸라 말고 이곳에는 아무도 없다.

이 대사를 외칠 때마다 과거에는 함께 있었던 **다른 한 사람**은 이미 세상 어디에서도 찾아볼 수 없게 되어 버렸다.

두 사람은 당연히 잘 알고 있다.

잘 알고 있기에 더더욱 세 번째 잔이 조금 흔들리는 듯 보였고.

붉은 보석이 두 사람의 목소리에 반응하여 빛나는 듯 보였고.

세 번째 잔 앞에 두 사람이 잘 아는 인물이 서 있는 듯 보였고.

그것들 전부가 자기 자신의 희망이 만들어 냈을 뿐 단지 환상에 불과함을 잘 알면서도—.

그러나, 바라건대 이 순간이나마.

과거에 함께 모험을 했던 동료와 설령 환상일지언정 일순간이라도 이 잔을 주고받을 수 있다면 얼마나 좋을까.

그것이 이룰 수 없는 꿈임을 알면서도 두 사람은 두 개의 잔을 내밀며 잃어버린 동료의 이름을 함께 불렀다.

『「이 「현자의 잔」을 우리의 벗 로이에게 바친다.」』

조용하게 두 개의 잔이 맞닿는 소리가 울렸다.

세 번째 잔은 여전히 붉은 보석의 앞에 놓여 있었다.

두 사람과 함께 세 번째 잔을 내밀어 줄 사람은 이미 어디에도 없다.

그것은 두 사람도 잘 알고 있었다.

그렇게 오켄과 아스틸라의 소망은 고요한 밤의 정적에 녹아들었고— 이후 아무런 일도 발생하지 않았다.

두 사람은 아무 말 않고 들었던 잔을 내려놓은 뒤 머리 숙였다.

하지만—.

"……아."

아스틸라가 문득 얼굴을 들어 올렸다.

"……왜 그러느냐?"

"지금, 뭔가……. 누군가가 웃어 준 것 같았어요."

"뭣이라?"

오켄은 무의식중에 주변을 둘러봤다.

다만 이곳에는 당연히 아무도 없었다.

"아니, 웬 흰소리냐. 아무도 없지 않느냐."

"아뇨……. 분명히…… 방금 로이가 오켄을 보고 웃은 것 같았어요."

아스틸라는 그렇게 말한 뒤 조용히 웃었다.

"흥……. 뭐라는 게야. 널 보고 웃었겠지."

"……아니요. 헛짚었어요……. 봐요, 지금 오켄을 가리키면서 폭소하고 있잖아요. 저 복슬복슬 수염 영감은 누구냐면서."

"끄응……. 수염 영감은 말이 좀 지나치지 않느냐?"

"후후. 그럼 깎아 볼래요? 그럼 로이도 잘 알아봐 줄 텐데요."

"허허, 제발 봐 주면 좋겠구나……. 설마 진심으로 하는 말이냐? 부탁할 테니 그만하자? 응?"

"저야, 뭐, 저기 서 있는 로이만 납득해 주면 괜찮긴 한데 말이죠……."

"……아니, 뭐라는 게야. 아무도 없다니까."

이곳에 있는 사람은 오켄과 아스틸라 둘뿐이었다.

주위에 다른 누군가가 있을 리 없었다.

—그러나, 그때, 아주 잠깐이나마.

두 사람의 눈에는 별로 바뀌지 않은 두 사람의 모습을 보고 조용히 쓴웃음 짓는 로이의 형체가 비치는 듯했다.

【아스틸라와 틸렌스】

“……으응~ 뭔가 굉장히 푹 자다 깼네요……? 제가 왜 이렇게 좋은 침대에 누워 있었죠? ……애당초 여긴 도대체 어딘가요……?”

너무나 하얗고 청결하고 폭신폭신한 침대 위에서 깨어난 아스틸라는 깔끔하게 정리된 방 안을 둘러보다가 눈이 동그래졌다.

자신은 어째서 이런 곳에 있는 것일까.

……잘 생각이 나지 않는다.

아스틸라의 기억에 있는 평소의 침상— 일그러진 하늘이 보이는 딱딱한 바닥과는 명백하게 달랐다.

아직껏 잠에 취한 눈과 머리로 섬세한 일용품이 쭉 놓인 방 안을 둘러보면서 창을 통하여 비쳐 들어오는 아침 해의 편안한 온기를 쬐자 이제야 자신이 처한 상황을 떠올릴 수 있었다.

“그러고 보니까, 제가…… 『교황』이, 되었더랬죠.”

지금 자신은 『모험가』 아스틸라가 아니다.

미슬라 교국이라는 낯선 나라의 『교황』이다.

—적어도 표면상은.

"좋아~ 그럼 오늘도 힘내 볼까요."

겨우 기억을 되찾은 아스틸라는 힘껏 기지개를 켜고 침대에서 내려와 방 안에 설치된 큼지막한 몸거울을 보며 뻗친 머리카락을 대강 정리한 뒤 침실 바깥으로 나섰다.

그러자 복도에서 대기 중이던 하얀 복장을 차려입은 가면 여성이 머리 숙이고 막 깨어난 아스틸라에게 인사를 했다.

"좋은 아침입니다. 예하."

"좋은 아침이에요, 릴다 씨. 오늘도 날이 참 좋네요……. 어라?"

그렇게 아스틸라는 가면으로 얼굴을 가린 여성의 모습에서 위화감을 느끼고 빤히 바라봤다.

"……예, 예하?"

"음. 어제랑 조금 달라 보이는데 말이죠……. 앗, 알겠다. 머리 모양을 살짝 바꿨군요? 잘 어울려요, 응응. 저번에도 좋다고 생각했었는데요, 오늘 머리는 더 멋지네요."

"……화, 황송한 말씀이십니다……?!"

몸 둘 바를 모르며 잔뜩 위축되는 여성에게 아스틸라가 웃는 표정을 지어 주자 여성은 또 움츠러든다.

다만 딱히 싫어하는 내색은 보이지 않았고 단지 호들갑스럽게 쑥스러워하는 것 같았다.

"후후. 너무 겸양하지 않아도 된답니다?"
"네, 네엣."

아스틸라는 이런 식으로 자신이 말을 건넨 사람의 반응을 보는 것이 하루하루의 은밀한 즐거움으로 자리 잡았다.
아스틸라가 머물고 있는 곳, 『교주의 저택』이라고 불리는 큰 관저에서 일하는 사람들은 방금 전처럼 단지 평범하게 인사를 주고받기만 해도 기뻐해 준다.
자신이 지내고 있는 이곳, 『교주의 저택』에서는 다양한 사람들이 일한다.
그런 사람들 모두가 아스틸라가 단지 복도를 걸어 다니기만 해도 조용히 길을 비켜 주며 공손히 머리까지 숙인다.
마치 자신이 무척이나 높은 사람이 된 느낌이 들어서 아스틸라도 나쁜 기분은 아니었다.
다만 긴 세월을 고독한 지하 공간 안에서 보내야 했던 아스틸라는 사람과의 접촉에 굶주렸기에 이렇듯 조용히 자신에게 길을 양보해 주는 사람까지도 일일이 붙잡아서 말을 건네고 대화 나누고자 했다.
아스틸라가 말을 건네면 처음에는 모두 놀라는 반응이었지만, 되풀이해서 자꾸 말을 건네자 점점 마음을 열고 평범하게 대화에 응해 주는 사람이 늘어났다. 지금은 문지기부터 세탁 등 잡무에 종사하는 젊은 시녀들까지 저택 안에서 일하는 인물의 얼굴과 이름은 거의 다 외어 버렸고.

어떤 사람은 가족 구성도 파악했을 정도였다.

이제 아스틸라는 낯설었던 나라『미슬라 교국』에서 지내는 생활을 마음껏 즐길 수 있었다.

이 나라의 정치 전반을 실질적으로 혼자 지휘하고 있는 틸렌스 황자로부터 가짜『교황』이 되어 이곳에 남아 달라는 부탁을 받았을 때 어느 요청을 교환 조건으로 내세운 뒤 계속 남아서 지내기로 결정했었는데.

오히려 이곳에서 제공해 주는 맛있는 식사 및 폭신폭신한 침대(잠자리)의 포로가 되어 버린 탓에 이대로 가면「이제 넌 필요 없어」라는 통보를 받아도 자신이 먼저 앞으로도 계속 살게 해 달라고 간절히 애원할 것 같다.

호화로운 생활에 벌써 적응해 버렸어, 무서워…… 라고 생각하면서 아스틸라는 평소와 같이 저택의 넓은 복도를 총총거리며 걸어갔다.

그렇게 훌륭한 일용품들이 쭉 놓여 있는 복도를 지나간 뒤 중후한 목제 문이 있는 방에 다다랐고, 그 앞에 서 있는 백은빛 갑옷 기사에게 인사를 했다.

“좋은 아침이에요, 시길 씨.”

“예하, 간밤에 평안하셨습니까. 저에게 굳이 말씀을 베풀어 주시다니 황공무지합니다.”

“틸렌스 군은 업무 중이겠죠?”

“넷. 틸렌스 전하는 조금 전부터 책상에 앉아 집무를 보기 시작하셨습니다만, 예하께서 깨어나 방문하신다면 언제든지 맞이하겠다는 당부를 남기셨습니다.”

“그럼 고마운 마음으로 들어가도록 할게요.”

“—넷. 어서 들어가시지요.”

백은빛 기사는 중후한 목제 문을 열어서 아스틸라를 방 안으로 들여보내고 천천히 문을 닫은 뒤 외부에 달린 전용의 자물쇠를 조작해서 다시 잠갔다.

문 열리는 소리를 들은 틸렌스 황자는 집무용 책상에 앉아 작성하던 서류로부터 얼굴을 들어 올리고 일어나서 아스틸라에게 정중하게 인사를 했다.

“어머님, 안녕히 주무셨습니까. 오늘도 무척 이르게 기상하셨군요. 이제 몸 상태는 괜찮으신 겁니까?”

“네. 점점 일찍 일어나는 데도 익숙해지고 있어요. 미궁 안이랑 달리 온종일 잠만 잘 수도 없는 상황이고요. 이제부터는 아침 일찍 일어날 수 있게 신경 써야죠.”

마주 선 두 사람의 모습은 비록 성별은 다를지언정 무척 비슷했다.

인간과는 조금 다르게 옆으로 긴 귀와 포근한 봄의 신록을 연상케 하는 밝은색의 머리카락.

아울러 빼다 박은 듯 투명하고 하얀 피부와 단정한 이목구비.

아무 사정도 알지 못하는 누군가가 본다면 분명 어머니와 자식이라고 소개해도 위화감은 느끼지 않을 것이다.

다만 두 사람은 진짜 모자가 아니다.

두 사람은 서로 역할을 맡아 연기하는 계약상의 관계에 있다.

한쪽은 이 나라의 명목상 최고 권력자『교황 아스틸라』를 연기하고 있으나 외모가 닮았을 뿐 생면부지의 남남.

다른 한쪽은 얼마 전에야 막 성인이 되었고 그날부터 국가의 정치를 통솔하게 된 실질적인 최고 권력자『틸렌스 황자』.

그중 한쪽이 상대를『아들』이라고 부르고, 다른 한쪽이 상대를『어머니』라고 부른다.

그런『약속』을 하고서 함께 생활하고 있기에 달리 말하자면 공범자와 비슷한 관계.

하지만 두 사람 사이에서 감도는 분위기는 무척 온화하고 부드러웠으며 고작 며칠을 함께 생활한 것이 전부라기에는 이미 진짜 어머니와 자식 이상의 기묘한 공감과 신뢰로 맺어져 있었다.

"그렇다 해도 큰 혼란을 겪은 이후이니까요. 아직 피로가 충분히 가시지는 않았을 겁니다. 아무쪼록 정양에 힘써 주시기를."

"후후, 그거야 틸렌스 군도 마찬가지잖아요? 배려는 정말 고마운데 말이죠……. 역시『아들』만 잔뜩 일하게 놔둔 채『어머니』가 아무것도 안 한다면 이래저래 이상하지 않겠어요? 저도 조금은 도움이 되는 모습을 보여 줘야죠."

아스틸라는 그렇게 말한 뒤『아들』에게 미소 지었다.

두 사람은 만났던 첫날부터 다른 사람들 앞에서 진짜 모자인 양 연기를 계속해 왔다.

언제 누구의 시선에 노출될지 모른다는 이유로 이렇듯 단둘이 있을 때조차 가능한 한 말투에 주의를 기울인다.

따라서 두 사람의『어머니와 아들』연기는 극히 자연스러운 일상으로 자리 잡는 중이며 현실과 허구의 경계선은 이미 어딘가로 사라져 버렸을 만큼 애매해졌다.

이 같은 상태를 한쪽은「뭐, 별로 상관없지 않나」라고 생각하고, 다른 한쪽은「이러면 좋지 않은데……」라고 생각한다.

두 사람은 이렇듯 기묘한 어머니와 자식의 관계에 있었다.

"……그러면 어머님께서는 오늘도 시중으로 외출을 할 계획이십니까?"

"네, 그러려고요. 그런데 너무 자꾸 나다니면 오히려 폐가 되려나요?"

"아니요, 천만의 말씀이십니다. 잘 아시다시피 얼마 전 소동 이후로 몇 날 지나지 않아 백성들도 마음속 깊이 편안할 리 없습니다. 이 같은 형편에 어머님께서 몸소 백성들 앞에 모습을 보여 주시기만 해도 모두들 큰 용기를 얻을 수 있으리라 생각합니다."

"후후, 그러면 가만히 놀 이유는 없는 셈이네요."

"하오나…… 매일 외출을 하지 않으셨습니까? 피로가 적지 않으실 텐데요. 조금은 휴식을 취하시는 게……."

마치 진짜 아들인 양 틸렌스 황자가 『어머니』를 걱정하는 말을 꺼내사 『교왕』 아스틸라는 웃는 얼굴로 고개를 가로저었다.

"아니요. 사실은 전혀 힘들지 않아요. 알죠……? 저는 지하에서 혼자 쭉 갇혀 지냈는걸요. 그러니까 거리로 나가서 많은 사람들과 이야기 나눌 수 있다는 것 하나만으로도 엄청나게 즐겁거든요. 게다가 모두들 제가 그냥 손을 흔들고 인사만 해도 엄청 기뻐해 주시고요. 오히려 기운을 받으러 나갔다 오는 느낌이에요. 그리고 건물 잔해를 바람으로 띄워서 정리하는 것쯤이야 저라면 간단하게 해치울 수 있어요. 전혀 피곤하지 않아요. 별일 아니죠, 그냥 놀러 나가는 기분이랍니다."

아스틸라는 괜찮다 말함하지만 지난 며칠간 쭉 거리로 나가 쉴 새 없이 작업에 힘썼다는 것을 틸렌스 황자는 잘 알았다.

대강 요약하자면 온통 황폐화된 도시에서 하는 구원 활동이라고 말할 수 있을 터인데 실제 활약상은 하나같이 눈이 휘둥그레질 만큼 눈부셨다.

혼란 속에서 부상을 당한 사람들이 있다는 말을 들으면 곧장 찾아가서 상처를 순식간에 치유. 혹은 건물의 잔해 때문에 누군가가 곤경에 빠졌다는 말을 들으면 강력한 바람 마법을 구사해서 눈 깜짝할 사이에 철거한다.

이렇듯 온갖 『감사한 기적』을 많은 백성들이 목격함에 따라 하루하루마다 아스틸라에게 도움을 요청하는 목소리가 높아지고 있다.

정작 본인은 별일 아니니 간단하게 해치울 수 있다며 문제없다고 말을 한다만, 휴식도 취하지 않는 헌신적인 구원 활동인 데다가 백성들의 말을 받아 주며 대화에도 열심히 응하고 있는 처지에서 지치지 않을 리 없다는 것이 틸렌스 황자의 생각이었다.

"……그렇습니까. 부담이 되지 않는다면 다행입니다만."

"후후, 걱정이 너무 많아요, 틸렌스 군은. 오히려 그 괴물 때문에 지하에 쭉 갇혀 지냈던 만큼 지금은 조금이라도 지상의 공기를 쐬고 싶달까…… 이제부터 여러모로 인생을 되찾고 싶은 마음이 더 앞서거든요. 다행히 체력은 넘쳐나기도 하고요. 솔직히 잠자는 시간도 아까울 지경이에요."

솔직히 틸렌스는 의문스럽게 생각하는 것이 있었다.

지난 며칠간 이 여성의 행동에 의해『교황 아스틸라』라는『권위』가 바로 서면서 성도의 수많은 백성들로부터 더욱 확고한 신뢰가 구축되기 시작했다.

혹시 이 결과는 모두 이 여성이 철저하게 계산해서 만들어 낸 것이 아닐까?

다만 이렇듯 머리 굴리며 고찰할 때마다 틸렌스는 결국 고개를 가로젓는다.

아마도 그것은 아스틸라의『본성』이리라.

극히 자연스럽게 대응을 한 결과로 이렇게 된 것이다.

이 여성이 하는 행동은 종래의 의례적인『위문』과는 전혀 다른 모습이었다.

다만 확실하게 이전보다도 백성의 마음을 휘어잡고 있다.

피폐해진 성도의 백성들에게 이웃 사람처럼 극히 자연스러운 태도로 접하며, 티 나지 않게 모두가 원하는 바에 귀를 기울이면서 즉각 기대에 부응하고자 몸소 움직이고, 그럼에도 도저히 방법이 없을 때는 함께 울고 웃는다.

그런 아스틸라의 모습이 성도에서 살아가는 수많은 백성들에게 목격됨에 따라 피폐한 민중의 마음에 용기를 불어넣어 준다. 틸렌스 황자는 국가의 지도자라면 마땅히 이런 인물이어야 한다는 한 가지 이상적인 모습을 아스틸라를 통해 바라보고 있는 듯한 기분이었다.

"……그러면 잘 부탁드리겠습니다. 백성들도 어머님의 모습을 뵙길 바라며 고대하고 있을 테지요."

"후후. 그럼요. 저도 다른 분들과 만날 때가 기대되거든요. 자, 이제 갔다 올게요."

"예, 어머님. 조심히 다녀오십시오."

"—앗, 출발하기 전에."

일단은 문을 열고 방을 나가려고 했던 아스틸라는 빙그르 몸을 돌려서 틸렌스 황자와 마주하더니 만면에 미소를 지었다.

"평소에 하는 **그거**, 아직 안 했죠."

한편 그 웃는 얼굴과 마주한 틸렌스 황자는 동요하는 기색을 보인다.

아스틸라가 말한 『그것』이란 마치 진짜 어머니와 자식처럼 『엄마』가 『아들』을 꼭 껴안는 행위, 만났던 첫날에 했던 『그 행위』를 가리키니까.

"……저기. 어머님?"

"네, 불렀어요?"

"……확실히 일단은 저도 납득은 했습니다만. 그런 행위를 매일같이 하는 게 정말로 좋겠습니까……?"

"네, 물론이죠. 봐요, 일단은 『부모 자식』에 『아들』이라는 설정이 잖아요? 『배역 몰입』이라는 의미로도 중요하다고 생각해요. 유명한 배우분은 이런 노력을 거르지 않는다고 들었답니다."

"그야, 말씀하시는 바가 맞겠습니다만."

"……혹시 싫어졌어요? 그러면 물론 강요는 할 수 없지만요."

"……아, 아니요. 결코 싫다는, 말씀을 드리려는 것은 아닙니다만."

—솔직히 말하자면 싫지는 않다.

다만 틸렌스 황자는 유년기부터 어머니라는 존재가 전혀 신용할 수 없는 대상이었던 데다가 애당초 어머니에게 어리광을 부리는 체험조차 해 본 적이 없었다.

어머니라는 대상과의 접촉 자체에 익숙하지 않은 것이다.

그렇다 해도 이제부터 진짜 모자처럼 자연스럽게 행동하기 위해서는 필요한 노력이라는 아스틸라의 주장에서는 일정의 설득력을 느끼기는 했다만.

성인식까지 치른 지금은 아무튼 부끄럽다는 것이 솔직한 마음이었다.

"역시 그런 행동은 어린 시절에나 하는 게 아니겠습니까?"

"그게 맞기는 할 텐데요. 그런데 어린 시절에 해 봤어요?"

"……아니요. 제 곁에 있었던 것의 정체는 **괴물**이었으니까요."

"그쵸? 저도 저번에 얘기했던 대로 가족 간의 경험이나 기억이 싹 날아간 상태라서……. 그러니까 역시 배역을 제대로 맡아 연기하려면 뭔가 실감이? 맞나? 이해가 필요하다고 생각하거든요. 앞으로 『부모 자식』 노릇을 계속하려면 서로의 『역할』에 대한 분석이 더욱 치밀해지면 좋지 않겠어요?"

듣자 하니까 일단은 이치에 맞는 말이기는 하다.

확실히 틸렌스는 본인에게서 아스틸라가 열다섯 살이 되었을 때 고향 『엘프의 마을』로부터 추방당했으며, 그때까지 겪은 기억들은 전부 삭제당해 버린 것 같다는 말을 들은 바 있다.

이 여성에게도 가족과 관련된 기억이라 할 만한 기억은 없다는 뜻이었다.

그 이야기 자체를 의심할 생각은 없다.

물론 진실이 맞을 것이라고 생각한다.

다만 그것과 이것은 사정이 좀 다르지 않나…… 얼떨떨한 기분도 든다.

배역 몰입을 이유로 들면서도 눈앞에 있는 여성은 왠지 언제나 묘하게 기뻐 보였으니까.

"게다가. 틸렌스 군의 『어머니』로서는 이제까지 15년이나 쭉 방치를 했던 셈이고요? 그만큼 지난 시간을 다시 채워 주는 게 맞지 않을까요. 지금부터라도 조금씩 되찾아 가지 않을래요?"

"……네."

그렇게 오늘도 틸렌스 황자는 『교황』의 설득에 굴했다.

"—좋아요, 이리 오세요."

망설임 없이 두 팔을 쭉 벌려 보이는 아스틸라를 앞에 두고 틸렌스가 얌전히 걸어 나아가자 아스틸라는 변함없이 웃는 얼굴로 꽉 끌어안아 주었다.

곧이어 틸렌스 황자의 머리에 한쪽 손을 얹어서 부드럽게 쓰다듬는다.

방금 전 나눈 문답을 포함하여 이 같은 일련의 행위는 두 사람의 일과로 자리 잡았다.

이 기묘한 행위는 언제까지 이어질까. 내심 의문을 떠올리면서도 틸렌스 황자는 마치 의식과 같은 이 행위를 별로 안 좋게 느끼지는 않았다.

확실히 본래 모자지간이라면 이렇게 서로를 보듬어 주지 않겠는가. 지금 비로소 타인의 온기를 감촉으로써 직접 얻음에 따라 지금껏 느낀 바 없는 안도감을 느끼고 있는 스스로를 자각한다.

……다만 역시나 약간의 부끄러움은 가시지 않았다.

제발 부탁이니 이 순간만큼은 아무도 방에 들어오지 않기를 강하게 염원하면서 틸렌스는 제 머리를 천천히 쓰다듬는 손길에 어린아이처럼 몸을 맡겼다.

"—후우. 정말 고마워요. 틸렌스 군 덕분에 오늘도 좋은 기운을 잔뜩 보급했어요……. 이게 아니라. 제가 맡아야 할 역할에 대해서 더 깊이 이해할 수 있었어요."

"……그렇습니까. 잘된 일이군요."

시간으로 헤아리면 일순간의 포옹이었지만, 머리를 쓰다듬어 준 틸렌스의 얼굴이 새빨개지자 아스틸라는 만족스럽게 웃음 지었다.

"후후, 이제 오늘 하루도 또 열심히 일할 수 있네요. 그럼 다녀올게요!"

제 지위에 어울리지 않는 경쾌한 인사를 남긴 뒤 『교황 아스틸라』는 종종걸음으로 틸렌스 황자의 방문을 열고서 바람처럼 떠나갔다.

그렇게 평소와 다르지 않은『어머니』의 모습을 배웅한 뒤 틸렌스 황자는 홀로 남은 집무실에서 작게 한숨을 쉰다.

"정말 이렇게 지내도 괜찮은 건가……. 아니. 이미 결론은 내리지 않았던가."

당초 아스틸라는『교황』의 흉내를 낸다는 약속을 했을 뿐이었지만……. 그것은 분명 본인의 꾸밈없는『본성』이리라. 끝까지 연기를 특기라고 주장하긴 한다만, 이전 교황의 분위기와는 전혀 비슷하지 않았다. 누구의 눈으로 봐도 명백한 사실이다.

애당초 아스틸라는 이전 교황이 어떤 인물이었는지도 잘 모르지 않는가.

따라서 틸렌스도 처음에는 먼저 아스틸라가『교황』다운 행동거지를 익힐 수 있도록 도울 생각도 했었다.

하지만 몇 번을 생각해 봐도 곧바로「필요 없는 짓이다」라는 결론에 도달한다.

아스틸라는 지금 이대로 놓아둬도 이미 백성을 하나로 뭉치게 하는『역할』을 잘 수행해 주고 있다.

충분하고도 넘칠 만큼.

아스틸라는 이전『교황』과 비록 외모는 비슷할지언정 성격은 정반대에 가깝도록 다르다.

따라서『교황』의 행동거지가 급격하게 변화한 이때 위화감을 느끼는 신하도 많았다.

틸렌스 황자의 귀에도「예하, 그날 이후로 분위기가 조금 바뀌셨군요」와 같이 신하들의 여러 목소리가 들려올 정도였다.

다만 저러한 이야기를 잘 들어 보면 하나같이 결코 부정적인 의미는 없다는 것을 깨닫는다.

어찌 된 영문인지 신하들은 모두 한 사람도 빠짐없이『새로운 교황』을 호의적으로 받아들였다.

갑작스러운 변화에 고개를 갸웃거리기는 했으나 애당초 신하들은 교황에게 두터운 충성심을 가졌던 인물들이다.

특히 충성심이 높았던『12사도』의 시길과 같은 인물은 다분히 호의가 담긴 독자적인 해석을 해서「저것이 본래의 예하이며 가장 존경해야 마땅한 모습」이라며 감격하기까지 했다.

비단 시길뿐 아니라 다른 신하도 대부분이『새로운 교황』을 호의적으로 받아들이고 있다.

상황이 어떻게 변화하든 간에 현시점에서『교황』의 모습이 사람들에게 마땅히 신앙할 수 있는 대상으로 자리매김했다는 것을 새삼 실감하며 틸렌스 황자도 가슴을 쓸어내리기는 했다만.

더 자세히 현황을 파악해 봤더니 교황 본인이 놀랄 만한 행동력으로 신하와의 거리를 급격하게 줄여서 다가감을 알 수 있었다.

위병들은 모두 아스틸라가 매일같이 말을 걸어 줌에 따라서『교황 아스틸라』의 기억에 자기 이름이 분명하게 새겨져 있다는 것을 서로 자랑했다.

이전에는 이름으로 불리지도 못했던 『12사도』의 소속 인원들은 아스틸라가 한 사람 한 사람을 정확하게 이름을 불러 주고 있다는 것 하나만으로도 새삼 충성을 다짐했다고 한다.

관저에서 일하는 시녀들은 오늘도 예하께서 머리 모양을 칭찬해 주셨다, 복장을 칭찬해 주셨다, 등등 이전에는 상상하지 못했을 분위기로 대기실에서 떠들썩하게 말을 나누는데 그런 행동을 질책하는 자는 아무도 없다.

시녀들을 관리해야 할 위치에 있는 시녀장 본인부터 「한층 더 예하께서 기뻐하실 수 있게 행동하도록」이라며 아랫사람을 열심히 지도하는지라 뭔가 업무의 우선순위조차 바뀌기는 했다. 그러나 모두가 생기 넘치게 활동하는 것은 분명하다.

시녀들은 예전보다 밝아졌으며 사기도 올랐고 요청받은 업무를 더욱 빨리 완벽하게 끝내며 의욕적으로 바뀌었다. 그렇게 남은 시간을 써서 또 다른 업무를 수행하기도 하고.

매일같이 도처에서 오늘은 누구에게 말을 걸어 주셨다, 누구의 이야기를 들어 주셨다, 무엇을 칭찬해 주셨다, 등등 교황의 화제로 반드시 어딘가에서 누군가가 신나게 자랑을 한다.

듣자 하니 본인은 이미 모든 인물의 얼굴과 이름이 일치되었으며 그중 몇몇 사람은 가족 구성까지 파악했다고 한다.

미소 지으며 「술병에 적힌 상표를 외우는 건 아주 조금 서툴긴 한데요, 사람 이름은 금방 외울 수 있답니다」라고 말하던 아스틸라는 불과 며칠 사이에 이곳 관저의 인적 사항에서 틸렌스보다 더욱 해박해졌다.

시중에 배치하여 임무를 맡겨 놓았던 『성기사』들도 달라졌다.

이전의 『교황(모친)』이 공포와 계율로 속박했었던 시절보다 명백하게 더 의욕적이다.

『교황』이 한 사람 한 사람의 활동을 제대로 인식해 주고, 필요할 때는 도움을 베풀어 주며, 자신이 미처 돌봐 주지 못한 부분에서 매진했음을 알았을 때는 칭찬 세례를 퍼붓는지라 안 그래도 충성심이 높았던 『성기사』들은 「예하께서 바라시는 대로 이루어질 것입니다」라며 더욱 분투한다.

그런 모습을 본 교황이 「너무 무리하지 말고 꼭 쉬어 가면서 하세요」라며 모두에게 웃는 얼굴로 음료를 나누어 주자 반대로 목숨을 내던지다시피 임무에 몰두했고, 다른 사람이 「예하의 말씀을 거역할 작정인가」라며 타이르고 나서야 겨우 적절하게 휴식도 취하고 있는 형편이었다.

아스틸라가 이곳에 온 이후로 모든 것이 물 만난 고기처럼 잘 움직이기 시작했다.

이전과 지금의 활기는 비교할 수조차 없으나, 개중에서도 백성들이 『교황』을 경모하는 목소리는 틸렌스 황자도 미처 상상조차 못했을 만큼 고조될 지경이었다.

일반 시민은 자신들에게 가까이 다가와 주는 『교황』을 쌍수를 들고 환영했다.

과거에는 신비적인 베일에 둘러싸인 터라 가까이 가기 어려운 존재였던『교황 아스틸라』.

새로운 교황은 몸소 거리에 나가 집 잃은 주민들을 한 사람 한 사람 격려하고, 거대한 잔해물을 바람 마법으로 가볍게 띄워 치움으로써 함께 도시 재건에 힘쓰고 있다.

그 모습을『가짜』라며 의심하는 자는 아무도 없다.

열심히 사람들을 위해 힘쓰는 아스틸라의 모습 자체가 백성들의 마음속 받침대가 되어 주기 시작했다.

오히려 저게 꿈에서까지 봤던『교황 아스틸라』의 진면목이라며 손을 맞대고 경배하며 눈물 흘리는 주민도 적지 않았다.

다만 당사자,『교황 아스틸라』는 자신에게 쏟아지는 수많은 시선을 매우 자연스럽게 받아들이며 언제나 온화하게 웃는 얼굴로 응대해 주고 있다.

범죄 하나쯤 발생해도 이상할 게 없을 만큼 혼란에 빠진 도시에서 모두가 평온하게 질서를 지켜 재건을 진행할 수 있는 까닭은 그 중심에 누군가와 담소 나누는『교황 아스틸라』가 있어 주기 때문이라고 틸렌스는 생각한다.

그것은『국모』라고 호칭하기에 아무 모자람이 없는 모습이었다.

틸렌스는 당초에 아스틸라가 옛 지배자『교황 아스틸라』와 쏙 빼닮은 모습을 갖고 있었기에 결코 대체할 수 없는 인물이라는 타산적인 생각도 있어 협력을 타진했었다.

그 이상으로 아스틸라는 틸렌스가 기대를 품을 만한『무엇인가』를 갖고 있었다.

설령 자신의 기대가 지나치게 커서 만약에 아스틸라가 충분히 제 역할을 수행하지 못하더라도 자신이 쭉 뒷받침을 해주겠다는 모종의 각오를 갖고 꺼냈던 제안이었다만.

하지만 막상 뚜껑을 열어보니까 진짜 아스틸라는 완벽 이상의 무엇인가였다.

새로운『교황 아스틸라』는 모든 위기를 좋은 방향으로 바꿔서 이끄는 듯 보였고, 틸렌스 황자조차 아스틸라에게 맡겨 놓으면 모든 사안이 잘 풀리는 것이 아닌가 하는 생각마저 들었다.

다만 현 상황이 그리 간단하지는 않다는 것을 틸렌스 황자는 명심하고 있다.

이전의 교황은 협박에 가까운 정치력을 구사함으로써 교활하게 국외 세력을 길들인 끝에 지금의『신성 미슬라 교국』의 지위를 구축해 왔다.

앞으로는 과거의 방침을 답습하지 않겠다고 틸렌스 황자는 이미 결심했다.

갖은 수단을 동원해서라도 종래의 오욕투성이였던 외교 방식을 반드시 불식시키겠다고 다짐한다.

그것은 결코 수월할 리 없는 길이었다.

하지만 『교황』이라는 권위를 경모하며 따라와 주고 있는 국민을 좋은 방향으로 이끌고자 한다면 꼭 필요한 과정이라고 생각했다.

과거에 이 나라에는 마땅히 나아가야 하는 『길』이 미리 예정되어 있었다.

오만한 괴물에 의해 잘 포장된, 파멸로 향하는 길.

이제 구태여 나아갈 필요는 없는 길이다.

이제 옛 『교황(괴물)』은 사라졌으니까.

자신들은 옛 저주받은 길에서 벗어나기 위한 노력을 어떻게든 끝까지 완수해야만 한다.

이미 틸렌스 황자가 공범자(파트너)로서 선택한 여성은 스스로의 역할을 눈부시게 잘 맡아 해내고 있다.

틸렌스 황자가 기대했었던 이상의 역량으로.

그럼에도 앞날에 맞닥뜨리게 될 방대한 과제를 떠올리면 현기증이 난다.

"……도저히, 이런 문제까지 린한테 거들어 달라는 말은 도저히 꺼낼 수 없겠지."

분명하다, 사람 자체가 선량한 린네부르크 왕녀라면.

자신이 부탁하면 와서 도와줄 것이다.

다만 이 곤경은 아마도 이 나라의 사람들끼리 극복하는 것이 옳을 것이다.

타국에 있는 친구의 손을 자꾸만 빌리려 들면『미슬라 교국』의 자립이라는 보다 큰 목적은 이룰 수 없다.

안 그래도 자신은 본래 부외자여야 했을 왕녀를『미슬라 교국』의 운명에 끌어들인 전적이 있다.

이 목표는 공범자의 역할을 자진해서 맡아 준 아스틸라와 함께 끝까지 책임지는 것이 마땅하겠다.

그렇게 생각을 정리한 뒤 틸렌스는 처리 중이던 집무용 책상의 서류로 다시 의식을 집중했다.

◇

성도의 중심 시가지에서 벌어진 소동으로 붕괴한 석조 건물의 잔해가 이리저리 흩어져 있는 와중에 드문드문 모여든 사람들이 철거 작업을 진행하고 있다.

교황에게 명령을 받아 활동하고 있는 성기사를 포함하여 도시의 주민 모두가 협력하여 열심히 작업을 한 보람이 있어 주변의 잔해물은 어느 정도 처리가 끝난 상황이다만, 아직도 해야 할 일은 많고도 많아 보였다.

"오늘도 예하께서 시찰을 나오셨군."

남자 하나가 목소리를 높이자 작업 중이던 사람들이 손을 멈추더니 곧바로 떠들어 댔다.

"오, 참으로 아름답고도 거룩한 모습이다."
"어제에 이어 또 배알할 수 있다니……. 정말로 운이 따르는구나."
"이봐, 너무 뚫어져라 쳐다보지 마라. 불경하잖나."
"……정숙하게. 곧 말씀을 하시려나 보군. 절대로 흘려듣지 말게."

종종걸음을 치며 사람들에게 다가온『교황』은 숨도 고르지 않고 나란히 늘어서 있는 사람들 안으로 씩씩하게 들어가 자리 잡은 뒤 곧장 몸을 꼿꼿하게 바로 세우고는 얼굴에 웃음 짓고 입을 열어서 먼저 소리 높였다.

"여러분, 좋은 아침이에요. 오늘 하루도 열심히 일합시다!"

이렇듯 밝은 외침 한 번이면 웅성거리던 성도의 백성들이 하나로 뭉친다.
그리고 다 같이 정렬하여『교황』의 뒤를 따라서 일제히 잔해 철거를 시작했다.

"그럼 평소처럼 저는 큰 덩이를 정리할 테니 그때까지 조금 떨어진 곳에서 작업을 진행해 주세요.【플로트】."

아스틸라가 아침 일찍부터 성도의 백성들에게 보여 준 것은【플로드】라는 본인의 특기 마법이었다.

다만 이 마법은 고도의 훈련을 쌓은 다른 술사조차도 어떻게 실현시켰는지를 알지 못하기에 그야말로 기적 같은 마법이다.

민중의 시선이 모인 와중에『교황』은 신의 기술을 단지 미소를 머금은 채 구사함으로써 잔해물을 하늘 높이 띄우더니 소정의 위치로 깔끔하게 정돈해서 내려놓았다.

"……후유, 다 끝났어요. 죄송하지만 뒷일은, 여러분, 나머지 청소라든가 이것저것 부탁 좀 드릴게요. 저는 다음 장소로 가 봐야겠어요."

"분부 받들겠습니다."

『교황』은 그곳에 있던 감독 역할의 성기사에게 대강 지시만 내리고 또 다음 현장을 향해 종종걸음으로 이동한다.

지난 며칠간 함께 작업을 되풀이함으로써 각각의 역할 분담이 자연스럽게 정해졌다. 강대한 힘을 보유한『교황』이 사람의 힘으로는 어쩔 도리가 없는 큰 잔해물을 정리하고, 일반 백성들이 뒷정리를 담당한다.

작업에 쓰는 시간은『교황』이 십수 초.

한편 일반 백성의 작업은 몇 시간을 훌쩍 넘긴다만,『교황』이 단시간에 처리할 수 있는 일거리의 양이 워낙 압도적인지라 그 장면을 목격한 자는 오로지 감탄을 할 따름이었다.

"다음은 이쪽이군요."

교황의 압도적인 힘에 의하여 도시 재건이 경이적인 추이로 진행된다.

불과 며칠 사이에 큰 피해를 입었던 여섯 구획 중 네 개의 구획에서 잔해 철거가 완료됐다. 나머지 두 구획은 오늘 중 작업을 마칠 예정이며, 그 후에 집 잃은 성도의 백성들을 위하여 거주 시설을 건설하기로 계획되어 있다.

"대강 정리는 끝났네요. 오늘은 이쯤에서 마무리해도 오케이겠죠?"

교황의 말투는 고귀한 신분과 어울리지 않게 가벼웠다.

다만 사람들은 모두 일부러 민중들에게 맞춰 주기 위함이라고 해석했다.

때로는 집 잃은 어린아이와 같이 울면서 함께하는 모습.

그렇게 신성하기까지 한 헌신적인 모습은 살 집을 잃어 절망에 빠진 사람들의 마음에 밝은 빛을 비춰 주었다..

이번에 겪은 재해 이전까지 교황은 국가 단위의 의례를 제외하면 국민들 앞에 모습을 드러내지도 않았다.

신비의 베일에 가려져 있어 황공한지라 다가가기 어려운 존재.

어지간한 사유가 있지 않으면 알현도 허락되지 않았던 신화 속 등장인물에 가까운 존재.

그런데 지금은 이웃 사람처럼 자신들의 곁에 다가와 주고 언제나 친절하게 웃음을 지어 준다.

아스틸라의 모습을 직접 목격한 『성도의 주민』들은 이것이야말로 자신들이 모시고 따라가야 할 『교황』이라며 새삼스럽게 심취했다.

아무도 눈앞의 인물이 사실 옛 『교황』과는 전혀 다른 인물이라는 생각은 꿈에도 떠올리지 않는다.

그저 오로지 눈앞에서 누구보다 열심히 활약해 주는 인물에게 감사하고 숭앙하는 감정을 느낄 뿐 여타의 다른 의문은 가지려고도 하지 않았다.

혼란 속에서 좌절할 뻔한 백성의 마음이 오히려 더 굳게 결속될 때까지 긴 시간이 걸리지는 않았다.

◇

"있잖아, 시길. 너 요즘에 되게 즐거워 보이네? 허리 뒤에서 꼬리가 파닥파닥 흔들리는 것 같아."

"무슨 헛소리를 하는 것인가, 미란다. 나에게는 꼬리가 없다."

백은빛 기사는 자신의 허리 뒤쪽으로 손을 가져가 그곳에 아무것도 없다는 것을 확인했다.

그런 동료의 반응을 보고 미란다는 은빛 가면의 안쪽으로 한숨을 쉰다.

“진짜 꼬리가 생겼다고 아무도 말 안 했거든? 네가 잘 알아들을 수 있게 말하자면 예하께서 요즘 굉장히 많이 바뀌셨는데……. 그리고 너도 예하를 배알할 때마다 강아지처럼 기뻐하며 꼬리를 흔드는 것처럼 보인다는 뜻으로 한 말이야!”

“그럼 상관없다. 확실히 내가 예전보다 더더욱 예하를 지켜드려야 하는 사명에서 보람을 느끼고 있음은 사실로 인정할 수밖에 없군.”

“흐음? 인정하는구나?”

“착각하지 마라. 예하께 바치는 나의 충성에는 티끌만 한 흔들림도 없다. 다만 지금의 예하께 이전에는 볼 수 없었던 차마 형언하지 못할 고귀함이 느껴지는 것은 너도 이미 깨달았을 테지.”

“……고귀함?”

그간 동료의 입에서 좀처럼 듣지 못했던 단어가 튀어나왔기에 미란다는 고개를 갸웃거렸다.

“그러하다. 이전의 예하는 엄한 분위기 안에 늠름한 기품이 있어 엄격하면서도 탁월한 지성을 담아내는 숭고한 모습을 보여 주셨으나—.”

“……저기, 잠깐만 기다려 봐. 너 평소에는 전혀 말도 안 하는 주제에 용케 이런 아부가 술술 나오는구나……? 뭐, 상관없지. 그래서?”

“……한편. 지금의 예하께는 단아한 언행 안에도 지성을, 온화한 표정 안에서도 눈동자에는 확고한 의지를 담아내시며 마주하는 자

전부를 상냥하게 감싸안아 주시는 듯한 기품과 품격을 두루 겸비한 모습을 보여 주고 계시지. 어느 쪽이든 모두 고귀하며 비할 데 없는 자태이기는 하다만……. 예하는 의지를 갖고 고민한 끝에 변화하신 것이다. 아마도 전하가 성인식을 치른 뒤 어깨의 짐을 내려놓고 안심하신 것도 이유일 테지. 요컨대 이것이 본래 예하의 모습이며 가장 눈부신 모습이라는 뜻. 그 뜻을 최대한으로 존중하지 않는다면 신하로서 내가 도대체 무엇을 존중해야 한단 말이더냐."

약간은 빠른 속도로 말을 늘어놓는 시길의 주먹에 점점 더 힘이 들어가는 광경을 미란다는 놓치지 않았다.

……그나저나, 이렇게 말을 잘하는 녀석이었던가?

"뭐, 확실히, 나도 지금 예하가 더 좋기는 하네. 예전에는 가까이 다가가기 어려운 분이셨는데, 지금은 엄청……. 뭐라고 할까, 포근해서 말도 잘 나오니까 멋지다고 생각해."

"그러나 우리 따위가 이렇듯 예하를 평하고자 드는 행위 자체가 불경이며 결례일지니. 예하를 존경하는 마음이 무심코 입 밖에 나와 버린 것은 어찌할 수 없을지언정……. 지금 발언은 서로의 혼잣말이라 생각하고 앞으로 자기 자신을 잘 다잡도록 하지."

"……어휴. 너도 상당히 달라졌구나. 그『마족』아이 때도 그랬고."

한숨을 쉬는 미란다에게 시길이 되물었다.

"듣자 하니까 너 또한 새로운 임무를 하달받았다던데. 예하께서 직접 지목하여 명을 내리셨다지? 어떠한 임무인지는 알지 못하나 목숨을 걸고 힘쓰도록 해라."

"그런 게 임무이긴 한가……? 그냥 좀 그림을 그려 달라고 말씀하신 게 전부인데. 예하께서 틸렌스 전하의 초상화를 갖고 싶으시대."

"그림이라고? 너에게 그런 재주가 있었다니 금시초문이군."

"……아무한테도 말을 안 했는데 내가 원래는 화가 지망이었거든. 휴식 시간에 그림을 그리고 있었는데 예하께서 지나가시다가 우연히 보셨나 봐."

"화가 지망? 그림을 그리던 자가 어째서 나와 같은 직장에 들어왔나."

"……오히려 내가 따지고 싶거든? 나는 급료를 많이 준대서 『성기사』 시험을 치렀을 뿐인데 정신 차리고 보니까 전투 임무를 주로 수행하는 부서에 배속됐었고. 죽기 살기로 살아남았더니 어느새 『12사도』의 좌현에 소속됐던 거야. 너처럼 꽉 막힌 무투파랑은 달라."

"……오호라. 다만 경위야 어쨌든 네가 배명한 것은 예하의 분신과 다를 바 없는 전하의 늠름한 자태를 백 년— 아니, 천 년 이후의 후세까지 남겨야 하는 중대한 사명일지니. 기뻐해라. 예하께서 직접 그림을 그리도록 명하셨음은 너의 재능이 진짜라는 의미일 테지. 남은 수명의 전부를 바칠 각오로 임하도록 해라."

"아, 알아서 할 거야."

미란다는 교황으로부터 직접 그렸던 그림을 칭찬받았던 기억이 떠올라서 백은빛 가면 안쪽으로 히죽거리며 쑥스러움을 감추기 위해 화제를 바꿨다.

"……뭐, 뭐, 그건 그렇다 치고. 요즘 틸렌스 전하도 너무 과로하시는 거 아니야? 봐봐, 그때 이후로 거의 집무실에서 나오지도 않으시잖아. 잠도 제대로 안 주무신다고 소문났고. 아무리 전하가 엘프의 피를 이어받으셨어도 너무 무리하는 게 아닐까……?"

화제를 바꾸기 위하여 꺼낸 이야기였다만, 미란다의 말에는 이야기를 하는 사이에 진짜 걱정하는 마음이 담겼다.

시길도 대꾸하며 깊이 고개를 끄덕거렸다.

"동감이군. 전하의 휴식 문제는 예하께서도 항상 마음을 쓰고 계시지. 오늘 아침에도 격려의 말을 건네시고자 전하의 방을 찾아오셨다. 하지만…… 이처럼 직무에 힘을 쓰시는 것은 당연히 전하께도 깊은 생각이 있기 때문일 터. 신하로서 우리가 섣부른 발언을 늘어놓는 행위는 삼가야 옳지 않겠는가."

"……뭐, 하기야. 인정할게, 실언을 했어."

"우리와 같은 범속한 자는 고귀한 분들의 심원한 의도를 제대로 이해할 역량을 갖지 못했다. 다만 그분들의 깊은 사유에는 미치지 못할지라도 최대한으로 짐작해 보고자 노력하면 밑에서 받쳐드리는 정도는 가능할 테지. 그 이외에 우리 신하가 무엇을 할 수 있겠는가. 지금은 단지 전하를 믿고 기다릴 따름이다."

“……진짜 넌 답답이인데 가끔 정론 비슷한 말도 섞어서 하니까 상대하기가 까다롭네……?”

◇

“……아니야. 이런 건 『신성 미슬라 교국』의 『교황』이 외쳐야 할 말은 아니야.”

틸렌스 황자는 줄곧 방 안에 틀어박힌 채 원고 하나를 써 내려가고 있었다.

책상 한쪽에는 손수 폐기한 원고용지가 쌓이고 쌓여 산을 만들었는데 당장에라도 무너질 것 같다.

틸렌스 황자가 지금 작성하고 있는 것은 얼마 뒤 『교황 아스틸라』가 전 신도를 대상으로 뜻을 전하게 될 『연설』 원고였다.

“이것도…… 못 써먹겠군. 이것도 아니야. 자꾸 제자리걸음만 하는군.”

틸렌스 황자는 원고를 조금 써 내려가다가 금세 또 종이를 둘로 접어서 책상 구석의 「못 쓰는 원고」의 산에 올려놓았다.

그 후에도 무엇인가 생각이 떠올라 쓰기 시작하다가 「하지만 이것도 뭔가 아닌데」라며 펜을 멈춘다.

지난 며칠간 이렇게 같은 시행착오를 되풀이해 왔다.

얼마 전 큰 위기를 겪은 성도의 상황은 여러 나라에 알려졌고, 도대체 무슨 사건이 일어났었냐며 수많은 권력자들이 시선을 집중하고 있다.

세계 유수의 대국『신성 미슬라 교국』중추에서 발생한 이변.

추후의 동향을 주목하는 시선에 틸렌스 황자를 비롯한『미슬라 교국』의 수뇌부가 대응할 필요가 있었다.

오히려 이 기회를 반드시 살려야 한다는 것이 틸렌스의 생각이다.

다행히 절호의 수단이 손안에 모였다.

『모험가 아스틸라』의 오랜 벗이라는【마성】오켄 덕분에『신탁의 구슬』이라는 터무니없는 가능성을 지닌 마도구의 존재를 알 수 있었다.

그 혁신적인 마도구를 활용하면 대륙 전토에 퍼진 전 신도에게『교황』본인의 모습을 보여 주면서 새로운 메시지를 전파할 수 있다.

온 대륙에 퍼진『미슬라 교』의 각 지부에 빠짐없이 보급하고 싶다는 뜻을 전하고, 함께 동석했던【마성】오켄에게 곧바로 대량 발주의 요망을 전한 뒤 곧장 제작에 착수하겠다는 든든한 대답을 받았었다.

아주 제대로 이용해 줄 테다.

이번『연설』은『신성 미슬라 교국』이 새롭게 다시 태어나기 위한 유일무이한 기회가 될 것이다.

클레이스 왕국의 왕녀 린네부르크와 이네스, 로로, 그 남자의 도움 덕분에 얻은 천만뜻밖의 호기회.

따라서 이번 의전을 기필코 성공시켜야 한다는 것이 틸렌스의 굳은 생각이었지만.

"……가장 중요한 원고가 이래서야."

진척이 없는 원고를 앞에 두고서 틸렌스 황자는 무의식중에 한숨을 내쉬며 집무실의 천장을 올려다봤다.

틸렌스 황자는 이미 며칠이나 방 안에 틀어박혀서 자신들의 새로운『어머니』가 낭독하게 될 원고를 거듭거듭 고쳐 쓰고 있었다.

다만 쓰고 또 써도 전혀 완성도가 높아지지 않는다.

처음부터 쉽게 마무리할 수 있는 간단한 업무가 아님은 잘 알았다.

틸렌스가 씨름하고 있는 원고는 단순한 말의 나열이 아니다.

『신성 미슬라 교국』이라는 대국이 나아가려는 길에 관하여『교황』을 숭경하는 국내의 사람에게도, 우리나라의 이후 동향을 경계하는 외부의 사람에게도 동일하게 선언하기 위한 중요한 연설 원고였다.

그런고로 틸렌스 황자는 표현을 하나 가려서 쓰는 데도 굉장한 난항을 겪어야 했다.

—괴물은 마침내 사라졌다.

이웃 나라로부터 초대한 손님들 덕에 건국 당시부터 나라를 지배해 왔던 『성 미슬라』를 자처하는 괴물은 이제 없다.

그러나 틸렌스의 입장에서는 아직껏 괴물과 싸우고 있는 심정이었다.

괴물이 쌓아 놓은 벽을 뛰어넘어야 한다. 그것이 이후 살아남은 자들에게 주어진 새로운 싸움이다.

괴물은 비록 사악했을지언정 정치가로서는 위대했다.

위대하기는 했으나…… 자기 자신의 잇속만을 추구했던 진정한 『재액』.

틸렌스 황자는 이제부터 진짜 재액이 남기고 간 저주의 사슬을 끊어 내고 앞으로 나아가야만 한다.

"……느닷없이 모든 것을 이룩하려는 생각은 애당초 버리는 게 좋겠지."

이 나라의 앞에 깔려 있는 듯 보였던 아름다운 영광의 길은 모든 것이 다 거짓이었다.

천국에 가는 길로 보였을 뿐 지옥을 향해 똑바로 곤두박질치는 파멸의 길.

다만 괴물은 용의주도하게 몇백 년이나 시간을 들여 준비를 진행해 왔다.

그 안배를 허물어뜨리는 것은 수월하지 않다.

금세 대등하게 맞설 수 있다는 생각은 안 하는 편이 좋겠다.

……다만 틸렌스를 둘러싼 상황은 이처럼 여유로운 태도를 허락하지 않았다.

변화의 파도는 가차 없이 밀려온다.

주변의 여러 나라에는 클레이스 왕국과 같이 우호적인 인물만 있지는 않다.

오히려 지금까지 전대 『교황』이 힘으로 억압해 왔던 관계에 있는 나라들은 『신성 미슬라 교국』이 약한 모습을 내보이는 때를 이제나저제나 하고 이빨을 갈면서 기다리고 있다.

이 같은 모순이 틸렌스의 마음을 무겁게 내리눌렀다.

이런 상황에서 도리어 어찌 마음을 가볍게 할 수 있겠는가.

하지만— 문득 틸렌스는 오늘 아침에도 만났던 모험가 아스틸라를 떠올렸다.

'……그분은 어째서 그런 행동을 할 수 있을까.'

순수한 의문이었다.

아스틸라는 며칠 사이에 모든 것을 새롭게 덧칠해 버렸다.

괴물의 저주를 별 어려움도 없이 극복한 아스틸라는 어떠한 생각을 갖고 있을까. 어떻게든 괴물을 무찔러서 꼭 이겨 보이겠다고?

그런 생각을 갖고 이 나라에서 생활을 시작했을까.

—답은, 아니오.

떠들기는 「억울한 건 잊지 않는다」라며 씩씩거림에도 실제 아스틸라는 이미 지나간 과거를 다 잊어버리고 눈앞의 할 일에 시선을 주는 듯 보인다.

그런 자유로움과 순수함의 영향으로 많은 백성이 위안을 받고 있다.

물론 틸렌스 본인도 예외는 아니었고.

그 따뜻한 인품이 사람의 마음 안쪽으로 침투하다시피 힘을 불어넣어 준다.

틸렌스는 오늘 아침 아스틸라의 품에 안겼을 때의 따스함을 떠올렸다.

그렇다, 아스틸라는 단지 곁에 함께하기만 해도 자기 『역할』을 잘 수행해 주는 셈이다.

곤경에 처했을 때 곁에 있어 주고 끝까지 살아남자며 격려해 주는 모습이 많은 것을 잃은 사람들에게 살아갈 수 있는 길을 제시해 줬다.

자신은 도저히 흉내를 낼 수 없겠다.

거기까지 생각하다가 틸렌스는 웃었다.

"……결국 나는 다른(남) 사람에게 의지만 하는구나."

—바로 얼마 전 자국의 명운을 이웃 나라에서 온 린네부르크 왕녀에게 맡겼고.

뜻하지 않게 맞이했던 전대미문의 국난을 우연히 동행했던 낯선 남자의 도움을 받아 해결했고.

그리고 또 나라의 장래를 며칠 전 알게 된 『교황』(어머니)에게 넘길 생각이었나 보다.

다른 사람을 믿지 못하여 무슨 문제든 먼저 스스로 해결하고자 처신했던 인물이 바로 틸렌스였다만……. 뒤돌아보면 최근에는 정말 남에게 의지만 했다.

하지만 지금은 그런 게 자신답다는 생각도 든다.

아울러 지금 『교황』(어머니)의 모습을 보면 이처럼 타인에게 도움을 청하는 자신을 긍정해도 괜찮겠다는 느낌을 받았다.

—아무것도 주장하지 말고 오히려 귀를 기울여라.

사람의 마음에 가까이 다가가서 단지 격려하고 때로는 공감하며 행동할 것.

단지 그뿐인데도 미슬라의 백성은 활력을 얻어 스스로의 의지로 뚜벅뚜벅 전진하고 있다.

사람들은 이미 아스틸라가 가져다준 따뜻한 빛에 가까이 함께 모임으로써 눈부신 힘을 발휘하고 있다.

그것이 앞으로 미슬라라는 국가가 나아가야 하는 길— 아니.

이 나라의 모두가 **나아가고 싶다고** 생각하는 길이다.

그래, 그렇다면 자신도 똑같이 **곁에 다가가면 된다**.

어떤 계산된 의도도 없이 민중의 곁에 다가서는 아스틸라처럼.

또한 아스틸라에게 기꺼이 마주 다가와 주는 민중들처럼.

틸렌스 황자 본인도 서로 가깝게 다가서고자 하는 사람들의 일원에 불과하니까.

……그래, 될 대로 되어 버려라.
결코 나쁜 의미가 아니다.
어차피 미래가 정해진 길 따위 있지도 않으니까.
이 나라의 장래를 자신 혼자서 정할 필요는 없다.
자신은 단지 사람들과 함께 나아가겠다는 각오만 다지면 된다.

—함께 웃으며 전진한다면 분명 결과는 바람직한 형태로 따라올 테니.

이처럼 낙관적인 생각을 갖는 스스로가 신기했다.
문득 기분 전환 삼아서 줄곧 꽉 닫아 놓았던 창문을 열자 상쾌한 바람이 불어 들어서 산처럼 쌓인 쓰다가 만 원고를 모두 다 날려 보냈다.
방 안 곳곳에 흩어진 종이 다발을 보고 틸렌스는 다시 웃는다.

"괜찮아. 어차피 전부 처음부터 다시 써야 하니까."

소리 높여서 웃는 틸렌스에게 방금 전까지 가득했던 비장감은 없다.

곧 사람을 불러 바닥에 흩어진 원고를 같이 정리한 뒤 틸렌스 황자는 바로 새 종이 위에서 펜을 들었다. 그리고 전 세계의 주민들이 머지않아 마주하게 될 새로운 『교황 아스틸라(어머니)』의 모습을 상상하면서 『신성 미슬라 교국』의 역사상 가장 중요도 높은 원고를 써 내려가기 시작했다.

■작가 후기

이 책을 읽어 주셔서 감사드립니다.

세 권을 꽉 채워 내용을 전개한 『신성 교국 편』은 어떠셨는지요.

4권의 『후기』에 「당초 4권으로 『신성 교국 편』을 완결할 계획이었다」라고 써 놓았던 것 같기도 합니다만, 새삼 5권의 분량을 되새겨 보면 자신이 얼마나 대책 없는 계획을 세웠는지 깨닫게 됩니다.

(4권과 5권을 한 권으로 욱여넣었다면 700쪽짜리 커다란 책이 나왔겠죠. 사전 같네요.)

담당 편집자분께 4권 원고를 보내드렸을 때 넌지시 「두 권으로 나누는 게 좋을 수도 있겠습니다」라고 말씀해 주셨습니다만, 내심 「한 권으로 모아 제작하는 건 도저히 어렵겠군」이라고 생각하셨을지도 모르겠습니다. (저라면 혀를 찼습니다.)

그럼에도 「안 됩니다」라고 딱 잘라 내치지는 않았던 만큼 편집자분의 따뜻한 마음이 느껴집니다.

실제 작정을 하면 물리적으로 제작이 아예 불가능하지는 않습니다만……. (사전 비슷한 두께의 소설이 세상에는 의외로 존재하고 말이죠.) 자기 자신을 되돌아보고 작업량의 문제상 도저히 어렵지 않을까 생각했습니다.

또한 필자로서는 두 권으로 나눔으로써 카와구치 선생님의 일러스트를 더 많이 수록할 수 있었다는 것이 무엇보다 큰 기쁨 포인트였습니다.

이번 5권도 카와구치 선생님의 일러스트가 정말 멋져서 권두 컬러 그림 두 장은 그냥 말로 표현하는 게 오히려 실례라는 느낌입니다만, 삽화 속 하늘에 떠다니는 소름 끼치는 『성 미슬라』가 등장하는 장면에서는 저절로 히죽히죽 웃고 말았습니다.

이네스 씨의 웃는 얼굴도 멋져서 굉장히 좋았고 말이죠.

그 밖에 모든 일러스트가 이 책에 없어서는 안 되는 요소로 기능하고 있습니다만, 만약에 억지를 부려 한 권으로 제작해서 그중에 어느 그림을 못 봤을 것이라고 생각하면 무서워서 눈물이 나오는 기분입니다.

담당분께서 적절한 타이밍에 절묘한 판단을 내려 주셨기에 그저 감사할 따름이군요.

아울러 새삼 여기까지 이야기를 즐겨 주신 독자분들께 감사 인사를 올립니다.

여러분 덕에 5권까지 책을 출간할 수 있었습니다.

이번 5권으로 『신성 교국 편』이 완료되었으니 다음 권부터는 『상업 자치구 편』이 시작됩니다.

노르와 일행들이 불모의 사막 지대에 진입해서 이제껏 펼친 활약보다 오히려 더 요란하게 힘을 떨치는 이야기입니다.

이런저런 사정이 있어 다음 권 간행까지 시간이 조금 걸릴 예정입니다만, 계속해서 KRSG 선생님의 만화판과 함께 즐겨 주신다면 기쁠 겁니다.

나베시키

감사합니다!
카와구치

나는 모든 것을 【패리】한다 5
~역착각의 세계 최강은 모험가가 되고 싶다~

초판 1쇄 발행 2024년 10월 20일

지은이_ Nabeshiki
일러스트_ Kawaguchi
옮긴이_ 김성래

발행인_ 최원영
본부장_ 장혜경
편집장_ 김승신
편집진행_ 권세라 · 최혁수 · 김경민 · 최정민
커버디자인_ 양우연
국제업무_ 박진해 · 조은지 · 남궁명일
관리 · 영업_ 김민원 · 조은걸

펴낸곳_ (주)디앤씨미디어
등록_ 2002년 4월 25일 제20-260호
주소_ 서울시 구로구 디지털로 32길 30, 코오롱디지털타워빌란트 1301-1308호
전화_ 02-333-2513(대표)
팩시밀리_ 02-333-2514
이메일_ lnovellove@naver.com
L노벨 공식 카페_ http://cafe.naver.com/lnovel11

Ore wa Subete wo "PARRY" suru
~Gyaku Kanchigai no Sekai Saikyo wa Bokensha ni Naritai~ Vol.5
By Nabeshiki, Kawaguchi

ISBN 979-11-278-7803-0 04830
ISBN 979-11-278-6408-8 (세트)

값 11,000원